JN033010
せつなのふうけい
刹那の風景1
68番目の元勇者と獣人の弟子

Setsuna
セツナ
元『68番目の勇者』。
『5番目の勇者』と
『23番目の勇者』の
力と知識を受け継いでいる。

Alto
アルト
獣人の男の子。
セツナに保護され
弟子となる。

# contents

刹那の風景《せつなのふうけい》
1
68番目の
元勇者と
獣人の弟子
著 緑青・薄浅黄
ill. sime

イラスト：sime

【世界】を見てみたい
【僕】が願ったことだった
【僕】が知らない【世界】をただ知りたかった

そして

最後は【椿】のように
【僕】は【ぽとり】と落ちたかった

死に様は【椿】のように
生き様は【椿】のように
【潔く】生き【潔く】死にたかったのだ

【杉本刹那】として

だけど……

【僕】の【願い】は二つとも【叶う】ことはなく
【僕】の本当を知る者は【この世界】には誰もいない
【僕】の本当の【名前】さえ知る者はいない
【この世界】が【僕】に与えたものは、
【前の世界】と同様の【白い世界】だった
【病室】という【世界】から切り取られた【場所】
【僕】はまたこの【白い世界】で【沈もう】としていた
僕は【すべて】を【諦めて】いたのだ
彼が僕に尋ねるまでは

【やりたいことは、ないのか？】
そう告げた彼に……
ここでも【僕】は【世界】を見てみたいと望んだ
ここが【現世】ではなく【異世界】だったとしても

探すために【僕】の【　　】を
唯一つだけ残った【椿】を胸の中に閉じ込め
【今】の【僕】は【　　】になった

# プロローグ

この日のことは、鮮明《せんめい》に僕《ぼく》の記憶《きおく》に残る。
窓の外に浮《う》かぶ青い月の光の中。

本当の僕が消え、新しい僕に生まれ変わった日。
手に入れたものは、自由。
手に入れたものは、彼《かれ》が残してくれた彼のすべて。

胸の中に咲《さ》く椿《つばき》以外、すべて消し去ってしまった日。
失ったものは、君。
失ったものは、初めてできた僕の親友。

守り通した椿に、新しい約束を刻み込《こ》んだ。
名前すらこの場に捨て、僕はこの世界を生きていく。

# 第一章　椿　《控えめな優しさ》

◇1　【僕《ぼく》】

24年という年月は、一般《いっぱん》的に考えて長いのか短いのかどちらなのだろうか。

何かを継続《けいぞく》するための24年は、長いといえる。

それなら、24年の天寿《てんじゅ》は長いのだろう。生きることを、24年も継続したのだから。

平均寿命《じゅみょう》という言葉を思い出し、長いなどとは決していえないと反論が脳裏《のうり》をかすめる。

自分を納得《なっとく》させる理由を探し続ける。僕の中で答えが出ていながら。なぜなら、納得せざるを得ないのだから……。子供の頃《ころ》から病弱だった僕が、今日、24年という人生の幕を閉じていく。


友人を作ることもなく。恋人《こいびと》を作ることもなく。結婚《けっこん》することもなく。子を生《な》すこともなく。

……ゆっくりと死に向かって生きてきた。

僕の人生において、色々恵《めぐ》まれているとはいいがたかった。

ただ、環境《かんきょう》と家族には恵まれていたと断言できた。

環境というのは、僕の両親が医者であり、有名な病院を経営していたことだ。

僕が24年間生活していた部屋は、両親が経営する病院の一室。

僕のためだけに作られた病室だった。

病室だから壁紙《かべがみ》は白色だったけれど、部屋の内装は、僕の年齢《ねんれい》にあわせて変わっていった。

きっと、世間一般の部屋とそう変わらないのではないだろうか？

他人の部屋を見たことがないので、何ともいえないけれど、そう大差はない気がする。

ただ、違《ちが》う点を挙げるとするならば、僕は僕のために用意された病室から出られなかったということだけ……。


自分が、何のために生まれてきたのかとか。なぜ、自分がこんな目にあわなければならないのかとか、色々と悩《なや》んだ時期もあったけれど……。

医者である両親が、僕を治すことができないという現実に深く傷ついていると知ったとき、僕は僕の病気を受け止める覚悟《かくご》を決めた。

行ってみたいところも、見てみたいものも、やってみたいことも、沢山《たくさん》あった。

治るという希望を捨てずに、沢山の本を読んだし、医者を目指すために勉強もした。

親の後を継《つ》ぎ医者になりたい。この想《おも》いは最期《さいご》まで僕の胸の中にあった。

僕の病気を治すことを両親は諦《あきら》めていなかったから、僕は治ることを信じていた。

このときの僕ができることは、信じて努力することだけだったから。

僕は僕なりに、24年という歳月《さいげつ》を一生懸命《いっしょうけんめい》生きたんだ。

だから、だから……。

父さん。母さん。鏡花《きょうか》。僕は幸せだったんだ。

だから、泣かないでほしい。

僕は、十分幸せだった……。

……。

…………。

……………。


「貴方《あなた》は、68番目の勇者様です」

女性を思わせる、少し高い声が僕の耳に届く。

突然《とつぜん》の覚醒《かくせい》に、めまいによる気持ち悪さと頭を殴《なぐ》られたような痛みを覚え、一瞬《いっしゅん》息が止まった。

それを逃《に》がすように、自分の体の向きをかえながら、必死に何があったのかを思考する。

誰《だれ》が話しかけている？　僕は何をしていた？　この痛みは⁉

「貴方は、68番目の勇者様です」

混乱している僕に、また女性の声が届く。

だが、その声は言葉として処理することができず、霧散《むさん》していく。

看護師が言葉をかけてくれているのかもしれない。一瞬そう思う。

でも、それ以前に自問自答の言葉が、とめどない勢いであふれでてくる。

「……どうし……て、僕は生……きてる……んだ……？」

言葉になり損《そこ》ねた声が、口からこぼれる。

ここで初めて、僕の目は開いた。

目の前には、右腕《うで》があった。右手首に蒼《あお》く銀色に輝くブレスレットが、はめられていた。

気持ち悪さや痛みをこらえながら、状況《じょうきょう》を把握《はあく》するために顔を動かす。

ここは、長年過ごした僕の部屋ではなく、全く僕の記憶《きおく》にない場所だった。

「そうですわね、説明させていただいても？」

手馴《てな》れているのか、彼女《かのじょ》はさほど表情も変えずに淡々《たんたん》と僕に告げる。

「………」

彼女が話しているうちに、次第《しだい》に気持ち悪さや痛みが消え、心も落ち着きを取り戻《もど》していく。

どうして体の不調が消えたのか、どうして混乱が解消されたのか、そのことに疑問を抱《いだ》かなかった。

「勇者様。聞いておられますか？」

僕に話しているのだろうが、勇者という単語の意味が理解できない。

「貴方の……。仰《おつしや》っている意味がよくわかりません」

「その説明を、今からさせていただきたいのです。具合はもう大丈夫《だいじょうぶ》ですわよね？」

「はい。気持ち悪さも、痛みもありません」

僕の返答に、彼女は頷《うなず》き、淡々と今の僕のおおまかな立場と状況、そして、この国のことを語っていく。その様子に、どことなく蔑《さげす》みを感じた。

彼女が語るたびに、僕の胸の中で疑問が積み重なっていくが、なぜか口を開く気にはなれず、唯々《ただただ》黙《だま》って、彼女の話を聞いていた。

「それでは、お部屋にご案内します。詳《くわ》しいお話はそちらで……」


頷くことで彼女に同意を示し、ふらつきながらもなんとか立ち上がる。

ゆっくりと歩き始めた彼女について歩こうとしたのだが……、僕の足は動かなかった。

踏《ふ》み出したはずの足が動かなかったことで、僕は体勢を崩《くず》し、倒《たお》れていく。

痛みを感じると同時に、打ち所が悪かったのか、僕の意識はゆっくりと失いかけていた。

薄《うす》れていく意識の中で僕が目に映した光景は、冷たい光をその瞳《ひとみ》にたたえながら僕を見る彼女。

そして、彼女の黒色のローブに刺繍《ししゅう》された薄浅黄《うすあさぎ》の真円。

なぜか、それを真夜中に浮《う》かび上がる月のようだと感じながら、僕は意識を手放したのだった。


それからどれぐらいの時間が経過したのかわからないが、僕は意識を取り戻した。

再び体を気遣《きづか》われながら、この世界の説明を受ける。

ここは、僕が生まれ育った世界ではなく、違う世界なのだと。

生まれ育った世界とは異なる世界。それを僕の世界では異世界と呼んでいた。

その異世界で、日本に生まれた時のまま、僕は変わることなく、黒髪《くろかみ》で黒目といった姿だった。

勇者の素質がある、天寿をまっとうした魂《たましい》を召喚《しょうかん》する魔法《まほう》を使い、僕は召喚されたらしい。

この世界の勇者とは、魔物から人類を守るために召喚された者のことをいうそうだ。

正直、どうして僕がと思う。

勇者の概念《がいねん》こそ若干《じゃっかん》異なるかもしれないが、そういう冒険《ぼうけん》小説は、僕も妹の鏡花も好きだったからよく読んだ。でも、そのような役割が僕に回ってくるとは思いもしなかった。

自分の世界のことは、自分達《たち》でどうにかすればいいのに。話を聞きながら、心の中ではそんなことを考えていたせいか、なぜ、勇者を召喚するのかという疑問が口をついてでていた。

僕の質問に対して彼女は少し眉根《まゆね》を寄せたが、答えてはくれた。

召喚魔法は、召喚した人間に肉体的、魔法的に多大な恩恵《おんけい》を与《あた》える。

その人物の最盛期で体を蘇生《そせい》し、身体強化がなされる。さらに、膨大《ぼうだい》な魔力も与えられる。

従って、武闘《ぶとう》や魔法において、この世界の人間を遥《はる》かに上回る存在となり、この世界の人々ではどうすることもできない魔物とも戦うことができるのだと。

魂を召喚しただけで肉体が再生する？　あまりにも脈絡《みゃくらく》のない説明に僕は、信じることができないと答える。

すると、彼女はこう告《つ》げた。

「逆に肉体のない魂だけを呼んで、何の足しになるのですか？　意味のあるように魔法は作られている。そういうものです」

だけど、僕は白い部屋のベッドの上にいる……。

変わったところといえば、年齢が18歳《さい》ぐらいに若返ったことだろう。

慣れ親しんだ僕の姿なのに、この姿は僕ではないと、心が囁《ささや》いていた。

僕の命も姿も……両親と妹の元へ、置いてきたのだからだと……。

あの日から、そんな悲しみを抱《いだ》きながら、ずっとベッドの上にいる……。

僕の病気は治ってはいなかった。

生きていく世界が違うだけで、結局、僕というモノは変わっていなかったのだ。

僕にとって肉体の強化も、魔力の供与《きようよ》もあったかどうか疑わしかった。なぜなら、それを試《ため》す機会などありはしなかったから……。

ただ、恩恵を受けることができるというのなら……僕は、病気を治してほしかった。

大きな力などなくても、特別な力などなくてもよかった。

勇者という役割を与えられた僕だけど、病気の僕にそんな役割がまっとうできるはずもない。

僕が生まれ育った世界にいた頃と変わらず、僕は、病院と思われる部屋の一室で生活していた。

魔法でも僕の病は癒《い》えなかった。この世界にも、僕の病気を治す方法などないのだろう。

よくわからない薬を与えられ、ベッドの上にいるだけの生活だ。

その薬も、果たして病気に関する薬なのかどうか……。


さらに数日が過ぎていた。といっても、外の状況がわからないので、僕が寝《ね》た回数での換算《かんさん》で。

衣食住は一応提供されているが、この部屋から出ることは許されていない。

治療《ちりょう》という名目の監禁《かんきん》、及《およ》び、監視。それが一番正しい認識《にんしき》だと思う。

勝手に召喚しておきながら、使えないと判断すれば自由を奪《うば》い手のひらを返した。

だけど、僕が使えたとしても自由は与えられないような気がした。

一日のほとんどを、この部屋で過ごす僕に情報が入ってくることはなく、この部屋に近づく人間も限られている。

僕はきっとこのまま独りで……また、ゆっくりと死に向かうのだろう。

日本にいた頃となんら変わることはない……。

いや、日本にいた頃と違う点はあった。よくない面で。それは、僕を支えてくれる家族がいない。この異世界には僕を気にかけてくれる人は、一人もいないという点だ。

完全な独りだった。独りというのが、こんなにも不安で寂《さび》しいことだとは思いもしなかった。

こんな状態になって、僕は初めて気が付いたんだ。両親が、妹が、どれほど僕に心を砕《くだ》いていてくれたのか。

僕が思っていた以上に、家族は僕を……大切にしてくれていた。

『元の世界で命を終えているため、元の世界に戻ることはできません』

彼女から事務的に告げられたことを思い出し、胸が痛む。帰りたいと強く想う。

元の世界とよく似た白い部屋の一室で。生まれ育った世界とは違うこの場所で。

僕は、家族のことを独り想う……。

僕が召喚されて、1年ぐらいたったのだろうか？

もともと居た病室から、僕は、外の景色が見える、簡素な部屋へ移されていた。

その窓の向こうに見える世界から、季節の移り変わりがあることを知った。

暑さや寒さを経験して、過ごしやすい気温の日が増えたことで、召喚されてから1年が過ぎたのかもしれないと考えたのだ。

きっと、外の世界では元の世界と同様に、日々変化に満ち溢《あふ》れた時間が過ぎているのだろう。

この部屋から出ることができない僕には、関係のない話だけれど……。

かもしれないというのは、こちらの暦《こよみ》と日本の暦が同じではない可能性もあるからだ。

召喚されてしばらくは日数を数えていたが、ある日を境に、記憶が抜《ぬ》け落ちることが多くなり、数えるのをやめた。狂《くる》った数字を数えるなど、無駄《むだ》でしかない。

召喚されてからの日数など、数えても虚《むな》しいだけだと気が付いたのも、数えるのをやめた理由だ。


この1年で、大きな変化といえば、僕が完全に無用の長物だと判断されたことだろうか。

部屋の外を巡回《じゅんかい》する兵士達の話し声で、僕は69番目の勇者が召喚されたことを知った。

それならば、僕のこの状況も、もうすぐ終わりを告げるのだろう。

新しい勇者が召喚されたということは、病気で何もできない僕は用済みだろうから。

この殺風景な部屋で病死するのか、処分《殺》されることになるのかは、わからないけれど。

役に立たないモノを生かしておくほど、この国が優しい国ではないことを、僕は身をもって知っているのだから。

それに……。僕は、もう生きることを諦めていた。

仮にここから出されたとしても、何も知らないこの世界で、病気の僕が生き残れるはずもない……。

丈夫な体でもどうかわからないのに、この体では到底《とうてい》無理な話だろう。

ベッドの中から、窓の外をうつろに眺《なが》める。

地球でいう月のようなモノが、青く輝《かがや》き寂しげに僕を照らす。

あの月が黄色ならよかったのにと、何度も何度も思った……。


「おい、お前。お前は、勇者じゃないのか？」

静寂《せいじゃく》が満ちる部屋の中、唐突《とうとつ》に知らない声が聞こえた。

部屋の扉《とびら》が開いたわけではないのに、声が聞こえた。

この部屋に居たのは、確かに僕だけだったのに。

僕は、窓の外に浮かぶ青い月から声がしたほうへと視線を移した。

その先に立っていたのは、キツネ色の髪に薄い翠《みどり》の瞳をした青年だった。

何も答えない僕に、痺《しび》れを切らしたのか、青年が僕のベッドへと近づいてくる。

「おい、俺《おれ》の質問に答えろ」

一瞬、暗殺者かもしれないと思ったけれど、暗殺者だったとしても、僕には抵抗《ていこう》する術《すべ》などない。

この体では逃げ切る自信もない。来《きた》るべき運命が今なのだろうと、僕は悟《さと》った。

それならば……。

それならば、最後に訪《おとず》れたこの会話くらい、僕は交《か》わしてもいいのではないか？

ここ数カ月、誰ともまともに話していなかったのだから。

「君は、誰？」

「先に、俺の質問に答えろ。お前は勇者じゃないのか？」

「僕は、一応、68番目の勇者ということになっているよ」

「68番？　召喚されたのは69番目の勇者じゃないのか？」

「僕は、1年前に召喚されたんだ」

「ふーん……」

それっきり、何もいわず何かを考えて動かない彼《かれ》に、僕は首を傾《かし》げながら声をかけた。

「今度は僕の質問に答えてよ。君は誰？」

「ああ。俺は、23番目に召喚された勇者だった。召喚される前は日本にいた。こちらに召喚されたのは、2015年あたりか？」

全く想像もしていなかった返答で、絶句する。勇者がきたことも想定外だったけど、それ以上に、その勇者が日本人であったことに、言葉がでなかった。

ただ、今までの勇者が日本人であることを考えなかったわけではなく、今この時に日本人に会えたことが、僕にとって奇跡《きせき》でしかなかったから。

「お前は？」

「僕は、2020年に召喚された……」

心がざわつき、言葉が上手《うま》く紡げない。

「んー。お前、ちょっとじっとしてろよ」

僕にそう告げると、自称《じしよう》23番目の勇者は僕の胸に手をあてた。

何をするのかと一瞬身構えるが、体に小さな衝撃《しようげき》が走っただけで痛みなどはなかった。

僕が理解できたのは、彼が僕に何かの魔法をかけたのだ、ということだけだ。

「なるほど、そういうことか」

苦虫をかみつぶしたような表情のまま、一人納得した声を響《ひび》かせる彼を、僕は黙って眺めている。

こちらの視線に気が付き、悪びれる様子もなく軽く言葉を投げた。

「あぁ、お前の記憶を見せてもらった」

別に、知られて恥《は》ずかしい記憶などないが、一言ぐらい断りを入れるべきではない？

僕の不満を軽く鼻で笑った後、彼は真剣《しんけん》な表情で僕の顔を見ながら言葉を落とした。

「お前さ、このままじゃ殺されるぜ？」

「わかっているよ。でも、殺されると知っていても、僕にはどうすることもできないし、どうするつもりもない」

淡々と答える僕に、彼は僕の心の奥底《おくそこ》を覗《のぞ》くような目を向け問う。

「もし病気が治るとしたら、お前は何がしたい？」

「僕は、椿のように逝《い》きたい」

彼の問いに、僕は迷わず答える。抽象《ちゆうしよう》的な僕の返事に、彼は苦笑《くしよう》した。

僕の記憶を読んだことで、僕が伝えたいことは伝わっているようだった。

ここで。この場所で。この白い部屋で、ジワリジワリと死に向かっていく時間が耐《た》えがたかった。

「お前、それはしたいことじゃないだろうが。俺は、お前がやりたことを聞いているんだが？」

やりたいこと……。そう聞かれて、僕が思い浮かぶのは一つだけ。

「ないのか？　何かあるだろう？」

「僕は、病気が治るのなら、世界を見て歩きたい。ここではない場所で……。僕は、僕が選んだ場所で死にたい」

静かに自分の望みを話す僕に、彼は表情を変えることなく僕を見ていた。

「……世界を見て歩きたいのなら、歩くために必要なものを俺がお前にやるよ。この世界で、生きる理由もなくなったことだし……。お前に俺の命をやる」

悲愴感《ひそうかん》などなく、ただ、自分のお気に入りのお菓子《かし》をやるよというような口調で、彼はいった。

僕がこの世界を歩くために、自分の命を僕にくれると、彼は告げた。

一瞬耳を疑い、その意味を理解し、彼の表情が本気であることがわかり、僕は思わず声を荒《あら》らげた。

「他人の命を！　他人の命を犠牲《ぎせい》にしてまで、旅がしたいなんて思わない！」

感情の昂《たか》ぶりに体がついていかず、激しく咳《せ》き込《こ》み胸に痛みが生じる。

その痛みを逃がすように、胸を押《お》さえながら俯《うつむ》いていると、彼の手が僕の背中に当てられ、労《いたわ》るようにゆっくりと撫《な》でてくれていた。

彼の顔を見るために少し顔を傾《かたむ》けると、彼は何処《どこ》か複雑な笑《え》みを僕に向けていた。

「言い方が悪かったのは謝《あやま》る。順を追って話すから、まずは聞いてくれ。俺の話を聞いた上で、判断すればいいだろう?」

「聞くだけなら」

「ああ。まずは聞くだけでいいさ」

呼吸が落ち着いた僕の背中から、彼が手を離《はな》す。

僕を労ってくれる温《ぬく》もりが離れることに焦燥《しょうそう》を覚えるが、その感情をぐっと胸の奥《おく》に沈《しず》めた。

彼の話を聞くために、視線を向けると、彼は椅子《いす》に座《すわ》って僕を見ていた。

「……その椅子はどこから?」

この部屋に椅子なんてものはなかった。彼は今まで何も持っていなかったし、椅子を隠《かく》しておける場所もない。

「まずは、自己紹介《しょうかい》だよな」

彼は、僕の疑問に答えるつもりはないようだ。

「俺は、23番目にこの国に召喚された人間だ。日本での名前は、時任《ときとう》かなで。この世界での今の名前は、カイル。日本名は捨てたからな。カイルと呼んでくれ」

次はお前が自己紹介しろよ、という目をカイルは僕に向けた。

彼は、僕の記憶を見たのだから必要ないような気もするけれど。

「僕は、杉本刹那《すぎもとせつな》……」

「どうした?」

「いえ……。この世界に来て、名前を名乗ったのは初めてだと気が付きました」

「そういえば、そうか……」

カイルの視線が、僕の右手首にはまっているブレスレットに向いたが、気にせず話し続けた。

「僕は、詳しい説明をされる前に倒れてしまいましたから。名前を聞くまでもないと、判断されたんじゃないでしょうか」

「……」

何かを思案するように、寸刻、彼は黙り込んだが、その理由を僕には話さなかった。

だから、彼が何を考えていたのかは、僕にはわからなかった。


自己紹介が終わったところで、カイルが自分のことを語ってくれた。

召喚されたときのこと。召喚されてからのこと。カイルから見たこの国ガーディルのこと。

召喚された人間は、勇者という称号を持ってはいるが、国の奴隷《どれい》と変わりがないということ。

それから、勇者が召喚された者だという事実を知っているのは、ガーディルとエラーナという国の、王族とごく一部の人間しか知らないこと。

そして、この世界では命の価値がとても低いということ……。

自分の経験や知識を語ってくれるカイルの顔は、苦渋《くじゅう》に満ちていた。

魔物と戦うための道具として、僕達は呼ばれたんだ。

外の世界は、危険に満ちているのだろう。

そんな場所で生きてきたカイルは、僕が想像するよりも、大変な思いをしてきたのだろう。

苦虫をかみつぶしたようなカイルの顔がふっと、明るくなった。

「だけどさ、勇者として生きていた俺を、助けてくれた人がいた」

「……」

「俺は、５番目の勇者に助けてもらえたんだ」

「５番目の勇者……」

「ああ」

５番目の勇者を語るカイルの表情も声も、喜びにあふれているように見えた。

カイルにとって、その人はとても大切な人だったんだろう。

カイルの話を聞きながら、僕はあることに気が付いた。

この世界で初めて、杉本刹那として会話を交わしていることに気が付いたんだ。

僕の部屋を訪れる人は少なく、僕と関《かか》わろうとする人はいなかった。

僕の身の回りの世話をしてくれるメイドさんはいたけれど、彼女達は必要最低限のことしか話してくれなかった。


僕は、この世界に呼ばれた僕は、人間ではなくモノだったから。


カイルの話を聞かなければならないのに、目から涙《なみだ》がこぼれ落ちて止まらない……。

僕という個人を認識し、名前を呼んで話してくれる。

僕の話を聞き、返事をくれる。家族に囲まれていたときは、たやすく手に入っていたものだった。

この世界にきて、失《な》くしたモノだった。

だから、カイルと出会えたこの時間が、とてつもなく幸せな時間だと感じたんだ。

ああ、僕は人に飢《う》えていたのだと気が付いた。

「泣いてんじゃねぇよ。男が泣いても俺は慰《なぐさ》めねーぞ」

どこか茶化すような声で、慰めないといいながら慰めてくれるカイル。

その優しさや労りを含《ふく》んだ言葉に、僕はこの異世界で初めて笑った……。


僕にとって、はじめてできた親友。

出会ったのはついさっき。だけど、こう呼んでもカイルは許してくれるだろう。


しばらくして、落ち着きを取り戻した僕に、カイルは5番目の勇者の話をしてくれた。

5番目の勇者も、日本から召喚された人だった。

名前は、花井重人《はないしげと》。

この人物との出会いが、俺の人生を大きく変えたのだとカイルが笑って話す。

カイルが語る、5番目の勇者はとても実直な人のように思えた。

「でだ。ここからが本題になる。お前の右腕に、ブレスレットがつけられているだろう？　それは、蒼銀《あおがね》で出来た魔道具《まどうぐ》と呼ばれるものだ。蒼銀というのはダイヤより硬《かた》いこの世界の希少な金属で、魔道具を作るのに必須《ひっす》ではないのだが、壊《こわ》したくないものを作る時に使われる。魔道具ってのは魔法や特殊《とくしゅ》な能力が刻まれているもので、そのブレスレットには、お前の居場所と生命反応を発信する魔法が刻まれ、死ぬまで送り続けている」

「それは、僕がどこに逃げても居場所がわかるし、生死もわかるということだよね？」

「そうだ、だからそれがついている限り逃げることはできない。自分で外そうとしても、体全体を痛みが襲《おそ》い、最後には死ぬことになる」

カイルは、深くため息を落とす。

「要は、死ぬことでしか外すことができない。召喚されたやつは、必ずそいつをつけられる……。別名、勇者の証《あかし》だ」

忌々《いまいま》しそうに、カイルは僕の右手首にはまるブレスレットを見ながら話を続けた。

「右手首を落としても無駄らしい。右手首が使えなくなったら左手首に移動する。俺にも、それがつけられた。毎日、毎日、心を削《けず》りながら魔物を倒し、国王の命令を実行することでしか、生きていく術がなかった」

生死を懸《か》けた魔物との戦いなど経験したことのない僕には、どんな慰めの言葉も見つからず、カイルのつらそうな表情を黙ってみているしかなかった。

「それでも、食事や服装は、好きにさせてもらえたが……」

逆に僕の姿を見て、カイルは、その瞳を悲しそうに歪《ゆが》めた。

「そんな生活に辟易《へきえき》していたときに、さっき話した5番目の勇者と出会ったんだ」

「花井さんには、勇者の証はついていなかったの？」

「いや……。じいさんも勇者として召喚されたからな。勇者の証をつけられたらしい。だが、今よりは性能が不安定だったこともあってか、魔物との戦いで仮死状態になったじいさんを、魔道具は死亡と誤診《ごしん》したようだ。じいさんが気が付いたときには、もう勇者の証はなかったと話していた」

「死亡と判断されるだけの大怪我《おおけが》って……」

「よく生きてたよな」

「本当に」

「それでだな、じいさんは俺にこういったわけだ。勇者の証が無くなったのをみて、自分の人生をやり直そうと思ったってな。魔物を殺すことに戸惑《とまど》いはなかったが、自分の意思をねじ伏《ふ》せられる生き方が苦痛だったって……」

カイルは、そこで一度話を切り、何かを飲み下すように目を閉じた。きっと、カイルも花井さんと同じようなことを考えながら、その苦痛に耐えていたのかもしれない。

僕は、カイルが口を開くのを黙って待っていた。

カイルはそんな僕を見て、気にするなと軽く笑い、話題を変えるようなことを話し出す。


「じいさんはさ、この国の歴史書にのってるんだぜ?」

「歴史書?」

「そう。5000年前に活躍《かつやく》した勇者としてな」

カイルの言葉に頷きかけるが、ギリギリのところで思いとどまった。

「あり得ないでしょう?　花井さんが5000年前の勇者なら、カイルと出会えるわけがないじゃないか」

おかしいと告げる僕に、カイルは悪だくみを考えているような笑みを浮かべた。

「刹那。俺の年齢を当ててみろよ」

「んー。見た目は25歳くらいに見えるんだけど、花井さんの話を聞いた後では、絶対にないよね」

「そういうのを加味して、当ててみろっていってんの」

「うーん。僕は魔法を使えないけれど、花井さんが何かの魔法を使ったとしてカイルは、80歳ぐらい？」

「外れ。お前、真面目《まじめ》に考えたのかよ。ヒントをやっただろうが」

「だから、真面目に考えた答えが80歳だったんだよ」

僕の表情を見てカイルがふはっと笑い、本当の年齢を告げた。

「俺は、これでも２５００年以上は生きてるんだぜ？」

「……」

桁《けた》が違う数字に、一瞬、呆気《あっけ》にとられる。

冗談《じょうだん》だと、カイルの言葉が続くだろうと思った。

カイルが口を開くのを待ってみたが、彼は何もいわない。

彼の言葉が本当なのだと知り、僕は目を丸くした。

そんな僕に、カイルはこの世界の寿命の話をしてくれた。

この世界は、魔力量が多いほど寿命が長いらしい。

この国の平民の寿命は、大体２００歳から２５０歳だそうだ。

さらに魔力量の多い貴族達や王族の寿命は、大体３５０歳ぐらい。

魔導師などはそれ以上生きる人も多いらしい。

魔力のない種族もいるらしく、そういう種族は、人間とは違う寿命を持っているらしかった。

この世界の寿命が、僕達の世界の寿命より遥かに長いことは理解できた。

理解できたが、王族の寿命が350歳としても、カイルの2500歳以上というのは、やっぱり、あり得ないような気がする……。

「じいさんもそうだけどさ、今の俺の魔力も底がない。だから、不死に近いんだと思う」

カイルは真剣な顔で僕を見て、言葉を紡《つむ》いでいく。

「俺は、じいさんから、この膨大な魔力とじいさんが培《つちか》ってきた経験や知識、技術や能力を、すべて受け継いだ。じいさんが、この世界を十分生きて、死を望んだときに俺と会った。死ぬまで外れない……俺の勇者の証をみて、じいさんはこういったんだ」

カイルは、僕から視線を外し、少し懐《なつ》かしむような目をしながら続きを語る。

「お前は、その腕輪が外れたらこの世界で何をする？　ってな」

花井さんがカイルにした問いは、カイルが僕にした問いとよく似ていた。

「だから、俺は自由に生きたいといった。がんじがらめに縛《しば》られた生ではなく、自由に生きたいのだと……」

「……」

「そう答えた俺に、じいさんは、自分はもう十分なくらい人生を楽しんだ。だから、お前がそう望むなら、私がお前に自由をやろうといってくれた」

カイルは簡単に話しているが、多分、花井さんとカイルの会話はもっと複雑だったのだと思う。

「そしてだな、じいさんは俺に3度目の人生を与えてくれたわけだ。だから、俺はここに居る。じいさんに会わなければ、俺はこの世界を憎《にく》み、呪《のろ》ったまま死ぬことになっただろうな」

僕は黙って、彼の話を聞いていた。

この先に、彼が切り出すであろうことを知っていながら、カイルの話を遮《さえぎ》ることはしなかった。

カイルが真《ま》っ直《す》ぐに僕を見る。僕も視線を逸《そ》らすことなく彼を見る。

「今度は、俺がお前に3度目の人生をやる。お前は、その体を捨てて、この体に、お前の魂を入れればいい」

そこで、カイルは会話を切った。わかりやすく話すために言葉を選んでいるようだった。

「簡単に説明すると、お前の魂と俺の魂が混ざり合うことになる。もちろん、じいさんの魂も含まれる。魂が混ざり合うといっても、俺達の……。俺とじいさんの魂は情報というモノに置き換《か》えられる。刹那の人格に何の影響《えいきょう》もでない」

僕は、答えない。

「俺とじいさんの膨大な魔力。技術と知識。経験と能力。すべてがお前のモノになる。お前が望んだ世界を歩くことの助けになるはずだ。じいさんも俺も強かったから、すべてを引き継いだお前は、この世界最強の男になれる」

カイルは笑いながらも、その瞳に真摯《しんし》な色を灯《とも》していた……。

「嫌《いや》だ……」

僕の本音が、短い言葉でこぼれ落ちた。

やっと出会えた。

この異世界で独りだった僕を見つけてくれた人に……。

この世界で、僕を理解してくれる友人ができたと思った。
初めて、心許せる親友ができたんだ。

僕はもう、独りになりたくはない。

「刹那。俺は、２５００年以上生きてきた。お前は、日本でもここでも、まだ何も成していないだろう？」

口をつぐむ僕に、カイルは諦めずに話す。

「俺は、生きるべきだと思う。様々なものを見て、触《ふ》れて……生きていく喜びをその手に掴《つか》むべきだ。もちろん、楽しいことばかりじゃねぇだろうし、辛《つら》いことも多いはずだ。この世界は、俺達の世界じゃねぇ。価値観自体が全く違う。正直、生きやすいとは思わない」

不安要素も隠さず、愚直《ぐちょく》にカイルは、ただ話した。

「だが、それでも……美しいと思えるものも、心震《ふる》える瞬間に出会えることもある。そういった経験を、お前に体験してほしいと思うよ」

カイルが僕を諭《さと》すが、僕は首を横に振《ふ》って拒絶《きょぜつ》する。

「い……嫌だ」

「お前が、この話を断っても、俺はこの世界から消えるつもりでいるぜ？　俺は、生きることに満足したからな。この決意は変わらない」

「なっ……」

頑《かたく》なに拒絶する僕に、カイルは衝撃的な言葉を投げた。

血の気が引いていくのが、自分でもわかる。

「刹那……。お前がこの体を使ってくれたら、俺の自我《じが》は消える。だけど、お前と一緒《いっしょ》にいることができる。お前は、この世界を自由に旅することができ、お前が望んだ世界を歩くことができるんだ。じいさんと俺の生きた証を受け取ってくれよ。刹那、一歩踏み出せよ」

置いていかれる寂しさや恐怖《きょうふ》、言葉にならないほどの焦燥と孤独《こどく》が、僕の胸に渦巻《うずま》いている。

カイルは、そんな僕を淡々と追い詰《つ》めていった。

「俺は、お前に生きて欲《ほ》しいよ。まだ逢《あ》って数時間しかたってないが、親友には幸せになって欲しいと思うだろう？」

僕を親友といってくれたその言葉に、僕の頬《ほお》に涙がつたって、布団《ふとん》に落ちる。

「俺もじいさんも、剣術も体術も完璧《かんぺき》に鍛《きた》えてある。魔法や能力も、俺達にかなう奴《やつ》はいないだろう。その使い方も、この世界の常識も、俺達が生きてきた知識も、すべてがお前に引き継がれる。だが……。身を守る能力は別として、知識は検索《けんさく》ができるようにしてやるな」

まだ、僕が納得していないことを知っていながら、カイルは、それを意に介《かい》さず続ける。

「お前は、元の世界でも外に出ることができなかったんだろ？」

「……」

「すべてを最初から知っているというのは便利だが……。知る楽しみが半減すると思うんだよな。だから、刹那が調べたいと思わなければ、情報が提供されないようにしてやるな。そのほうが楽しいだろう？　お前は、本を読むのが好きだから。最初から、わかっている世界なんて新鮮味《しんせんみ》がないだろうしさ。お前は、お前の歩調で色々と経験しながらこの世界を歩いていけよ」

僕の心は、カイルの話を断りたいのに。彼の声を聞いているうちにその感情が薄れていく。

「イメージとしては、パソコンの検索をかけるような感じだな。便利だが、不便みたいな？」

自分の意思が揺《ゆ》らいでいるのを感じ、視線を彷徨《さまよ》わせていた僕に、カイルが力のこもった声を僕に飛ばした。

「刹那、生きろ」

カイルのその言葉に、断ろうとしていた感情は更《さら》に薄くなり、生きる方向へと心が傾く。

じっと僕を見るカイルに、軽く頷き……僕は生きる覚悟を決めた。

「生きてみるよ。頑張《がんば》ってみる。ありが……とう。カイル」

そう呟《つぶや》いた僕に、カイルは一度視線を伏せてから僕を見て、嬉《うれ》しそうに笑ったのだった。


「新しい人生が始まったらすぐに理解できると思うが、俺とじいさんの能力にお前の能力が合わさる。お前の能力が何かは、今の時点ではわからないが、俺達の能力があれば困ることはない」

僕が、生きると答えた後は、カイルは何も憂《うれ》うこともなく、嬉々《きき》として話をする。

「刹那なら、世界征服《せいふく》も夢じゃないんだぜ？」

そんな物騒《ぶっそう》なことをと、僕は苦笑する。

「旅に飽《あ》きたらさ、気に入った国を守るなり、魔王になるなり、好きなように生きればいい。一生旅をしてもいいけど……人と関わって生きていけよ。刹那」

このときのカイルは、親友というより家族……、僕に兄がいたら、こんな感じだったのかもしれないと思うような表情を見せていた。

「カイルは？　カイルは2500年という年月を、どう過ごしていたの？」

僕の質問に、なぜかカイルの視線が彷徨った。

「そ、それはだな。今は秘密だ。だが、俺はお前の記憶を見た。だから、俺の過去も見ることができるようにしておくが……。そうだな、俺の記憶に関する情報は、二つほど施錠《せじょう》しておく。その鍵《かぎ》は、この世界にある何かが契機《けいき》となって現れる。頑張って、鍵を見つけてくれ」

それほど、僕に過去を知られるのが嫌なの？　君、この異世界で何をしてきたの？

色々気になることはあるが、とりあえず頷いておいた。きっと、聞いても答えないだろうから。


話は尽《つ》きることなく続いていた。しかし、いつか終わらせなければいけない。

カイルは、一度、目を閉じゆっくりと開き、少し寂しそうな、名残惜《なごりお》しそうな目を僕に向けた。

彼から告げられるであろう言葉を予想し、指先が冷たくなっていくのがわかる。

そんな僕を見ていながらも、彼の意思は揺らがない。

「心の準備はいいか？　刹那」

心の準備なんて、できるわけがない。心が悲しみで満たされていく。

嫌だと、別れたくないと叫《さけ》びたいのに、何かが邪魔《じゃま》をして叫べなかった。

叫んだとしても、彼の意思は変わらない。変わらない……。変わらない………。

彼の目が、僕を見てそう告げていた。

「……」

僕は軽く目元を隠すように、一度俯く……。

それならば……。

優しい君が、僕の未来を語るのなら……、君との約束を刻み旅にでよう。

君が僕の未来を望んでくれたから、僕は自分の望みを叶えていいのだと、想えた。

俯いていた顔をあげ、僕は真っ直ぐに彼を見た。

僕と君との最初で最後の邂逅《かいこう》を、僕は生涯《しょうがい》忘れない。

虚勢《きょせい》を張って、この言葉を贈《おく》る。


「さようなら、かなで」

君は、ただ静かに笑い頷いた………。


「じゃあな、刹那。椿のように生きろ」

カイルは、口角だけをあげて笑い、そう告げて立ちあがると同時に詠唱《えいしょう》し、魔法を紡ぎ始める。

僕は、拳《こぶし》を握《にぎ》りしめ、その詠唱を止めたい気持ちと闘《たたか》っていた。

そんな葛藤《かっとう》を抱いていたのは僕だけではなかったのだろう。そう思うのはカイルの表情が、短い間に幾度《いくど》となく変わっていたからだ。

肯定《こうてい》するように頷いたかと思えば、申し訳なさそうになり、すぐに嬉しそうな顔になり、最後に困ったような表情を浮かべながら、僕へと手を伸《の》ばした。

その手が、僕の額に触れた瞬間《しゅんかん》……。


僕は天地を失い、視界を失い、重さを失い、大きさを失った。

そして恐怖を覚える間もなく、何かに引き寄せられ、その中に沈む。

言葉として言い表すことができないモノの中で、溺《おぼ》れる前に足掻《あが》かなければと、本能がささやく。

だが、そのささやきが終わるよりも前に僕を飲み込んだそれは、四方八方から僕の中に一気に流れ込んできた。

そのすべてが僕の中に収まるのに、時間は必要なかった。

カイルと花井さんの生きた証を受け継ぐという意味が、今、理解できる。

彼らが生きて得た、あまねくものをこぼすことなく、僕は受け入れていた。


ゆっくりと、目を開ける。

僕は、ベッドの横に立ち、ベッドに横たわっている僕を見下ろしていた。

24年間、いや……25年間見慣れた僕の姿。目を閉じてはいるが、黒い目に黒い髪。

こちらに召喚されたときに、若返ってしまったけれど、僕であったことには違いない。

やせ細った右手首にはめられていた勇者の証が、サラサラと崩れていくのをただ見つめる。

この瞬間……。

杉本刹那という人間はもう一度死に、時任かなでもまたこの異世界から消えたんだと、実感した。

「僕は、すべてをここに捨てていく……」

静かな部屋に、僕の小さなつぶやきが滲《にじ》んで消えた。


どれくらい悲しみに沈んでいたかわからない。

遠くの方から、少しあわただしい気配を感じ、僕は我に返る。

遠くの人間の気配を感じたことなど、今まで一度もなかった。

初めての感覚に戸惑いながらも、ここから逃げる方法を考える。

僕が死んだことを、察知されたのだと思う。

見つからずに移動しなければと思い、カイルがどのようにしてこの部屋に来たのかを検索する。

彼が話していたことは、妙《みょう》に現実味を帯びていた……。

まるで、僕の頭の中に何かネットワークのようなものが構築された感じがする。

とりあえず、カイルは転移魔法を使いここに来たらしい。

どうやって僕を見つけたのかは、漠然《ばくぜん》としかわからなかった。

そのうちわかるようになるだろうか?

魔法が使える、使えないの不安は一切《いっさい》なく、自然と魔法が体に馴染《なじ》んでいるそんな感覚。

まるで、僕が僕でないような感じを抱くけれど、そのうち慣れてくるだろう。

ふと気づくと、この建物から人の気配を感じる。
この感覚は何だろうと不思議に思いつつ、意識を集中してみる。
すると、何処に人がいるのかという、詳細《しようさい》な気配まで知ることができた。
もう少し意識を研《と》ぎ澄《す》ませるような感覚で、建物の中から外へと向けた。
ここから離れた位置に、沢山の人が集まっている場所があった。
これが城下町だろうか？
人が集まっている場所から少し離れた位置。
人の気配を感じない位置に向かって、僕は初めての魔法を行使する。
『転移』そう心に思い浮かべるだけだった。
転移と同時に、僕の魔力を隠蔽《いんぺい》するための魔法も発動したようだった。
カイルが、この体に魔法をかけていたのかもしれない。
気配を感じていたのも、おそらくは、カイルが自身にかけていた魔法だったのだろう。

召喚され、囚《とら》われていた場所から抜け出し、僕は自由を手に入れた。
『椿のように生きろ』
かなでとの思い出を胸にしまい、彼の言葉を更に胸に刻み込んだ。
焦燥と寂しさを胸に、僕は3度目の人生を歩きはじめる。

## ◇2　【時任かなで】

何の音もない、静かな部屋の中。

窓の外に浮かぶ、青い月の光に照らされながら。

そいつは、ベッドの上で上半身だけを起こし、独りで月を眺めていた。


地球の月とは、大きさも色も全く違う月なのだが……。

月を眺めるその気持ちは、痛いほど理解できた。

俺も、幾度《いくたび》、青色の月を見上げただろう。

あの月が黄色ならばと、何度思ったことだろう。


数年ぶりに、こちらの大陸に戻り、酒を飲んでいるときに噂《うわさ》を聞いた。

神託により、69番目の勇者が覚醒したらしい。

真実を知ることなく、勇者の話で盛り上がる酒場を抜け出すために、俺は残りの酒を飲み干した。

召喚された奴の気配を探《さぐ》り、懐かしい気配を察知する。

今回の犠牲《ぎせい》者は、どうやら同郷の奴らしい……。

「どんな奴が、召喚されたんだろうな」

思わず漏《も》らした呟きは、賑《にぎ》やかな街の声にかき消される。

自分の中で決意を固めると同時に、俺は魔法を発動し、この街を後にした。

「もし……なら」


扉を開けず、魔法で部屋に入り込んだ俺に、同郷の奴は気が付かない。

向こうが気が付くまで、俺は少し観察することに決めた。

俺が今立っている位置からは、こいつの顔は見えていない。

だが、その体つきを見て、自然と眉間《みけん》に皺《しわ》が寄るのがわかった。

勇者というのは、裏がどうであれ表向きは、いい部屋をあてがわれ、いいモノを着せられ、いいモノを食べさせてもらえるんだが……。

だけど、どうやらこいつは、今までの勇者とは扱《あつか》いが違うようだった。

大体、勇者として召喚される者は、心身ともに、ある程度健康な奴が引っかかるはずなんだが、こいつは……。

肉付きが悪く、筋肉などほとんどついていない。まさに、病躯《びょうく》そのものだ。今にも逝きそうなそいつをみて不憫《ふびん》に思い、同時に、風邪《かぜ》をこじらせて苦しんでいた幼い娘《むすめ》を思い出し、胸が軋《きし》んだ。

そして、病気で使えないと判断したらためらいなく飼い殺しにする奴らの思考に、自然と拳を握りしめていた。


俺は内心ため息を落とす。

興味本位で、同郷の奴を見に来たわけではない。

別の大陸で、俺が守る一族が途絶《とだ》え、生きる意味がなくなった、そう思い込んでいた。

滅《ほろ》びの運命に飲み込まれ、露《つゆ》と消えていくあいつらに遭遇《そうぐう》した時、どうしても守ってやらなければと考えた。

結局、天寿には逆らえず俺は奴らをみとり、ある意味満足し、十分だと感じていた。

こまごまと遣《や》り残したことはあるが、それを気にしていたら、引き際《ぎわ》など考えることはできない。

そう決めて、眠《ねむ》ろうかと漠然と考えていた矢先にこいつの噂を耳にした。

どうせ眠るなら……。

俺がじいさんにしてもらったように、召喚された奴を自由にしてやろうと思ったんだ。

俺が気に入らない奴なら、そのまま放置しようと決めてもいたが……。

一通り観察も終わり、勇者にしては鈍《にぶ》い男に、俺は声をかけた。

「おい、お前。お前は、勇者じゃないのか？」

すると男は、動揺《どうよう》することなく、俺のほうへと視線を向けた。

普通《ふつう》は、気配のない所から声がしたら驚《おどろ》くものだが……。

そう思うと同時に、男の目を見て男が驚かなかった理由がわかり、俺は内心舌打ちをした。

生きながら死に向かっている。すべてを諦め、それを受け入れた目をしていた……。

同じ質問を繰《く》り返し、男の返事を聞く。

意外だったのは、69番目ではなく68番目だったことだ。

召喚はそう気軽にできるものではない。初代ガーディル国王の直系で魔力の強い者が、死ぬまでに2回使えるかどうかだ。それを、1年で使ったとなると、よほど切羽詰《せっぱつ》まった状態なのか……。

まぁ、この国がどうなろうと、俺の知ったことではないけどな。

しかし、1年前に召喚されていたのに、俺が気が付かなかったのはなぜだ？

同郷の気配なら、違う大陸にいたとしても気が付けるはずなのに。

内心首を傾げながら、色々と振り返り、思い至る。

あのときの俺は、守ることに必死になっていた。

だから、こいつが召喚されていても、気が付けなかったのだろう。

すぐに結論をだした俺は、色々と聞きだすのが面倒《めんどう》になった。

記憶を読んだことで、この男……刹那のことを理解する。

真っ直ぐな青年だった。真っ直ぐすぎるぐらい真っ直ぐな男だった。

そして、この青年がどれ程《ほど》の痛みに耐えながら生きていたのかも同時に知った。

この城の人間を、根絶やしにしたいと思うぐらい酷《ひど》かった。


俺が同郷だと知って、刹那は自分の感情を少し取り戻しかけているようだ。

記憶を読んだと告げたときの、不満そうな顔がその証拠《しょうこ》だろう。

それでも、己《おのれ》のことを理解しているこいつは、殺されるであろうことを知っていた。

知っていて、俺がそれを伝えても、表情を変えることはなかった。

優しいこの青年を……ここまで追い詰めたのが、この国の奴らだと知っている。

激しい怒《いか》りを感じるが、それを無理やり押し込めた。

俺がここで暴れても、こいつの運命は変わらない。

内心でもう一度ため息をつき、俺はじいさんにされた質問と似たようなことを聞く。

「もし、病気が治るとしたら、お前は何がしたい？」

俺は、お前の未来を聞いたのに……。

「僕は、椿のように逝きたい」

そう、あいつは答えたんだ。

独り死に沈む時間が耐えられないと。

潔《いさぎよ》く死にたいのだと、刹那が告げた。

『椿』のように。

こいつの胸の中にある椿という花の印象は、とても潔いものだった。

そこに刻まれた約束が、こいつの中に残った最後の生きる意味だった。

俺は苦笑しながら、したいことじゃないだろうと告げる。

俺の言葉に、刹那は本当に静かに、世界を見て歩きたいと答えた。

その後に、余計な言葉もついていたが、聞いていないことにした。

俺の言葉に逆上した刹那をなだめながら、俺のこと、じいさんのこと、勇者のこと、この世界のことを刹那に語る。

色々と話しているうちに、静かに涙を落とす青年。

その涙の理由に思い至って、俺の胸のうちも切なくなっていく。

誰ひとり、頼《たよ》ることができない孤独。

苦痛にもがいても、誰ひとり、こいつに手を差し伸べはしなかった。

そして、話す相手もいなかった……。


このときにはもう、こいつを見捨てることなどできないとわかっていた。

数時間前に出会った、同郷の青年。俺より遥か年下の青年だ。

それなのに、俺にはもう数十年来の親友という感じがしていたのだ。

親友というより、弟に近い感情かもしれないが。

それが、こいつの記憶を読んでこいつを身近に感じたせいなのか……。

刹那の性格によるものなのかは、わからない。

単に、俺はこいつが気に入ったのだろう。

刹那も俺のことを、親友だと思ってくれているようだ。

こいつにとっては、俺は初めての親友か？

そうだとすると、説得が大変そうだ……。

こいつは、自分の意思を曲げるような男ではないからな。

だが、どんな手段を用いても、俺は俺の意思《エゴ》を押し通した。

こいつを、刹那を生かすために、頑なに拒絶する刹那を何とか説得するために。

俺は、こいつの薄い薄い決意が変わらないうちに、準備を進める。

俺が立ち上がると椅子が自動で鞄《かばん》の中に戻っていったが、そんな奇妙《きみょう》な光景すら目に入らないほど、こいつの心は葛藤《かっとう》していた。どんな決意だろうと、それを覆《くつがえ》すのに、ひどく葛藤するのはこいつの長所でもあり短所でもある。今回はその短所のおかげで、準備に必要な時間を取れたが。

有りあまる魔力と能力があったため、魔法詠唱なんてあまりしてこなかったこの俺が、今回だけは、より強く、確実に魔法がかかるように丁寧《ていねい》に詠唱をすすめる。

その際、利那には内緒《ないしょ》でいくつか悪戯《いたずら》を仕込んだが、気が付くことはないだろう。

仕方ないよな?

俺の最後の親友は、箱入りで世話がやける。

そうそう、俺が死んだことによる悲しみをあまり感じなくする必要もあるな。

なにも手を打ってないと、あいつのことだ、ここで呆《ほう》けてしまうに違いないから。

本当に、心配でゆっくり眠れねぇよ。困ったもんだ……。

最後の最後で、執着《しゅうちゃく》したくなるものができちまった。

叶《かな》うなら、お前と共に歩きたかったが……。

心の中で苦笑をこぼしながらも、それでも笑って生きる刹那を想像し、自然と笑みが浮かんだ。

あいつが、刹那が、幸せになってくれるなら、俺の人生も無駄ではなかったのだろう。

この1年のことも含めて……。

満たされた感覚に身をゆだね、俺は刹那の中で眠りについた。

## 第二章　松虫草　《無からの出発》

◇１【杉本刹那《すぎもとせつな》】

人の気配のない所へと転移した僕《ぼく》は、正直、途方《とほう》に暮れていた。

いきなり病気が治り、歩いても息切れがしない体を譲《ゆず》り受けた。

そして、何の苦労もなく戦うことができ、魔法《まほう》も使えるらしい。

精神的な面を考えると、本当に戦えるのかという疑問は残るけれど。


とりあえず、ゆっくり考えることができる場所が欲《ほ》しいと、切実に思う。

今の自分の外見もわからない。他《ほか》に何ができるのかもわからない。

異世界を旅することは決まっているが、それ以外が決まっていない。

昨日は、カイルと一晩中話していたので眠《ねむ》ってもいない。

久しぶりに、お腹《なか》もすいていた。ゆっくり休めて、食事のとれる場所。

まずは、宿屋を探して部屋を確保してから、次の行動に移そうと考えてはみるが、宿屋に泊《と》まるにはお金がいることに気が付く。

「お金……」

思わず、呟《つぶや》いてしまう。僕は、この世界のお金を持ったことなどない。

ポケットの中を探そうと自分の体を見たときに、鞄《かばん》が肩《かた》からかかっていることに気が付いた。

その鞄を見て、カイルが眠りにつく前に、とても楽しそうに話していたことを思い出した。

「俺《おれ》の最高傑作《けっさく》の鞄をお前にやるから、大切にしろよ！　しっかり中身を確認《かくにん》するように」

カイルは、この鞄のことをいっていたのだろうか？

何が入っているのか、もの凄《すご》く気になるけれど、まずはお金が必要だ。

珈琲《コーヒー》色の布製の鞄の中に、同色の巾着袋《きんちゃくぶくろ》が入っていた。袋を開けて中を見てみると、お金らしきものが入っている。カイルは、本当にすべてを僕に残してくれたらしい……。

お金の問題が解決したため、宿屋を探しながらお金のことを頭の中で調べる。

カイルの記憶《きおく》によると、この世界のお金の種類と単位は……。

十分銅貨10枚で、銅貨1枚。

銅貨5枚で、半銀貨1枚。

半銀貨2枚で、銀貨1枚。

銀貨10枚で、金貨1枚となるようだ。

これを日本円に換算《かんさん》すると……。大体こんな感じになるらしい。

十分銅貨1枚、１００円。

銅貨1枚、1000円。

半銀貨1枚、5000円。

銀貨1枚、1万円。

金貨1枚、10万円のようだ。

大体というのは、その時々の物価の変動によって大きく差が出るものらしいからだ。

まぁ、それ以外にも、お金に関してはこの世界と元の世界では勝手が違《ちが》うので、大体ということでとどめておく。そんな風にお金に関して把握《はあく》しているうちに、宿屋らしき所に到着《とうちゃく》した。

内心、緊張《きんちょう》しながら扉《とびら》を開けて中に入る。店に入るなんて、元の世界でもあまりなかったことだ。

受付と思われる場所に女性がいたので、声をかける。

「部屋を取りたいのですが、空いていますか？」

緊張はしていたが声が震《ふる》えることはなく、心の中で安堵《あんど》する。こちらの用件は伝えた。なのに、受付の女性から返答がない。僕は不思議に思いながらも、もう一度声をかける。

すると、我に返ったように、受付にいる女性が僕の顔をじっと見つめながら答えてくれた。

僕の顔に何かついているのだろうか……。少し不安だ。

「いらっしゃいませ。一人部屋ですと1泊《ぱく》銅貨4枚、夕食付きで半銀貨1枚となりますが？」

女性の説明に、お腹もすいているので、食事付きで頼《たの》むことにした。

「食事付きで、3泊お願いしたいのですが」

「はい、食事付きで3泊ですね。先払《さきばら》いになりますので、銀貨1枚と半銀貨1枚になります」

袋から、提示されたお金を取り出して手渡《てわた》す。

女性は、とても綺麗《きれい》な笑顔《えがお》を向けてくれながらお金を受け取った。

「お部屋は、2階の一番端《はし》になります。201号室です。ごゆっくりおくつろぎください」

女性が満面の笑みで僕に鍵《かぎ》を渡してくれたので、お礼をいってから部屋へと向かう。

あてがわれた部屋は、ベッドと机と椅子《いす》だけという質素だけれど、清潔な部屋だった。ベッドに腰《こし》を下ろし、ため息をつく。疲《つか》れた……。今日一日で、目まぐるしく状況《じょうきょう》が変化したのだから、当然かもしれない。ベッドが軋《きし》む音を聞きながら、ふと、壁《かべ》にかかっている姿見に目を向ける。

鏡に映りこんだ姿に、僕は目を見開くように凝視《ぎょうし》した。


これが、今の僕なのか……。

顔の作りは、元の僕とは全く似ていなかった。かといって、カイルと似ているわけでもない。だけど……不思議と僕はこの顔が僕なのだと、すんなり受け入れることができた。

黒い髪《かみ》に、黒い瞳《ひとみ》ではなく、髪はカイルがキツネ色だったのに対し僕は透明感《とうめいかん》のあるクルミ色だ。目の色も、カイルは薄《うす》い翠《みどり》だったけど、僕は薄い菫《すみれ》色になっている。

クルミ色の髪に菫色の瞳……。鏡の中の僕を僕はじっと見つめて、心の中でよろしくと呟いた。

鏡に映る顔から視線を下げると、体が目に入る。体つきはすべてが違っていた。

日本で夢見た健康な体を通り越《こ》して、全身くまなく筋肉がついている。

自画自賛になるけれど、バランスの良い体だと思う。少し頬《ほほ》が緩《ゆる》んだ。

妹の鏡花《きょうか》に見せたら、きっと泣いて喜んでくれただろう。

そんなことを考えながら、ベッドに倒《たお》れ込《こ》んだら、いつの間にか眠りに落ちていたようだった。

目が覚めたら夕食の時間だった。ほぼ半日寝《ね》ていたようだ。

夕食をすませ、部屋に戻《もど》り、気になっていた鞄の中身を調べることにする。

鞄を開けながら、自分の感情に思わず笑う。

貰《もら》ったプレゼントの中身を楽しみにしている子供のような気持ち。ずっと忘れていた感情だった。

しっかり鞄の中を確認するようにといった、カイルの言葉に従い、鞄を開けた。

「さて、何が入っているのかな……」

鞄の中に手を入れ、掴《つか》めた物から出していく。

白いローブに黒いローブ。高級感が漂《ただよ》う貴族が着るような服。マントに……と、服ばかりが出てくる。カイルに似合いそうな服もあれば、本当にこれを着たのかと思われる服もあった。

服の部?が終わり、次に出てきたのは、武器類だった。短剣《たんけん》、杖《つえ》、鞭《むち》、弓。これは絶対に店売りじゃないと思われる物もある。遺跡《いせき》で入手したのか、自作したのか気になり、ここまで出てきた物を、ゆっくり鑑賞《かんしょう》したくなるが、入っている物の確認が先だよね。

気持ちを切り替《か》え、次に引き出したモノは水筒《すいとう》に、お金の入った袋が三つ。椅子……。椅子⁉

この椅子には見覚えがある。

そうか、僕と話していた時の椅子は、この鞄から出したのか。

あの時のカイルの笑いが、今わかった。きっと、僕の反応を想像して楽しんでいたのだろう。

それにしても、カイルはこの椅子をいつしまったのだろうか。

椅子の次は、ぬいぐるみ。ぬいぐるみ。そしてぬいぐるみ。その数、25個！

なぜぬいぐるみが25個も入っているの⁉　ずらりと並んだぬいぐるみの目が怖《こわ》い……。

首を傾《かし》げながらも、次の物を出すと楽器だった。

弦楽器《げんがっき》が二つ。一つは普通《ふつう》の楽器。もう一つからは、魔力を感じた。

楽器の次は本が出てきた。本！　本好きの僕は、少し期待しながら本のタイトルを見た。

そして……呆然《ぼうぜん》としてしまう。

『逢引《あいびき》の穴場！　今日はこれで完璧《かんぺき》』

『彼女《かのじょ》と泊まるならこの宿屋！』

『初めての……』

タイトルを見る前に、そっと鞄に戻した。

彼《かれ》の鞄の中身を出していく度《たび》に、僕の頭の中は疑問で埋《う》め尽《つ》くされていく。

ねぇ？　カイル……君、冒険者《ぼうけんしゃ》じゃなかったの？

その後も、よくわからない物や、どうしてこんなものがと思われる物や、売ればすごい金額になるのではと思うような魔道具まであった。

そして、次に取り出した物は、二つ折りにされた数枚の便箋《びんせん》だった。

便箋を広げてみると、そこには少し癖《くせ》のある文字で日本語が綴《つづ》られていた。

その文字を無意識に指でなぞる。懐《なつ》かしい……。

僕宛《あて》の手紙だった。いったい、いつ書いたんだろう？

カイルとの時間を思い出しながら、僕は手紙を読み始めた。

『刹那へ

いつこの手紙を書いたのか。そんなこと考えるだけ無駄《むだ》だろう?

今のお前ならわかるはずだ。俺の能力、想像具現で創《つく》った物だ。

伝えきれなかったことを、ここに記すから読んでくれな』

読まないという選択《せんたく》などないよ……カイル。

それにしても能力ってなんだ。今まで言葉そのものの能力ととらえていたけど、どうも違うらしい。僕は譲り受けた知識を紐解《ひもと》いてみた。

能力とは、この世界の知性ある生物が持つ特殊《とくしゅ》な力を指す。一個体につき一つまで能力が開花することもあるようだが、開花しないことも多いらしい。それを踏《ふ》まえて、続きを読む。

『俺の能力は、なかなか珍《めずら》しい部類にはいるものだ。そして、じいさんの能力もまた稀有《けう》な能力だといえる。これから現れるかもしれないお前の能力もまた、稀有なモノになるかもしれない。

まぁ、能力持ちはそれなりにいるし、発現した能力が一般《いっぱん》的なものならば、さほど神経質になる必要はないだろう。

ただ、能力のことを話す、話さないは、稀有かどうかは関係ないと、俺は思っている。

能力は切り札になることもあるため、話さない奴《やつ》も多いが、逆に能力持ちだと認知されていれば、仕事が向こうからやってくることもある。隠《かく》す、隠さないはお前の自由だが、便利すぎる能力を開示すると……有象無象《うぞうむぞう》が寄ってきて鬱陶《うっとう》しいけどな』

それは、隠す一択じゃないだろうか……。

『まぁ、俺は隠した。俺の能力は最強だからな』

想像具現では、生物と飲食物以外、想像したものを自由に創り出せる……、最強といえば……最強なのかもしれない？

『さて、俺の能力自慢《じまん》はとりあえず横においておくとして、お前の性格からすれば、隠す一択のような気はする。

慎重《しんちょう》なお前は、確実な道を歩いていくだろうが、一応注意を入れておく。

お前は、この世界では異質な存在だ。理由はわかるだろう？

勇者自体が異質な存在なんだ。完璧な肉体と、比類なき魔力。そして、必ず能力を有して召喚《しょうかん》される。肉体は、じいさんの肉体一つしかないが、魔力と能力をお前は3人分持っていることになる。

お前が、俺達《たち》から受け継《つ》いだ力をどう使っていくのか、俺にはわからない。わからないが、使い方によっては、この世界を滅《ほろ》ぼせるだけのモノを保有しているということは忘れるな』

正直、世界を滅ぼせるだけの力を有しているといわれても、まだ実感がわかない。

『そうそう、話す、話さないの話題が出たついでに、お前が俺達の体を使って転生したことを誰《だれ》かに話していいかということも気になるだろう。

絶対にやめておけとはいわないが、話すとしたらかなり慎重に考えてからにしろ。

なぜなら、この世界では魂《たましい》に対して魔法をかけることは禁忌《きんき》とされているからだ。

そして、この転生の魔法は、お前の魂が俺達の魂を受け入れることで転生を実現している。一言発すれば周りの環境《かんきょう》を大きく変えてしまう爆弾《ばくだん》発言になることを認識しておけよ』
誰かに話すことは想定していなかったけど、改めて、このことだけは僕の胸にしまっておこうと思った。それにしても……。
『あいつらは陰《かげ》でそんな禁忌を犯《おか》して、勇者なんていう奴隷《どれい》をつくってやがるんだ。お前の気持ちは、わかる……』
僕と同様に、カイルも激しい憤《いきどお》りを表していた。

ここで、1枚目の手紙が終わっている。

カイルの心遣《こころづか》いと手紙の内容に、様々な意味で複雑な感情を抱《いだ》く。

その感情を、ため息をつくことでやり過ごし、2枚目の便箋に視線を落とした。

『さて、この世界のことをお前は何も知らないだろう？　だから、少しだけアドバイスをしてやろうと思う。嬉《うれ》しいだろう？　嬉しいよな？』

……嬉しいかどうかはその内容にもよるよね？


『まず、この鞄の中身だが、全部出そうとするのはやめておけ。理由か？　理由はだな……。俺も、最初はわかりやすく纏《まと》めてはいたんだ。俺は、几帳面《きちょうめん》なほうだからな。でもな？　この鞄は大きさ、重さ関係なく何でも入る。そして、入れたときのまま維持《いじ》される。なので、この鞄を作り500年が経過した頃《ころ》から、俺にもいったい何が入って……』

ちょっとまって。あり得ないことが書かれていた気がする。僕はもう一度手紙をみて、文章を読み直してから視線を鞄へと移した。２０００年間、この鞄の中身は整頓《せいとん》されていない？

そこから導き出される答えは……。この鞄の中身は、混沌《こんとん》とした空間になっているということ！

僕は、鞄から手紙に視線を戻し、少しげんなりしてから手紙の続きを目で追った。

『整理整頓なんてしなくても大丈夫《だいじょうぶ》だ！

頭の中で欲しいと思った物が、手の中に入ってくるようになっている。

何も問題はない。問題ないだろう？　鞄の中にない物は、もちろん出てこない。

その時は、諦《あきら》めて購入《こうにゅう》するか、自分で創れ』

問題あるよね⁉

この状態でよく手紙が僕の手の中に入ってきたなと思う。

もしかしたら、この手紙のことを全く知らずにいたかもしれないのだ。

一度顔をあげ、遠くを見て少し現実逃避《とうひ》をしてから、また手紙に目を落とした。

『今、お前の頭の中によぎった疑問に答えてやろう。

この手紙が、よくお前の手元にきたな、と考えたんだろう？

読んで驚《おどろ》け。お前が、鞄からだした物の数を数えてみろ。67個あるだろう？

この手紙は、68番目に取り出されるように細工しておいたんだ。

よかったな、召喚されたのが５００番台とかじゃなくてさ』

本当によかったよ、68番目で。この数字は大嫌《だいきら》いだけど、カイルの悪戯《いたずら》に少し笑みがこぼれた。

カイルの手紙に、心の中で突《つ》っ込みを入れながら読んでいく。

僕の心が、少しずつ解《ほぐ》れていくような気がした。

『さて、少し脱線《だっせん》したが……。

道具も金も、お前が心配する必要がないほどあるはずだ。いざとなれば、能力で金だって作れる。お前のことだから働いて稼《かせ》ぐんだと思うが、俺としては、まぁ、しばらくは、働かないでのんびりと世界を見る旅に専念するのもありだと思うぜ』

働かざる者食うべからずだよ、カイル。

『旅をするにあたって、便利な道具を簡単に説明してやるよ。

水筒があっただろう？　その水筒は、自分で水を足さなくても、勝手に水がでてくるようになっている。だから、水の確保は必要ない。

ちなみに、俺は水筒を出すのが面倒《めんどう》で、魔法で水を出して飲んでいたが』

水筒、創った意味あるの？

『食料は、自分で調達して鞄の中に入れろよな。

一応、携帯《けいたい》食は入っているが……。元の世界と比べ物にならないほどまずい。

旅の楽しみといえば、食うことだ。美味《うま》いものを食い漁《あさ》れ。

この世界は魔物《まもの》も食えるから未知の経験ができるし、料理も美味い！』

確かに、今日の夕食は美味《おい》しいと思えた。

『金は、金貨、銀貨、銅貨の袋で分けてある。もう一つは、半銀貨と十分銅貨が入っている。宿屋などで、必要な分だけ移すといいかもな。

あとは……。

冒険者ギルドの登録は必ずしておけ。

旅の助けにもなるし、金にもなる。適度な情報も入ってくる。登録しろよ。いいな？

俺からは、そんなところか？』

冒険者ギルドか……。カイルが、すごく楽しそうに話していたから興味はある。


『あー……。そうだ。

ギルドに登録するときに、使える魔法の属性を記述する。そこで、属性について疑問に思うだろうから、簡単に説明だけしておくぞ。

知識を調べればわかるが、一応な、一応。過保護じゃないからな⁉』

どうして能力の説明は忘れてしまったの、カイル？　と思いつつ、読み続ける。

『この世界の魔法は8属性ある。能力と魔法は、別のものだというのを覚えておいてくれ』

いや、あのね、カイル。だから、能力の説明はなかったよ？

『魔法は、魔力量で使える属性の数が増えていく。自分で属性を選ぶことはできない。

ここ最近の一番魔力が多い魔導師といわれている奴で、3属性しか使えない。だが、お前は全属性使える。そう考えると、俺達の魔力が桁違《けたちが》いなのが実感できるだろう？』

……そんなものなのだろうか。よくわからないが先に進める。

『使い手の多い順番に、火属性、水属性、土属性、風属性となる。魔力を扱《あつか》える大体の人間が、この4属性のいずれかを使うことができる。そして稀《まれ》に、光属性、闇《やみ》属性、空属性、時属性が使える奴がいる。ギルドに登録するとき、俺が、お前に勧《すす》める魔法は癒《い》やしの魔法が使える風魔法だ』

どうしてだろうと、不思議に思ったが、答えはすぐに書かれていた。

『刹那の好きな属性にすればいいが、癒やしの魔法は何処《どこ》にいっても重宝される。風使いは、火使いに比べて圧倒的に少ないから頼《たよ》りにされることも多い。人と関《かか》わる機会も多くなる。俺は、お前には風属性が似合うと思うんだよな』

…………。

『魔法の説明はこれぐらいにするが、もっと深く知りたければ調べてくれ。今書いたのは属性魔法というんだが、魔法は属性魔法以外にも存在するからな。例えば古代語を使う古代魔法とかな。注意事項《じこう》と、俺の鞄の引き継ぎはこれぐらいか？

あ、鞄は何処に置いてもお前の元に戻ってくるし、お前にしか扱えない。

便利だろう？　ククク……』

それは便利というより、呪《のろ》われているというのでは？　笑い方が、悪役そのものだし……。

『最後に……。

自分の命を優先させろ。殺される前に殺せ。ここはもう、元の世界じゃない。日本ではないということを、心で受け入れろ。元の世界の価値観は……捨てたほうが楽に生きることができる……』

カイルは、そうやって生きてきたんだろうか。

『そのためにも、しばらくは冒険者ギルドの依頼《いらい》を受けるんだな。

何事も基本は大事だ。他の職を選んでもいいが、いずれにせよ、この国で生活するのは勧めない』

大丈夫。僕もこの国に骨を埋めるつもりはない。それに、僕は旅をしたいから。


『俺からは、これぐらいだ。それじゃぁ……またな、刹那』

「またなって、どういう意味!?」

思わず声が出る。最後の一文が気になったけれど3枚目があることに気が付き、そちらを読む。

『追伸《ついしん》
鞄の中に手を入れてみろ。小さな箱が取り出せたか？　指輪とピアスが入っているだろう？

右のピアスは、魔法防御《ぼうぎょ》。左のピアスは、物理防御。

指輪は、魔力制御だ。体に魔力がなじむまで、外すなよ』

過保護じゃないといっておきながら、ここまでするのは十分過保護だよ。

そう思いつつも、僕のことを考えて魔道具を準備してくれていたことが嬉しかった。

この世界で、僕のことを心配してくる人はカイルだけだったから。

そのカイルも、今はもういない……。

寂《さび》しさを胸に押《お》し込め、追伸の続きを読む。

『それから、本は俺の培《つちか》った経験の集大成だ。刹那に一番必……』

3枚目の手紙をすべて読むことなく、鞄にしまった。寂しさが、一気に苦笑《くしょう》へと変わった。

今のところ、カイルが用意した本は必要ない。今後、必要になるかも怪《あや》しい。

そんなことを考えながら、左手の中指に指輪をはめた。次に、ピアスをはめようと手に取ると、ピアス自体が勝手に耳たぶまで移動し、自動的に耳にはまってしまった。

魔法とは便利なものなんだなと思いながら、鏡に映るピアスを眺《なが》める。アクセサリーをつける経験など初めてで、少し違和《いわ》感を覚えた。どこか照れくさいような感じがして、落ち着かない。

慣れるしかないと、思わずため息をついた。

ぼんやりとカイルの手紙を頭の中で思い返し、明日は冒険者ギルドへ行こうと決めた。


カイルの手紙を読み終えて、片付けが終わったところで、また気持ちよく寝ていた。

気が付いたら早朝だった。あれだけ寝たのに……。

お金を支払《しはら》えば、この宿屋で朝食も食べることができるため、朝食の時間まで待つ。

僕は、鞄の中に入っている服を適当に取り出し着替《きが》えると、体を動かすことにした。

僕がこの体を動かそうと考えたのは、この体でできることを、まだ僕は感覚として植え付けていないからだ。たとえるなら、どんなに性能の良い自転車に乗っても、運転者である僕がまともに運転できなければ宝の持ち腐《ぐさ》れであるのと同じだ。

どれくらいの踏み込みでどの程度跳躍《ちょうやく》できるのか、力のこめ具合によってどのような物が壊《こわ》れるかなど、加減を刻み付けなければと思う。

少し体を動かしてみて、自分の思い通りに動くことに、少し驚く。

人生の大半をベッドの上で過ごしていた僕は、筋肉などついていなかったに等しい。

だから、打てば響《ひび》く反応速度や、思いもよらない角度に曲がる柔軟性《じゅうなんせい》や、どんな重い物でも持ち上げてしまう剛力《ごうりき》さなど、体験したことがないものだったから。

まさに、今のこの体は、理想そのものだった。


しばらくして、体が温まったところで、本格的に体を動かそうと思い、少し考える。

実のところ、特に武術には興味がなかったので、訓練については何も考えていなかった。

そこで、ざっと体についての情報をさらってみる。

結果は、何もしなければ、元勇者のこの体は、これ以上ない鍛《きた》えきった状態に戻っていくということだった。つまり、何もしなくても、この体は最強だということらしい。

それなら、カイルも訓練などしていなかったのかなと、今度はカイルのしていたことを調べてみた。

すると、興味深いことがわかった。

鍛えきった状態は、あくまでも汎用《はんよう》的な最強ということらしい。

例えば、槍《やり》を極《きわ》めた場合、汎用的な自分と総合的な強さは変わらないが、槍の分野では汎用的な自分には勝《まさ》り、その分どこかの分野では汎用的な自分より劣《おと》ってくる。

要は、自分の好みで体を何かに特化したものへ調整ができるということだった。

カイルの場合は剣術や体術を極めていたため、今は、それに適した体つきになっている。

そこまで調べて、カイルが維持していたこの体を汎用的なものに戻すのを、僕は忍《しの》びなく思った。

それで、カイルが行っていた鍛錬《たんれん》を中心に引き継ぐことに決めた。


部屋が狭《せま》いため、剣を持たずに動く。次からは、外でやろうと思う。

自分の命を守るためにも、真剣に訓練をこなしていく。動いても息がきれることもなく。

しなやかに、思い通りに動く体に再び感動する。体を動かすことが、素直《すなお》に楽しいと思えた。

おおよそ1時間ぐらい体を動かしていたのだろう。

鍛錬を終え、汗《あせ》が気になりどうしようかと、頭の中を探《さぐ》る。もしかしたら、便利な魔法があるかもしれないと思っていたら、予想通り、魔法で解決できるようだ。

本当に魔法は便利だと思いながら、魔法を発動し自分にかけた。


食堂へ行き、朝食を取った後、予定通り冒険者ギルドへと向かう。

ギルドの場所は、さほど苦労せずに見つけることができた。少し緊張しながらも、ギルドの扉を開けて、建物の中に視線を向ける。中は意外に広く、動線を考えてカウンターや掲示板《けいじばん》が配置されていた。案内の表示に従って受付へと向かい、受付にいる人物に声をかける。

「ギルド登録をしたいのですが」

受付にいたのは壮年《そうねん》の男性で、僕を観察するような視線を向けられた。

「まずは、これに記入してくれ」

男性から渡された用紙に、必要事項を記入していく。

まずは名前……。僕は、少し考えてセツナと書く。

杉本利那は死んだから。


この世界に召喚されての1年、僕は生きてはいなかった。

呼吸をし肉体は動いていたが、それだけだった。

僕は昨日初めて、元は日本人ではあるが、この世界に生きた人に僕の名前を告げた。

僕が、この異世界で元の世界の名を名乗ったのは、昨日の一度だけ。

彼だけが、僕の過去を知り、僕の名前を知っている。

彼が僕の中で眠りにつき、彼のすべてを僕が譲り受けたときに、僕は僕のすべてを捨てたんだ。

ここにいるのは、杉本利那ではない……。

唯《ただ》のセツナだ……。

捨てるといいながら、カイルのように、新しい名前を付けることができなかったのは、僕の弱さ……。

◇2 【セツナ】

小さくため息を落とし、知識を引き出しながら用紙の空白を埋めていった。

名前：セツナ
年齢《ねんれい》：18
職業：学者・魔導師
属性：風
能力：なし
特技：薬草学・調薬
習得言語：共通語・古代語・獣人語《南方言語》・帝国語《北方言語》

とりあえず、年齢は18歳《さい》ということにしておこう。

元の世界にいた頃から数えると25歳だけれど、どうみても容姿が25歳には見えなくなったから。

職業は、学者。学者としたのは、旅をする理由になるだろうし、好奇心旺盛《こうきしんおうせい》な感じを出したかった。といっても、僕が新しく調べるものがあればいいなとは思う。なぜかというと、花井《はない》さんもカイルも博識で、生きてきた年月もあるのか知識の量が半端《はんぱ》ないから……。

知識にあるところを旅をするのもいいだろうし、気の向くままに歩くのもいいかもしれない。

能力は、隠すことに決めている。有象無象に近寄られる自分を想像したくもない。

特技は、僕が心惹《ひ》かれたものを書いた。かなう可能性は低かったけれど、医者になることを夢見ていたから。情報の中で、薬草学と調薬を見つけた瞬間《しゅんかん》、心が騒《ざわ》めいたんだ。僕は、医者の息子《むすこ》だった……。

父さんと母さんに話を聞きながら、自分なりに薬に関する勉強もしていた。僕の元の世界の知識が、この世界で役立つのかはわからない。それでも、僕は薬草学・調薬を選ぶことにした。興味はなかったようだけど、薬草学と調薬の基本は二人とも修めている。後は僕の努力次第《しだい》だ。

最後に習得言語は、この世界一般で使われている共通語、古代遺跡の調査などに関わる学者には必須《ひっす》とされる古代語を記載《きさい》した。次に、南方に住む獣人《じゅうじん》族の間で広く使われる南方言語、俗《ぞく》に獣人語といわれる言語と、帝国の影響《えいきょう》力が強い北方領域でよく使われる北方言語、通称《つうしょう》、帝国語を記す。

これだけの言語に明るければ、学者としての格好《かっこう》はつくだろうと思う。

男性から渡された用紙の空白を埋めて渡すと、男性が少し驚いた表情を浮《う》かべた。驚かれるようなことを書いたつもりはないんだけれど……。

「若いのに学者か？　この記述から見ると言語学者か？」

「いえ、興味のある事柄《ことがら》を追いかけているうちに詳《くわ》しくなりました。本だけでは物足りなくなったので、旅をして色々見てみようかと思っています」

「そうか。学者になる奴は変わり者が多いが、お前さんもそうなんだな」

「変わっていますか？」

変わっているといわれる理由が、わからない。

「自分の知識欲を満たすために、命を懸《か》けるんだろう？」

彼にそういわれて、この世界は旅をすることも命懸けだということを思い出す。街の一歩外に出れば、魔物がいるかもしれない世界なんだ。変わり者といわれても仕方がない気がした……。

そんな僕を見て、彼が口角をあげて笑う。嫌《いや》な感じではなく、どこか見守るような笑みだった。

「若い頃は、色々見て回るのも悪くない。人生は長いしな。鍛えてはいるようだが、無理のない範《はん》囲《い》で頑張《がんば》るこった」

「はい、そうします」

「あぁ、俺はここのギルドマスターをしているネストルだ。マスターと呼んでくれ」

「セツナといいます。こちらこそ、よろしくお願いします」

僕の返事に、ネストルさんは満足そうに頷《うなず》いた。

「ギルドの説明は、したほうがいいか？」

「はい。お願いします」

「なら、説明するぞ。ギルドの仕事は様々だ。簡単なものから危険なものまでな」

頷くことで、理解したことを伝える。

「ギルドでは、ランクにあった依頼を斡旋《あっせん》している。斡旋といっても、基本的には、ああやって掲示板に貼《は》ってあるだけだがな」

掲示板のほうを指さしながら、続ける。

「まぁ、黒への依頼は掲示板には貼らないし、白の依頼も掲示板に貼らずに直接頼むこともある」

「黒？」

「あぁ、ランクは色分けされている。黄色から始まり、緑、青、紫《むらさき》、赤、白、最上位の黒となる」

「なるほど」

「……」

「お前さん、余程《よほど》の箱入りか？」

「え？」

「普通、子供でもランクのことは知っているんだがな」

僕に一般常識がないことを失念していた。予備知識として覚えてくるべきだった、と後悔《こうかい》した。

「そんな顔するな。理由なんざ聞かねぇさ」

何もいえなくなった僕にマスターは苦笑し、何事もなかったかのように、説明を続けてくれた。

「それじゃあ、登録するか。左手をこの魔道具においてくれ」

マスターがそう告げてから、魔道具と思われる物を僕の前においた。

その魔道具は、占《うらな》い師と呼ばれる人が使っているような水晶《すいしょう》ぐらいの大きさだった。

彼のいう通りに魔道具の上に左手をのせると、微《かす》かに感知できるぐらいの魔力が流れ、魔法が起動したのがわかった。自分がこんな些細《ささい》な魔力まで感知できることに驚き、そして、自分の左手の甲《こう》を見てもう一度驚く。僕の手の甲には、小鳥が椿《つばき》の花を守るような黄色の模様が描《えが》かれていた。

しばらく、その模様に目を奪《うば》われていたけれど、マスターの声で視線を模様からはずした。

「その紋様《もんよう》は一人一人違う。色はそいつのランクを表し、図柄はそれぞれの職業にあった紋様が刻まれる。そうだな……。例えではあるが、剣士なら剣、魔導師なら動物系、知識を生業《なりわい》にする職業は植物系という感じだ。他にも色々あるが、興味があるなら紋様事典でも読め」

そんな事典があるんだ。時間ができたら読んでみようと思う。

「刻まれる紋様は、個人の奥底《おくそこ》にあるモノが模様になるらしい。その辺りの詳しい話を知りたければ、リシアのギルド本部へ行け。未《いま》だに研究されている案件だ。本部へ行けば、最新の報告書が読めるはずだ」

「ここでは、教えてもらえないんですか？」

「お前さん、学者だろ？　学者に説明できるほど、俺は詳しくない」

「わかりました」

わかればいいと、マスターが重々しく首を縦に振《ふ》った。

「次は、ギルドでの依頼の受け方だ。ランクの色のことを念頭に、もう一度掲示板を見てくれ」

ああ、なるほど。掲示板は、黄色から白色まで6種類立っていた。

「もう察しがついていると思うが、自分のランクの色と同色の掲示板に掲載されている依頼を、受けることができる。自分が確実にこなせる範囲の依頼を吟味《ぎんみ》して選べ」

「はい」

「依頼を達成できなかった場合、ランクが下がることもあるからな」

黄色のランクで、依頼を失敗し続けたらどうなるのか聞いてみる。

マスターは苦々しい顔をして、素質がねぇ奴には他の職を勧める、と話した。

「さて、肝心《かんじん》のランクを上げる方法だが、依頼の用紙にポイントと呼ばれるものが書いてある。それが依頼を達成した時の基本のポイントとなる。そこから、依頼を達成するまでの過程がいいほど、ボーナスと呼ばれるポイントがつく。ここまではいいか？」

「大丈夫です」

「このボーナスポイントは、依頼主とギルド職員の評価で上下する。普通にこなすだけではボーナスはつかない。依頼をどのように達成するのか、そこがお前さん達の腕《うで》の見せどころだ」

「わかりました」

「現在のポイントとランクが上がるまでのポイントを知りたければ、受付で聞けば教える。基本、本人のみ開示可能だ」

「一人一人に対応するのは大変そうですね」

「そうでもねぇな。程々のところで飽《あ》きるからな」

「飽きる？」

「ランクを上げるためのポイントが増えていくんだ。文字通り桁違いにな。それで、途中で辟易《へきえき》する冒険者が多くなる。数字を聞くより、日々生きて帰り依頼を遂行《すいこう》していくほうが精神的に楽だということに気が付く」

そんなものだろうか。僕は、数字が積み重なっていくのを見ているのは好きだけど。

「それに、黄色は微笑《ほほえ》ましく眺めてもらえるが、緑になってまで聞いていると、からかわれたりするからな」

「からかわれる？」

「数字を気にしているうちは、尻《しり》に殻《から》がついてるひよっこだとな」

…………。

「説明はこれぐらいだ。ああ、そうだ。当然の話だが、ランクが上がると、その手の紋様の色も変化するからな。頑張ってランクを上げてくれ」

「はい。ありがとうございました」

マスターから受けた説明を、纏めながら頭に叩《たた》き込んでいく。

「最後に、キューブという魔道具を10個渡しておく。これは、お前さんが倒した魔物を入れるものだ。倒した魔物の前でキューブを起動すると、魔物が格納される。魔物は、捨てるところがなく利用価値が高い。魔物に応じて、換金とポイントを与《あた》えるから、ガンガン持ってこい」

人を襲《おそ》う魔物が、倒された後には人の役に立つというのは、なかなか興味深い。僕の読んだ物語では、最後は毒になって、人の住めない地域にするなんていうものもあったから。

「他に聞きたいことはあるか？」

マスターの問いに、疑問に感じたところなどを質問し、解消したところでお礼を告げた。

これが仕事だ、とマスターがカラカラと笑いながら、ギルドの規約などが書かれた冊子をくれる。

貰った冊子を鞄にしまうときに、ふと僕の左手に刻まれた紋様が目に入った。

椿の花の紋様に、僕は二つの約束を思い出し胸が痛んだ……。

一度、目を閉じることでその感傷を胸にしまい、依頼を受けるために掲示板へと足を向けた。

掲示板の前に立ちながら、まずは、依頼に書かれている日常生活に関する情報を引っ張り出して学ぶ。さっきのような失敗をしないために。

一通り準備を終え、僕ができそうな依頼を探し始める。薬草採取、魔物の討伐《とうばつ》、配達に作物の収穫《しゅうかく》。荷造りの手伝い……。こうしてみると、本当に多種多様なんだなと思った。

依頼を見ながら、カイルと花井さんの情報もざっと調べてみた。何が得意で、どんなことができるのかも大雑把《おおざつぱ》に把握する。そうしてから僕は、膨大《ぼうだい》な量がある知識の中から、ギルドで登録した学術、言語、薬草学などを中心に知識を引き出した。

学術に関しては、遺跡関連の知識が詰《つ》め込まれている。これについては、見つけた遺跡などをカイルが興味を持って片っ端《かたぱし》から調べていたからだ。混沌の鞄……。いや、カイルから貰った鞄の中に入っている、妙《みよう》な魔力を帯びた物の大半は、遺跡からの拾得《しゆうとく》物かもしれないと思った。ただ、彼が何の目的で遺跡を調べていたのかは、確認することができなかった。これがカイルのいっていた、本人に深く関わる記憶は見ることができない、ということなんだろう。

言語に関しては、花井さんが興味を持って色々研究していた。勇者は転生と同時に共通語を取得するのだが、他の言語は独学で覚えることになる。

そうした中で花井さんは、共通語以外の主要言語である北方言語と南方言語を覚え、それだけではなく、数百もある各地の方言を修得し、さらには、魔法の研究のため、古代語、精霊《せいれい》語、竜《りゆう》語を修めている。そのため、大体の国の言葉は読み書きできるし、話すこともできる。

大体というのは、花井さんからカイルに体が引き継がれた後は、方言などの整理がされていなかったからだ。言葉は生き物だから、カイルの時代にどんな変化をしたかわからず、とても不安だ。

薬草学に関しても、花井さんは一通り調べていて、カイルは足りない分を補っているといった感じだ。僕は、この世界の薬草を知らないが、頭の中で薬草の色や形、効能や使い方がわかるのは、不思議な感覚だ。まるで超能力者《ちょうのうりょく》にでもなったように感じる。……魔法や能力も似たようなものか。

色々と知識の中から選んでいるさなか、僕と花井さんやカイルに共通することを数個見つけた。

例えば、知識に関して色々な意味で雑食だということ。興味を持ったものだけではなく、興味のないものも納得《なっとく》できるまで掘《ほ》り下げる。ある意味、貪欲《どんよく》に知識を求めているように感じた。

その理由を考え、思い至り、僕とは違うと気が付く。

僕と彼らでは、情報を求める理由が違った。僕は、満たされることのない欲求を、貪欲に知識を取り入れることで満たそうとした。でも、彼らは……この異世界で生きていくため、自分達の自由を守るために、知識や情報を貪欲に求めたようだ。


「薬草採取をしてみようかな？」

目に留まった依頼の内容を、丁寧《ていねい》に読んでいく。

依頼の内容：薬草採取
薬草名　　：ユランソウ
採取場所　：シランの森
納期期限　：シルキス2の月26日まで
報酬《ほうしゅう》　　：半銀貨3枚
内容　　　：ユランソウの葉を20枚程度採取してきてください。要：薬草の知識

注意事項　：メティスなどの魔物が出没《しゅつぼつ》します。
ポイント　：30ポイント

採取する薬草は、ユランソウというらしい。

ユランソウのことを簡単にまとめると、日当たりのいい場所に生えているようだ。効能は、虫刺《むしさ》されや切り傷に効くらしい。葉を揉《も》みつぶして患部《かんぶ》に塗《ぬ》ると、膿《うみ》をだす効果もある。

期限がシルキス２の月26日まで。今日は、シルキス２の月の20日だから……。

納期は、６日後ということになる。

この世界の一カ月は30日。一年は15カ月。

四季があり、春はシルキス。夏はサルキス。秋はマナキス。冬はウィルキスという。

季節を司《つかさど》る女神《めがみ》の名前がつけられているようだ。

シルキス、サルキス、ウィルキスは四カ月。マナキスだけが三カ月で合計15カ月で一年が廻《めぐ》る。

シルキス４の月30日の次は、サルキス１の月１日となり、暦《こよみ》が変わっていく。

採取場所は、シランの森。シランの森は……。頭の中で場所を調べる。

この城下町から歩いて、おおよそ４時間ぐらいの場所らしい。

この体なら、何もなければ、十分行って戻って来ることができるだろう。

そして、注意事項のメティスというのは、シランの森にいる魔物のことだった。ウサギに似た魔物らしい。でも、同時に浮かんできた魔物の姿は、ウサギに似ているのかな、これは……。

薬草のことも、魔物のことも一通り理解したので、この依頼を受けてみることにした。

掲示板から、依頼用紙を剥《は》がして受付に持っていく。

「決まったのか？」

「はい。これを受けてみようと思います」

マスターが、依頼用紙を受け取って手続きをしてくれる。

「納期は6日後だ。そう難しい依頼でもないが、気を付けていってこい」

「ありがとうございます」

そう挨拶《あいさつ》してから、本が売られている一角へと惹きつけられるように移動する。

本を触《さわ》りたくて、薬草図鑑《ずかん》を手に取ってみる。うん、思った通り高い。銀貨8枚もする。

お金に困っているわけではないけど、やはり高価な物を買うのは、ちょっとためらわれる。

目を通しているうちに欲しくなるけど、きっと鞄の中に入っているだろうなと思い本棚《ほんだな》に戻す。

そして、試《ため》しに鞄の中に手を入れ、薬草学の本を掴んだと思って手を引き抜《ぬ》いたところ、手の内には金貨1枚が握《にぎ》らされていた。カイルが何をいいたくてこんなことを仕込んだのかは、大体わかる。僕に買い物を楽しめという贈《おく》り物なのだろう。

その気持ちに甘《あま》えて、僕は手にした金貨で、薬草図鑑とこの辺りの簡単な地図も一緒《いつしよ》に買ってしまった。残ったお金で食料を購入し、鞄の中へ入れて、宿屋へと戻る。

出発は明日の朝にしようと決め、じっくりと薬草図鑑を読み始めたのだった。


冒険の第一歩。

いい換《か》えれば、僕がここで生活していくための第一歩だ。

不安はあるが……その中に、ワクワクする気持ちがあるのも確かだった。

朝早く宿屋をでた僕は、シランの森まで歩いて移動するか、転移魔法を使うかで少し悩《なや》むが、歩いていくことに決めた。

今、僕は、体を自由に動かせることが嬉しくてしかたがなかったから。

シランの森は、想像していたよりも明るい感じの森だった。

森に日の光がこぼれ落ちていて、美しい風景を作っている。

確かに、これだけ日が当たっていれば、ユランソウも元気に育つことだろう。

魔物に注意しながらユランソウを探すが、思っていたよりも簡単に見つかる。

黄色の依頼だから、さほど難しい依頼はないのかもしれない。

シランの森は広大で、奥《おく》に行けば行くほど依頼のランクは上がっていくから。

ユランソウの葉を傷めないように、採取しながら数を数えていく。

「18枚、19枚、20枚……と」

依頼の通り、ユランソウの葉を20枚採取して、5枚を一塊《ひとかたまり》にして分けてまとめた。

ついでに、自分の分のユランソウを採取したり、薬草事典に載《の》っていた物も採取していく。

ここまでは、魔物にあうこともなく順調にきていた。ユランソウも無事採取できたし、役に立ちそうな薬草も採取できた。今から戻れば、今日中には城下町に着くだろう。朝早く、出発したかいがあったというものだ。

森を抜けるために早足で歩いていると、前方に何かが横たわっている。ここから見る限りは、人のようだ。警戒《けいかい》しながら近づくと、倒れていたのは、30代と思われる男性だった。身につけている物と左手の紋様から、同じ冒険者だと思う。魔物にでも襲われたのだろうか？

気配を探ってみても、それらしい反応はない。

とりあえず危険はなさそうなので、声をかけてみた。

「もしもし？　大丈夫ですか？」

何度か声をかけるが、返事がない。呼吸はしているし、苦しそうな気配もない。気を失っているのだとは思うのだが……。寝ているだけのようにも見える。どこか怪我《けが》をしているようにも見えないし、大きな出血もない。骨が折れているような個所《かしょ》もなさそうだ。

花井さんの知識によると、風の魔法と古代語の魔法で体の内部が診断《しんだん》ができるとあったので、かけてみる。すると体が青く光る。異常がない証跡だ。所どころ黄色く光っているが、それらは、軽い切り傷程度で、命にかかわるものではなさそうだった。

寝ているだけならほうっておくけど、気を失っているのなら助けなければと悩む。

この世界の常識的に考えて……魔物が跋扈《ばっこ》する場所で寝ることはないだろう。多分……。ないよね？


「この人が起きるまで、待つしかないかな」

男性が起きるまで、待つことに決めた。

いつ目を覚ますかわからないことを考えると、この場所から移動するほうがいい。

薬草が見つからなければ野宿しようと決めていた場所へ、男性を運ぶことにした。

肩に担《かつ》ぎあげても、移動しても、目を覚ます気配はない。

どこか気持ちよさそうに寝息《ねいき》を立てている彼を見て、そっとため息をつく。

今日中に帰れそうにないな……。

僕の今の肉体であれば、この男性を一人担いで帰ったところで、疲れはしないだろう。

魔法で運ぶことも、転移で帰ることもできる。

彼の命にかかわるなら今すぐ連れて帰るけど、そうでないなら、あまり目立つことはしたくない。

それに、彼が依頼の途中で、期限がせまっているのなら、連れて帰ることで依頼が失敗するかもしれない。今の段階では、気を失っていたのか、寝ていたのかがわからない。奇特な人もいると思うし……。絶対にないとはいえないから。

時間的に戻るのは無理だと判断し、鞄から必要な物を出していく。

野営に必要な、結界を張る魔道具も設置した。この魔道具は結界石というらしい。カイルの自作だけど、普通に売っていたりもする。とても値が張るらしいが、一人旅をする冒険者には、なくてはならない物のようだ。僕だけなら、結界石などなくても大丈夫だと思う。

与えてもらった知識から、魔法に関するモノも順調に覚えているし、ここら辺の魔物には負けないだろう。ただ、僕自身、いまだに魔物を見たことがなく、戦ったこともない。動けない人を守りながら、戦う自信がなかった。念には念を入れて、慣れるまで基本を守ることにする。

基本といえば、野営の基本は、たき火であることも忘れてはいけない。暖を取るにも料理をするにもなくてはならないものだからだ。たき火の仕方はしっかりと学んできた。石でかまどを作り、手早く落ち葉や小枝を集め、その中に入れる。

そして、小さめの火を魔法で作り出すと、落ち葉に向けて放ち火をつける。

魔法の使えない低ランク冒険者の基本は、火打箱を使って火をつけるのだけど、そう、僕は魔導師だ。魔導師の基本は、何といっても魔法だ。基本に忠実に行こうと、僕はちょっと浮かれていた。

葉が燃え始め、小枝にも火が移りだしたところで、僕はハッとした。

そうだ、結界石を使わなくても、結界だって僕の魔法で張れたじゃないかと……。


火をおこし、鍋《なべ》に水を入れて、簡単なスープを作る。

自炊《じすい》など初めての経験だけど、花井さんとカイルのおかげで戸惑《とまど》うことはなかった。

お湯が沸《わ》いて、スープを作る前に少しお湯を分け、先程採取した薬草を使いお茶を作る。

体力を回復させる効能があるようだ。一口飲んでみたけれど、飲めないことはない味だった。

今日の食事は、簡単なスープとパンにチーズをのせたものにした。

あとは、彼が目を覚ますのを待つだけなんだけどなぁ……。

目を覚まさないことに少し不安になりながら様子を見ていると、男性がうめき声をあげた。

「ううう……」

「もしもし？　大丈夫ですか？」

意識が戻りそうな様子に、声をかけて起きるように促《うなが》す。

「ここは……」

「シランの森を抜けたあたりですよ」

僕達がいる場所を告げると、ぼんやりとした様子で視線を彷徨《さまよ》わせていた。

まだ、夢を見ているような目で僕を見て、少し考えたあと目を大きく開けて飛び起きた。

「シランの森!?」

「そうです。貴方《あなた》はシランの森の中で倒れていました。覚えていませんか?」

「そうだ……。あっしはメティスを狩《か》りにきたっす」

彼は、そういって俯《うつむ》き黙《だま》り込む。

「メティスに襲われたんですか?」

僕が倒れていた理由をたずねると、彼はばつが悪そうな表情を浮かべた。

「メティスが見つからなくて、探しているうちに食料がつきやした……」

僕と彼との間に、少し重い空気が漂ったのを振り払うように自己紹介《しょうかい》をする。

「僕は、セツナといいます。最近冒険者になりました。今日は、依頼でここまで来ました」

「あっしは、ジゲルといいやす。お礼をいうのが遅《おそ》くなりやした。ありがとうございやした」

「いえ、お怪我がないようでなによりです。簡単なスープとパンしかないですが、よろしければ一緒に食べませんか?」

食べませんか? と疑問形にしたけれど、彼が倒れていた理由を知っている。だから、問答無用でジゲルさんに、スープの入った器とパンを手渡した。ジゲルさんは、僕にお礼をいいながら受け取り、黙々《もくもく》と食べていく。彼の目に活力が戻るのを見て、僕も自分の食事に手を付けた。

残すことなく食べ終わり、片付けをした後、作っておいた薬草のお茶を渡す。

二人で火を囲み、お茶を飲みながらたわいない話をしていた。

今日の僕は、初めてづくしで舞《ま》い上がっていたのかもしれない……。初めての依頼、初めての旅、初めての冒険に、初めての薬草採取。そして、初めて倒れた人を発見して介抱《かいほう》した。

そこで終わりではなく、初めて会った人と食事をし、今こうしてお茶を飲みながら話している。

だから、少し、そう少しだけ……心のたがが外れていたんだ。飲んだこともないお酒を鞄から取り出し、ジゲルさんと飲み始める。この世界は、16歳で成人するようだ。国によって、飲酒に関する法律は違うようだけど、この国では成人していれば問題にならない。

お酒が入ったせいか、ジゲルさんが饒舌《じょうぜつ》になっている……。饒舌というか……愚痴《ぐち》？

こうして、僕と酔《よ》っ払《ぱら》い冒険者の長い夜が開始されたのだった。


「あっしはね、セツナさん。元々は、キリーナ商会の従業員だったでやんす」

ジゲルさんは、酒の入ったコップをじっと見つめながら、自分のことを語りだす。

「お勤めされていたんですね」

日本でいうところのサラリーマンだったのだろう。

僕が、コップに注《つ》いだお酒をちびちびと飲み、ジゲルさんは、ポツリポツリと呟くように話をしていく。

「汗水流して、妻や子供との時間を後回しにして、仕事に打ち込んでいたでやんすよ」

「はい」

「いい給料が貰えれば家計が楽になりやすし、娘《むすめ》の好きな物も買ってあげられる。あっしが頑張れば、キリーナ商会も、もっと発展すると思っていやした」

ジゲルさんの言葉には、揺《ゆ》らぎがない。

それだけ自分の仕事に自信があったのだと、僕にうったえていた。

「それがです。それがですよ？　ある日突然《とつぜん》、首を切られやした」

たき火で照らされたジゲルさんの顔には、なんともいえない表情が浮かんでいた。

「何か重大な失敗を？」

「あっしがおかした失敗で首になるのなら、納得できるでやんす。今回は、人員削減《さくげん》だったっす」

いわゆる……元の世界でのリストラにあったんですね……。

「首になって家に帰り、それを妻に伝えると離縁《りえん》されたでやんすよ」

どう返事をしていいのかわからず、黙って頷く。

「娘を連れて、実家に帰ってしまったでやんす」

ジゲルさんはそこまで話すと、ボロボロと涙《なみだ》をこぼした。

彼は、涙をこぼしたことに気が付くと、コップに入ってる酒をぐっと一気に飲み干した。

「おかわり、貰えるでやんすか？」

僕は軽く頷き、ジゲルさんの持つコップにお酒を注ぐ。

それを黙って見つめていたジゲルさんは、コップが満たされると、また話し始めた。

「商会のために働いて。家族のために働いて。働いて。働いて……。働いてやしたのに。今のあっしの現状は、あまりにも酷《ひど》いと思いやせんか……」

「……」

「妻が出ていったあと、思ったでやんすよ。どれだけ努力しても簡単に解雇《かいこ》されるのなら、人に使われない仕事をしようって」

「あぁ、だから冒険者を選択したんですね」

「そうでやんす。あっしは1カ月前に冒険者になりやした。あり得ないとわかってはいやしたけど、最初は夢をみていやしたよ。魔物をバタバタと殺し、依頼を楽々とこなして、男を上げる夢をみていやした」

ジゲルさんは、静かに笑いながら泣いていた。

「男を上げて、娘に逢《あ》いに行こうって！」

そうか。それが彼の涙の理由なのか。理不尽《りふじん》な解雇も、離縁も確かに辛《つら》い。

辛いけれど、それ以上に自分の娘に逢えないことが、彼にとって最も辛いことなんだ。

「それが、この有様でやんす」

「まだ、始めたばかりじゃないですか。落ち込むのは早いですよ。もう少し続ければ、光がさすかもしれません」

慰《なぐさ》めるように声をかける僕に、ジゲルさんは首を横に振った。

「あっしには向いていない職業でやんした。だけど今更《いまさら》、引き返すこともできないでやんす」

「そんな……」

口を開きかけた僕を、ジゲルさんは視線を向けることで黙らせてから、淡々《たんたん》と語りだす。

「セツナさんが、どのような経緯《けいい》で冒険者になったのかは、あっしにはわかりやせん」

彼の口調は、僕の過去を探るものではない。

「セツナさん。あっしら勤めていた人間が冒険者になるには、給金の3カ月分ぐらいの初期投資が必要でやんす」

僕は黙って、ジゲルさんの話に耳を傾《かたむ》ける。

「あっしからみると、セツナさんの装備は最高の部類にはいるでやんすよ。着ている服も、持っている剣も、上級の魔法がかかっているでやんすね？」

僕の装備を真剣な表情でみながら、ジゲルさんが僕にそうたずねる。

しかし、僕は彼の質問に答えることができなかった。

「そうなんですか？　これは、すべて……僕の兄から貰った物なんです」

僕とカイルの関係を詳しく話すつもりはないので、兄ということにしておく。あながち間違ってはいないとも思う。親友であり、兄みたいな人だから……。

僕の返答にジゲルさんは、数回深く頷いて軽く笑った。

「お兄さんは、本当にセツナさんのことを、大切に想《おも》ってくれているんでやんすね」

「はい」

真実でしかないので、素直に頷く。

「かけられている魔法の詳細《しようさい》がわかれば、おおよその値段がだせやすが……。軽々しく、他人に話さないほうがいいでやんすよ」

「どうしてですか？」

「貴重な装備や道具を狙《ねら》う人間もいるっすよ」

「なるほど」

ジゲルさんの言葉に頷く僕に、彼は少し目尻を下げて笑った。

「あっしが、ざっと見た感じでは、その服1枚で、家族5人が最低1年以上は食べていけるほどの金額でやんす」

「え？」

ジゲルさんの告げた金額に、絶句する。

「いい防具や武器というものは、大体が強力な魔法が刻まれていたり、動きやすい素材で作られているっす。武器にも色々ありやすが、魔法が刻まれているモノは値段が跳《は》ね上がるでやんす」

驚いている僕を見て、ジゲルさんがふっと笑う。

「セツナさんは、物価や物の値段に少し疎《うと》いように見受けられるっすね」

「……どうして、そう思われますか？」

僕は、何か失敗をしただろうかと内心冷や汗を流す。

「いえ、あっしはセツナさんを責めているわけじゃないっすよ。若い頃は、そんなことを気にしないで生きているでやんすから。ただ、早いうちに金銭感覚を身に付けたほうがいいでやんす」

「これから……」

「今から、あっしが教えてあげるでやんすよ」

「は……い」

これから気を付けます、と言葉にしようとしたのを遮《さえぎ》られた。

そして、今から教えてくれるらしい……。

気を付けますといったあと、ジゲルさんに寝るように勧めようと思っていた。

相当酔っているのが見ていてわかったから。だけど……無理そうだ。

水を差せる雰囲気《ふんいき》ではない。だって……ジゲルさんの目は完全にすわっていた。

「将来、セツナさんも家庭を持つことになるっすよ。人生の先輩《せんぱい》としてあっしが教えるでやんすよ」

そう告げると、ジゲルさんは、僕に現実というモノを教えてくれた。


「いいでやんすか？　そうでやんすね。両親に子供3人の家族が苦労せずに暮らしていこうと思えば、月に金貨3枚が理想でやんす」

月給30万円が理想と……。

「日給に換算すると銀貨1枚っすね。まぁ、職業によっても違うでやんすが、求人の貼り紙などに提示されている月の給金は、金貨2枚と銀貨6枚前後が多いっすね。金貨3枚に足りない分は、奥さんの腕の見せどころっていうやつでやんす」

ジゲルさんは僕を見てニヤっと笑ってから、のどを潤《うるお》すためかお酒を飲んだ。

「それに比べて、あっしの先月の報酬は金貨4枚と銀貨5枚でやした。ギルドや酒場で耳に届く話を聞いても、あっしとにたりよったりの金額をいっていやしたね。魔物の討伐を主にしていたり、専門の知識をもっている冒険者は、もっと多く貰っていると思いやすが」

「勤めている方の給金と比べて、おおよそ金貨2枚も多いんですか？　それなら、戦える人は冒険者になったほうがお金を稼げるんじゃないですか？」

僕が思ったことを口にすると、ジゲルさんは首を横に振った。

「額面だけを見ると、冒険者の報酬は破格のように思うでやんすね。でも、安定して報酬が貰えないところも計算に入れないといけないでやんすよ」

「なるほど……」

「それに、口でいうほど簡単には冒険者にはなれないでやんす」

「そうなんですか？」

僕は、依頼をこなす能力さえあれば、冒険者になれると思っていた。だからジゲルさんの言葉の意味が、理解できなかった。

依頼が達成できないと、報酬が貰えない上にランクが下がる可能性もある。そのことをいっているのだろうか？　確かに僕は、今回の依頼は達成できたけど、そうでない時もあるだろう。だけど、それを気にして冒険者にならないかと問われれば、僕は否と答えるだろうし、他の冒険者も同じだろう。

結局、僕は簡単には冒険者になれないという真意がわからないまま、ジゲルさんの言葉を待った。

そんな僕に、ジゲルさんは、切々と冒険者の有様を語ってくれた。


「あっしが今回受けた依頼の報酬は、銀貨1枚に半銀貨1枚でやんす」

「僕も同じです」

「黄色のランクの城下町外での依頼は大体この金額っすね」

「銀貨1枚と半銀貨1枚。セツナさんは高いと思いやすか？」

ジゲルさんにそう聞かれて、僕は素直に頷く。

僕自身、元の世界でアルバイトなんてしたことはない。でも、鏡花がアルバイトをしていたときに、時給1000円で8時間働くと8000円だと話していた。対して今回の依頼は片道4時間、往復8時間。そして、簡単な薬草採取。なので、高いのではないかと思ったのだ。

「セツナさんは、城下町のどこで寝ているでやんすか？　野宿っすか？」

「いえ、僕は宿屋に泊まっていますよ」

「その宿屋は、1泊いくらでやんす？」

「夕食付きで、半銀貨1枚ですね。食事なしで銅貨4枚です」

「冒険者と、店などに勤めている人との違いはそこらへんにもあるでやんすよ。冒険者でも、拠点《きょてん》を持っている人もいるでやんすが……。大体の人は、宿屋やギルドの経営する宿泊所に泊まるでやんす」

頷くことで、理解していると伝える。

「セツナさんを基準にして、話をするっすよ」

「はい」

「セツナさんの稼ぎが、銀貨1枚と半銀貨1枚。宿屋の代金を差し引くと、手元に銀貨1枚が残りやす」

日給が、1万5000円。宿代が5000円、残金が1万円……。

ついつい、日本円にして換算してしまう……。

「手元に、銀貨1枚が残るでやんすが……。雑費は今は考えないとして、朝食と昼食がいるっすよ。朝食を十分銅貨5枚。昼食を十分銅貨8枚とするでやんすよ。すると、一日生活するのに半銀貨1枚と銅貨1枚、十分銅貨3枚が必要っす」

朝食と昼食で1300円。宿代と合わせて1日6300円。手元に残るのが8700円……。

「残りが、半銀貨1枚、銅貨3枚、十分銅貨7枚でやんす。駆《か》け出しの冒険者でも、これだけ稼げれば、稼げない日のために貯蓄《ちょちく》を少ししたとしても、酒場で毎日酒を飲んで、綺麗なおねーさん方と遊ぶこともできそうっすよね？」

僕は、また素直に頷く。綺麗なおねーさん、うんぬんはおいておく。お金に余裕《よゆう》がありそうだし、朝食と昼食にもっと高いものを食べても、お釣《つ》りがくるような気がした。

ジゲルさんはすっと目線を下げ、お酒の入ったコップを見つめながら、ぽそりといった。

「あっしも、最初はそう思っていたでやんすよ……。ギルドからお金を借りたとしても、すぐに返済して、あとは自分の思う通りにことが運ぶと思っていたんでやんす」

「ギルドにお金を借りる？」

ジゲルさんは僕の質問に頷き、言葉を続けた。

「あっしが着ている鎧《よろい》や、持っている剣は、駆け出しの冒険者が、最低限準備しなければいけない装備でやんす。最初に話したと思いやすが、冒険者になるには給金の3カ月分ぐらいの初期投資が必要になるっす。大体、金貨9枚でやんすね」

僕はその金額に驚く。僕の表情を見てジゲルさんは苦笑を落とした。

「そう、大金っすよね？　金貨9枚が、最低金額になるでやんす」

金貨9枚といえば、90万円だ……。

ジゲルさんが用意した装備の内訳を教えてもらった。

剣が、金貨2枚。

盾《たて》が、金貨1枚と銀貨5枚。

防具が、金貨4枚と銀貨5枚。防具の内訳は、篭手《こて》・靴《くつ》・鎧となっている。

そして、道具類が金貨1枚。


「冒険者になるために、短期の仕事をこなしてその資金をためる人もいるっすよ。しかし、大体があっしみたいにギルドからお金を借りて、必要な物を用意するっす。セツナさんみたいな方も、いるっすけどね」

黙って話を聞いている僕に、ジゲルさんは続けて話す。

「ギルドからお金を借りると、30日に2割の利息を取られるでやんす。頭金を用意して借りる人もいやすが、その辺りは個人によって違うでやんすね。あっしの場合は金貨9枚、まるまる借りたっすよ」

甘くみてたっす……ジゲルさんはそう告げると、少し疲れたような顔をした。

「頭金なしの場合、宿屋で夕食をつけて朝食と昼食をとると、先程計算した通り、手元に残るのが半銀貨1枚、銅貨3枚、十分銅貨7枚。それをすべて返済に充《あ》てたとして……」

ジゲルさんは、一度そこで言葉を切って、重いため息をついた。

「大体……。大体、142日かかるでやんす……。朝食と昼食を抜いて、返済したとしても115日かかるっす」

「はい」

「毎日きっちり、決めた金額の通り返せればいいっすけど、そうもいかないっすよね？」

「はい」

「どうしてかといえば、これは、雑費を考えていない金額でやんすから……」

「……」

「だから、ランクが黄色のままだったら最低5カ月、才能がある人でも3カ月は返済にかかるといわれているっすね……」

「……」

「しかも、冒険《ぼうけん》の途中《とちゅう》で、武器や防具が駄目《だめ》になることもあるでやんす……。そんなことを考えれば……」

僕は、冒険者になるのがこんなにシビアなことだとは想像していなかった。簡単に武器や防具を手に入れ、誰でも自由に冒険者になれると思っていた。武器も防具も消耗品《しょうもう》だ。命を守る物だから、手入れも必要になるし使えなくなることもあるだろう。そうなると、またお金がかかる。

そう、僕はまだこの異世界で、本当の意味で生活するということを理解していなかった。

考えてみれば、それは当たり前のことだ。冒険者の稼ぎがいいのは、自分の命や体を資本にしているからだ。危険や死と隣《とな》り合わせだからだ。その資本となる体を守る物にお金がかかるのは、当然のことだ。そのお金は、空から降ってくるわけではない。自分で稼がなければならないんだ。

この世界は、架空《かくう》の世界ではないということを、僕はジゲルさんの話を聞いて、やっと心から理解できたのだった。

少し落ち込んでいるジゲルさんのコップにお酒を注ぎ、自分のコップにも注ぎ足す。

僕はコップを見つめながら、誰にいうでもなくぽそりと、言葉がこぼれた……。

「僕は、兄さんから武器も防具も用意してもらい、当面の生活費も貰いました。僕は……とても恵《めぐ》まれていたんですね」

もとの世界では両親が、この世界ではカイルが、僕に生きる糧《かて》を与えてくれていた……。

僕が生きていけるように……。

「生きていく。生活するということは、本当に大変なことなんですね」

僕がそう呟くと、ジゲルさんが苦笑いをしながら答える。

「大変っす！　だけどあっしには可愛《かわい》い娘がいるっすからね！　娘に逢いにいくためにも、ここで負けられないでやんす！」

ジゲルさんは、僕にいっているわけではないのだろう。

自分にいい聞かせるように、自分を鼓舞《こぶ》するために、自分の意思を言葉にしてはき出していた。

◇3　【セツナ】

あの夜、娘に逢いにいくと語った後は、ジゲルさんは、ただただ娘さんがどれだけ愛らしいのかを語りつくしていた。その合間に、奥さんが怖い人だったと語り、自慢と愚痴が入り交じったジゲルさんの話も覚えている。

そして、家族を生きがいにして、これからも頑張ると誓《ちか》うジゲルさんがとてもたくましく見えた。今でも、そのたくましさは変わらない。

このときのジゲルさんの話は、僕がこの世界を肌《はだ》で感じることができた最初の出来事であり、自分自身で生きていくということを教えてくれたんだ。

◇4　【ジゲル】

誰かの声が聞こえて、ぼんやりと目を開けると、菫色の瞳が心配そうにあっしを見ていたっす。そう簡単にはお目にかかることができないほどの美青年に、天使様だと思ったでやんす。ここはどこなのかと聞こうと思ったっすが、あっしは、うまく声が出せなかったっす。

「ここは……」

あっしの中では、安らぎの水辺かと思っていたでやんす。だけど天使様からの返事は、とてもよく知っている場所だったっすよ。シランの森を抜けたあたりですよ、と……。

どうやら、この青年はあっしが倒れているところを助けてくれたみたいでやんす。

あっしが、倒れていた理由を話すと、少しばつが悪い空気が漂いやした……。

情けないやら、恥《は》ずかしいやら、そんなあっしの気持ちに気が付いてくれたのかもしれやせん。

青年が気を利《き》かせて、自己紹介をしてくれったっす。

青年は、セツナさんというお名前らしく、正直、冒険者には見えやせんでした。

しかし、左手へと視線を向けると、黄色の紋様が刻まれていたっす。

冒険者には、冒険者の名乗り方があるでやんすが、セツナさんは、まだ知らないでやんすね。

そのことは後で伝えるとして、今は、セッナさんと同じように自分の名前とお礼を告げやした。

その後、セッナさんからいただいた2日ぶりの食事は、ものすごく美味しかったっす！

人心地《ひとごこち》ついたところで、青年セツナさんを少し観察しやす。

前の職業柄、観察は得意でやんすが、やっぱりセツナさんは冒険者には見えないでやんすね。

最近冒険者になったと教えてもらいやしたが、彼はとても高価な装備を所持していたっす。その他にも食器類や結界石など、駆け出し冒険者には見えない道具を使っているところに、あっしは違和感を覚えたでやんす。違和感を覚えたとしても、それを彼に伝えるつもりはありやせん。

あっしが冒険者になった理由があるように、彼にも何か理由があるのかもしれやせんから。


あっしのために用意してくれたお茶を飲みながら、セツナさんの話をもう少し詳しく聞いたっす。

セツナさんは、今日初めて依頼を受けたと話していやした。そして、冒険者になったのが昨日だと知ったっす。それは、最近ではなく、昨日冒険者になりましたというべきっすよ？

初めての冒険で、セツナさんは気分が高揚《こうよう》していたみたいでやんす。

いきなり鞄からお酒を取り出して、一緒に飲もうと誘《さそ》ってくれやした。

「僕、初めてお酒を飲むんです」

その言葉に、あっしは少し驚きやした。

「こんな、さえないおっさんと……。飲んでもいいんでやすか？」

セツナさんは意味がわからなかったようで、不思議そうにあっしを見つめていやした。

普通、成人した若者が初めてお酒を飲むときは、成人祝いとして飲むでやんす。祝いのお酒として、両親や友人など親しい人と飲むものだと告げたでやんす。セツナさんは、あっしの言葉に一度頷いたあと、穏《おだ》やかな笑みを浮かべやした。

「いいんです。ジゲルさんがよければ、僕と一緒に飲んでください」

彼のその表情が少し寂しげにみえたのは、あっしの気のせいではなかったと思うっすよ。

あっしは、あまり深いことは聞かず、セツナさんとのお酒を楽しみやした……。

お酒が入ったのをいいことに、あっしはあっしの話をしたっす。色々と行き詰まっていて、誰かに話を聞いて欲しかったでやんす。いい年をした中年が青年に愚痴をこぼすのは、あまり褒《ほ》められたことじゃないでやんすが。このときのあっしは、そんなことを考える余裕もなかったっすよ……。


あれやこれやと話をしているうちに、セツナさんのことが気になりやした。

彼の価値観が、少し……いや、大分ずれているように思えたっす。これでも、有名な商会で働いていたでやんす。沢山《たくさん》の人を見てもきたっす。だからこそ、彼の考え方は地に足の着いていないように感じたでやんすよ。若者を正しい道に導くのは、人生の先輩の役目でやんしょ？

お酒に酔いながら、使命のようにあっしは語りはじめやした。そんなあっしの話を、セツナさんは大きなお世話だということもなく、真剣に聞いて考えてくれていたでやんす。

いつかは、セツナさんも可愛いお嫁《よめ》さんをもらうと思うでやんす。可愛い子供と一緒に生活するときがくるでやんすから、お金のこともしっかりと教えておくっすよ。あっしみたいに……嫁に財《さい》布《ふ》の紐を握られ、離縁されることがないように。忠告を忘れなかったあっしは偉《えら》いと思うっすよ。セツナさんに教えるつもりが、自分自身に止《とど》めを刺したような気持ちになりかけやしたが。

だけど、そのときセツナさんが自分の胸に刻むような声で呟いたでやんす。

「生きていく。生活するということは、本当に大変なことなんですね」

この言葉を呟いたセツナさんが、このとき何を想っていたのかはわかりやせん。ですが、あっしはこの言葉で、頑張ろうという気持ちになったでやんす。そう、生きるのは大変なことでやんす。なかなか、自分の思う通りにいかないことも多いでやんす。

それでも……生きていこうと思えるのは……。

そのことを本当の意味で忘れていたのは、きっと、あっしの方だったでやんすね。

そう気が付くと同時に、あっしは、セツナさんが生きることに真剣に取り組んでいるのだと気が付いたっす。


自分の夢に、真剣になる人は多いっす。

自分の守るべきモノに、真剣になる人も多いっす。

そして、自分の仕事に、真剣に取り組む人も多いでやんす。

だけど、生きるということを真剣に考えている人は、案外少ないと思うでやんすよ。

そんなことを考えなくても、生きていけるでやんすから。

なんか、哲学《てつがく》っぽくなったっすかね？

セツナさんがどのような事情を抱《かか》えているのかは、わからないっす。

どこか、ちぐはぐな印象を受ける青年でやんす。

それでも、酒に飲まれ情けない泣き言をいい、愚痴をはく中年男の話を嫌がることなく聞いてくれやした。どうかこの優《やさ》しく真《ま》っ直《す》ぐな青年の足元にいつも灯《あか》りがともるようにと、心の中で神様に祈《いの》ったっすよ。この後、あっしの記憶がないのは……きっといい気分で眠ったからでやんすね。


次の日、セツナさんが、あっしの依頼を手伝ってくれたでやんす。

あっしの依頼は、メティスを５匹《ひき》倒してキューブに入れ持って帰ることっす。

セツナさんは魔物を見たことがないというので、一緒に狩ることになりやした。

街の中にずっといれば、魔物と遭遇《そうぐう》することはあまりないでやんすしね。

「そういえば、ジゲルさんはどうしてシランの森に？　メティスは他の場所にもいますよね？」

「そうっすね。だけど、他の場所はソロでは辛いっすよ」

「ソロ？」

「あぁ、冒険者の間では、一人で狩りをすることをソロというっすよ」

「そうなんですね……」

「ソロで狩る場合は、ここが狩りやすいと聞いたっす。まぁ、ソロで狩りやすいということは……」

「数が少ない、ということですね」

「そうでやんす。メティスは、塩をつけて皮をパリッと焼いて食べると美味しい魔物っすから、人気があるでやんすよ」

「美味しいのか……」

「少し値段が張りやすが、一度食べてみることをお勧めするでやんす」

「はい」

周りを警戒しながらメティスを探して歩き、時々休憩《きゅうけい》を入れ、たわいない会話をしやした。そのときに、セツナさんの職業が学者さんだと知り、妙に納得してしまったでやんす。

どうみても……荒事《あらごと》に慣れているようには、みえないでやんすから。

セツナさんは、旅をして、世界を見て歩くために冒険者になったのだと語ってくれやした。


しばらくして、あっし達はメティスを見つけたでやんす。同時に、メティスもこちらに気が付いたようでやした。そこにはメティスが3匹。すぐに剣を構えやしたが、3匹が一斉《いっせい》にあっしへと突っ込んできやした。さすがに3匹はきついかもしれやせん。

しかし、魔物を見るのが初めてだというセツナさんに、いきなり戦闘《せんとう》を任すのは不安が残りやす。

この依頼は、あっしが受けたんでやんすから。あっしが倒さなければ、と覚悟《かくご》を決めやした。

でも、それと同時ぐらいに、セツナさんが3匹のうち2匹を風の魔法で捕縛《ほばく》してくれたっすよ。

セツナさん、魔導師だったんっすね……。あっしは、剣で戦うとばかり思っていたっすよ。探す前に、お互《たが》い意思疎通《そつう》をしておくべきだったと二人で反省しやした。

4日探しても見つからなかったメティスでやんすが、その日のうちに5匹を倒してキューブに入れることができやした。これで、あっしもセツナさんも依頼が達成できやした。

セツナさんと会ったことで、あっしの運勢があがってきたのではないかと伝えると、セツナさんは柔《やわ》らかく笑ってやした。

それから二人で気分よく歩いて、城下町のギルドに戻り、依頼完了《かんりょう》の報告をしたでやんす。

あっしはキューブを受付に渡し、報酬をもらいやした。

セツナさんも、薬草をギルドの受付に渡していたでやんす。セツナさんが受付に渡した薬草を見て、感心しやした。薬草の土や汚《よご》れが綺麗に洗われており、なおかつ5枚ずつに分けてあったでやんす。きっとセツナさんは、薬草のことを調べてからシランの森へいったっすね。

多くの若者は、討伐のついでに薬草を見つけ、雑に引きちぎり持ち帰ってくるでやんす。

それをそのまま受付に渡し、マスターに怒鳴《どな》られているっす。

『勿体《もったい》ないから、二度ととってくんな！　くそが!!』

マスターに怒気《どき》を向けられた若者は、次からは丁寧に採取してくるらしいでやんす。もちろん、セツナさんと同様に、調べてから採取する若者もいるっすよ。しかし、10代から20代……30代半ばといえば、血気盛《さか》んな年齢っす。特に冒険者になる若者は、血の気が多い奴が中心っす。

一攫千金《いっかくせんきん》を夢に見て、ひたすら突っ走る若者が多いっすよ。熱い情熱に突き動かされるように生きている存在でやんす。セツナさんとは違う意味で、地に足の着いていない状態っすよね。そのような若者に限って、人の忠告を聞かない者が多いでやんす。

そういえば、セツナさんは最初から落ち着いた雰囲気の人だったたっすね。

今更でやんすが……。


「おお、お前できるな！」

あっしの耳に、ギルドマスターの声が届きやした。視線を向けると、セツナさんが褒められていたっすよ。セツナさんは、少し照れたような笑みを浮かべていたでやんす。その表情を見て、あっしもなにやら嬉しくなったっす。きっと、基本ポイントにボーナスポイントがついたでやんすね。

報告が終わり、あっしはセツナさんにお礼をいいやした。助けてもらった挙句、依頼を手伝ってもらいやしたので、報酬の半分をセツナさんに渡したい、と伝えたでやんす。

でも、断られやした……。

セツナさんは、少しやんちゃそうな笑みをみせて、こんなことを告げたっす。

「人生の授業料を、体で払ったと思ってください」

「大層なモノではなかったっすよ？」

「僕にとって、とても大切な時間になりました」

セツナさんが浮かべていた笑みを消し、真剣な顔で伝えてくれやしたから。

あっしは、セツナさんの気持ちをありがたくいただきやした。

本当ならば、命を助けてもらったお礼をあっしは、しなければならないでやんすが……。


別れ際《ぎわ》。セツナさんが、嬉しい言葉をくれやした。

「いつか、ジゲルさんが有名な冒険者になったら、僕とまたお酒を飲んでください」

その言葉に、あっしは胸が一杯《いっぱい》になったっすよ。セツナさんは、いずれこの国を旅立つのだと思いやす。それでも、いつか、また共に……。そう約束をくれやした。

現実は、何も変わってはいやせん。だけど、セツナさんと出会って命を助けてもらいやした。依頼も達成できやした。それだけでも、あっしには着実に一歩進んだような気がしたでやんす。

前向きな気持ちになれやした。いつか有名になって、娘と逢うこと。そして、セツナさんとお酒を飲むこと。あっしの目標が一つ増えやしたが……。

それは、あっしの生きる糧となりやした。

# 第三章　コリアンダー　《隠れた価値》

## ◇1　【セツナ】

僕《ぼく》が初めて依頼《いらい》を受けた日から、2カ月が経過した。今日は、シルキス4の月の20日となっている。ジゲルさんと出会ったあの日、僕にとっては初めての魔物討伐《まものとうばつ》を体験した。命を奪《うば》うという行《こう》為《い》に、罪悪感や嫌悪感《けんおかん》はほとんど抱《いだ》かなかった。

もしかしたら、カイル達《たち》の経験が、僕の心の在り方に影響《えいきょう》を及《およ》ぼしているのかもしれない。殺すことを楽しいとは思わないけど、自分の命を守るためなら、僕は躊躇《ちゅうちょ》しないで命を奪えると思う。

この2カ月、色々と初めてのことばかりが続いている。いまだに戸惑《とまど》うことも多い。知らないことも、覚えることも沢山《たくさん》ありすぎて、時々ため息をついていたりもする。

だけど結局は、できることからやっていくしかない。その手始めとして、ジゲルさんが教えてくれたことを僕のモノにするために、できる限り自分で稼《かせ》いだお金で暮らしていくことにした。当然のことなんだけれど、ジゲルさんの話を聞かなければ、どこかで甘《あま》えがでていたかもしれない。

ただ、鞄《かばん》に入っているお金を除いた物は、ありがたく使わせてもらっている。それは、カイルが僕を想《おも》って残してくれたものだから。その気持ちを大切にしたかった。そうすることが、正しいのではないかと思ったんだ。


宿屋を引き払《はら》って、今は冒険者《ぼうけんしゃ》ギルドが経営する宿舎で生活している。

僕の今の稼ぎでは、1泊《ぱく》半銀貨1枚の宿屋は金銭的に辛《つら》いからだ。

ずっとガーディルで暮らしていくのならば、それでいいのかもしれない。だけど、僕の目的は世界を見てまわることなんだ。だから当面の目標は、節約して旅の資金をためることになる。

ちなみにギルドの宿舎は、冒険者なら誰《だれ》でも使えて朝食付きで銅貨3枚だった。

そのような感じで、翻訳《ほんやく》とか荷物運び、時々魔物討伐をしたりして、ギルドの依頼をこなしていた。

ギルドの知識も増えている。例えばランクの色についてだが、ランクは次のランクになるまで細かく段階分けされているらしく、その段階が上がるたびに次のランクの色に近づく。

その段階は、黄から緑で3段階、緑から青で3段階、青から紫《むらさき》で5段階、紫から赤で5段階、赤から白で10段階、白から黒で10段階、最後に黒を極《きわ》めるまでに10段階となっていた。

現在の僕のランクは緑の3の2で、紋様《もんよう》の色は緑色に変化している。次の3の3では、青みを帯びた緑になるようだ。僕の左手にある紋様の色の変化に驚《おどろ》いたことは、いうまでもない。

僕の生まれた世界には、そんなモノはなかったのだから。

大体5日働いて、1日休暇《きゅうか》を入れるかたちで、規則正しい生活を送るようにしている。

昨日は休暇を取ったから、今日からまた頑張《がんば》ろうと自分に気合を入れた。

朝の日課の鍛錬《たんれん》を行い、宿舎を後にする。


「今日は、どんな依頼を探そうかな？」

一昨日《おととい》は確か荷物運びだったから、今日は魔物の討伐系にしよう。

そんなことを考えながらギルドの扉《とびら》を開けると、いつもと何か雰囲気《ふんいき》が違《ちが》った。その理由を探そうと視線を移動させると、この場にいるほとんどの人間の視線が受付の方に向いている。僕もその視線を追い目を向けると、マスターとどこか貫禄《かんろく》のある冒険者が会話をしていた。

皆《みな》、彼《かれ》らの話を聞いているらしい。彼らの話を邪魔《じゃま》しないように、囁《ささや》かれている声に耳を向ける。

その中で拾えた情報は、どうやらマスターと話している人は、黒の紋様の持ち主のようだ。黒の紋様。ギルド最強の称号《しょうごう》そのものだ。多くの冒険者が目指す場所であり、目指す地位だった。

この場にいる冒険者の様々な視線を、すべて集めておきながら、彼《かれ》は気にもとめていないようだ。

とりあえず、僕は気配を消して掲示板《けいじばん》の方へと移動し、今日の依頼を探すために目を向けた。


「それで？　私を呼び出した理由はなんだ？」

「遺跡《いせき》の合同調査依頼がガーディルから要請《ようせい》された」

「私に？　遺跡なら、あいつがいるだろう？」

「あいつは、違う遺跡を調査中だ。そして、調査はすぐにでも行うようにということだ」

「話が見えないが……まさか……」

そこまでいって、黒の冒険者は急に声量を落とす。

「新しい遺跡を、冒険者が発見したということか」

「そういうことだな」

二人の会話はかなりの小声だったが、それでも、それなりの技術をもっている冒険者の耳には届いたらしく、新しい遺跡の発見という言葉に目つきが変わっている者もいる。冒険者が見つけたのに、どうしてこの国がでてくるのかが気になり、頭の中で遺跡についての決め事を調べてみた。

その結果、遺跡発掘《はっくつ》の規約みたいなものを、ギルドは国と結んでいることがわかる。

今回の例でいえば、冒険者が見つけた新しい遺跡に関しては、ギルドと国で合同調査を行うことになっている。国は、自国内にある遺跡は、中の財宝を含《ふく》めて国の所有物であると考えていた。一方、冒険者は、遺跡は誰のものでもなく、中の財宝は、発見した冒険者の所有物だと考えていた。

この認識《にんしき》の違いにより、遺跡が見つかるたびに各国で凄惨《せいさん》な事件が起こり、紆余曲折《うよきょくせつ》を経てギルドが仲介《ちゅうかい》し、発見者と国で折半するという協定になったみたいだ。そして、合同調査の立会人としては、国側は将軍以上、ギルド側は黒かギルド幹部と決められている。

そのため、マスターと話している黒の冒険者が呼ばれたのだろう。

余談だけど、合同調査以降の遺跡の探索《たんさく》で発見した物は、基本、発見者のものになる。

基本というのは、貴重な魔道具などは、国が口を出してくる場合もあるんだろう。

他にも色々とあるようだが、大切なのはこの辺りだと思う。

ただ、カイルは……お構いなしに遺跡を荒《あ》らしていたみたいだ。鞄の中身がそれを物語っている。

『遺跡？　見つけた者勝ちに決まってるだろう』

などといいそうだ。……いや、いうだろうなぁ。断言できる。

「それでは、相手はこの近くで待っているということか」

「それがだな……。遺跡の調査はギルドに任せるといってきた」

「意味がわからないのだが？」

マスターの言葉に、黒の冒険者が眉間《みけん》に皺《しわ》を寄せている。

「昨夜、ガーディルとエラーナの北西の国境近くで、大型を含む魔物の群れが発生したらしい」

この情報に、この場の空気が一気に違うモノへと変容していく。先程《さきほど》の遺跡の話と比べて、倍も反応した人がいる。どうやら、先程の時は聞こえていても表情に出さなかったらしい。その人達が危機感をあおられるということは、それほどの大ごとということだろう。僕もあわてて大型の魔物について調べてみるが、普通《ふつう》よりちょっとばかり強いが余裕《よゆう》と、カイルがまとめていた。カイル、君はどれだけ強いんだと、つい笑いそうになった。

そんな僕とは反対に、黒の冒険者も、その周りの冒険者達も表情を真剣《しんけん》なモノへと変えている。

「私が、遺跡の調査へ出向いてもいいのか？」

「ガーディルとエラーナの軍隊が、合同で討伐するようだ」

「……」

「69番目の勇者も参戦すると聞いている」

「そうか。なら私達は呼ばれないだろうな」

「そういうことだ」

69番目の勇者と聞いて、僕の鼓動《こどう》がはねたのが自分でもわかった……。

僕が役に立たなかったために、召喚《しょうかん》された勇者……。

僕の代わりに召喚された勇者が、僕と同じ犠牲者《ぎせいしゃ》となっているなら、僕は合わせる顔がない。

謝《あやま》りに行くことも考えたけど、それは違う気がした。

謝ることはできても、僕には何もできることがないからだ。解決する術《すべ》を僕は持っていなかった。

カイルが僕に使った魔法は、同郷の者にしか使えないようだった。

だから、僕が勇者と会うのなら、勇者から解放できる術を僕が身につけてから……。

でも、その道のりはあてのないものだ。僕の中に何一つとして、その記録はなかったから。

僕の心のどこかで、悲鳴が聞こえたような気がしたけれど……僕は、その声に耳を傾《かたむ》けることはしなかった。


「国は魔物の討伐で忙《いそが》しい。だから、遺跡の調査はこちらでしてくれと連絡《れんらく》があった」

「後日、口を出されるのではないのか」

「どうだかな。ガーディル側が用意した魔道具を遺跡に入る前からつけて、中の様子はすべて記録することが条件だからな。あと、古代魔道具や財宝などがあった場合は、人除《ひとよ》けの結界石も置いてこいと結界石も預かっている。記録用の魔道具には、魔力探知の魔法も付いているそうだ」

「口を出すといっているようなものだな」

「それで、悪いが後日その魔道具をもって、ガーディルの将軍に報告に行ってほしい」

「しかし、私は遺跡の調査など興味はないのだが……」

黒の人は面倒《めんどう》になったのだろう。投げ出そうという気配が漂《ただよ》っていたが、マスターは有無《うむ》をいわさず話を遮《さえぎ》る。

「お前に、そんなことを期待してはいない。とりあえず、遺跡の中をひとまわりしてきてくれ」

「簡単にいってくれる」

「冒険者の報告では、さほど大きくはないようだ」

「そうか」

「頼《たの》まれてくれるか？」

黒の人は、お前が今、拒否《きょひ》させなかったのだろうというような目をしていた。

「遺跡について、もう少し詳《くわ》しく教えてくれ」

ため息交じりのその要求に、マスターが知りえる情報を開示していく。

「風の扉か……」

黒の冒険者が呟《つぶや》いた、知らない言葉に、僕は知識を探《さぐ》った。風の扉とは、風の魔法で守護されている扉のようだ。扉を開くには、風属性の魔力を必要とするとある。

「お前のチームには、サーラがいるだろう？」

「あいにく、今、別の依頼をしている」

彼の言葉に、マスターが何かの魔道具を操作して、軽く頷《うなず》いた。

「急ぎだという連絡が入ったから、とりあえず私が来た」

「向こうは大丈夫《だいじょうぶ》なのか」

「あの程度の依頼なら、クリス達で十分だろう」

「確かに、そうだな」

「なので、今動けるのは私とビートしかいない」

黒の冒険者はそう告げて、左斜《なな》め後ろにいる青年に視線を向けた。

しかし、その青年は、彼と目を合わそうとはしなかった。

「ガーディル側から派遣《はけん》される人間が、将軍とその参謀《さんぼう》の風使いの魔導師だったんだが」

「その状況《じょうきょう》じゃ無理だろう」

「勇者が参戦する以上、負けるわけにはいかないからな。国の威信《いしん》がかかっている」

「風使いがいないことには、調査のしようがない」

黒の人の表情が少し嬉《うれ》しそうに見えたのは、僕の気のせいではないと思う。

「そうだなぁ……」

二人が困ったというような表情を作り、マスターが何気なく周りを見渡《みわた》した。

そして、なぜか僕と視線が合う。その瞬間《しゅんかん》、ニヤリと笑う顔を見て逃《に》げられないと悟《さと》った。

「よう、坊主《ぼうず》。今日も依頼か？」

マスターの挨拶《あいさつ》に、この場にいる人間の視線が一斉《いっせい》に僕に集まる。心の底からやめてほしいと思う。僕は目立ちたくはない。そしてもう一つ、坊主呼びも……。マスターは、なぜか僕のことを名前ではなく坊主と呼ぶのだ。甚《はなは》だ不本意ではあるのだけれど……。

駆《か》け出しの冒険者であり、この異世界での僕の経験という点では、子供と変わらない。

いや……子供より酷《ひど》い状態だった。だから、反論の余地がないのが悔《くや》しい……。

だけど、マスターの坊主呼びに、僕を馬鹿《ばか》にしたような響《ひび》きはない。

それどころか、どこか親しみをこめて呼んでくれていると知っている。

そんなマスターの態度は、余計にたちが悪い。


僕は内心ため息をつきながら、ここ最近癖《くせ》になっている挨拶を、マスターに返す。

「おはようございます、マスター。僕には、セツナという名前があるのですが？」

休み以外、毎日くり返されている台詞《せりふ》に、マスターが鼻で笑う。

「駆け出しのひよっこには、坊主で十分だよな？　坊主」

これもまた、同じ台詞にため息をつく。

そうすることで不満だと告げているのに、マスターは涼《すず》しい顔で笑っていた。

「ネストル？」

僕達のやり取りを黒の人が不思議そうに眺《なが》めていたが、マスターの名を呼んで口を挟《はさ》む。

「今このギルドでソロの風使いは、そいつだけだ」

「ほう」

黒の冒険者が、僕を見たことで目が合った。

日本人の性《さが》か、目が合った瞬間、僕はお辞儀《じぎ》をしながら挨拶をする。

「おはようございます」

そんな僕に、彼は少し驚いた様子を見せたが、その表情を笑《え》みに変え挨拶を返してくれた。

「おはよう。随分《ずいぶん》と礼儀正しい冒険者だな」

彼の評価に、マスターが口を添《そ》える。

「そうだろう？　今時、珍《めずら》しい坊主だ。言葉遣《ことばづか》いも、仕事も丁寧《ていねい》だが……まだひよっこだ」

ひよっこは余計だろう……という突《つ》っ込みを、心の中で入れておく。

そんな僕の気持ちなどお構いなしに、マスターは話を進めていった。

「それでだ。ソロで動いている風使いは、この坊主しかいない」

「なるほど……」

彼は少し何かを思案し、じっと僕を眺めてから頷き。

僕に名前を教えてくれた。

「私は、チーム月光のリーダーをしているアギトだ。職業は剣士。ギルドランクは黒。覚えてもらえると有難い」

アギトさんは、そんな謙遜《けんそん》を口にするが、強者の気配をにじませている。この冒険者を忘れることができる人はいるのだろうか？　ギルド最強の人物に自己紹介《しょうかい》をするのは、少し気後《きおく》れがする。だけど、相手が名乗ったのに僕が名乗らないわけにもいかない。ジゲルさんが教えてくれたギルドの風習にしたがって、僕も名前を告げる。冒険者の自己紹介は、まずチームに所属していればチームの名前を先に告げる。その後に、自分の名前、職業、ギルドランクと続くらしい。

「僕は、セツナといいます。職業は学者。ギルドランクは緑で、魔法は風属性が使えます」

「学者？　魔導師ではなく？」

彼の質問に、どう答えようか少し迷って返答する。

「今の僕の生き方は、魔導師よりも学者に近いと思いました。なのでギルドの登録は、魔導師ではなく、学者としています」

僕の返答に、マスターがアギトさんを見て口を開いた。

「変わった坊主だろう？　普通、風使いなら迷わず魔導師と書くんだがな」

「あぁ、だからソロなのか」

「そうだ、だからソロなんだ」

二人のいいたいことは、なんとなくだけどわかった。


ギルドの依頼は、基本的に危険なほど報酬《ほうしゅう》が高くなる。だけど、一人で行動するにはリスクが高い。なので、大半がチームもしくはパーティを組んで依頼を受けることが多いようだ。

チームとは、ギルドに申請《しんせい》し登録して初めて、認められる冒険者のクループとなっている。そしてパーティは、依頼を遂行《すいこう》するために臨時で組むグループとなっているらしい。

基本的に、ギルドはパーティ内の揉《も》めごとに干渉《かんしょう》することはない。だけど、ギルドが斡旋《あっせん》しパーティが組まれた場合は、仲裁《ちゅうさい》に入ることが多いようだ。チームやパーティを組むにしても、人がいなければ組むことができない。そのために、ギルドの登録名簿《めいぼ》というものが用意されていた。

この名簿は閲覧《えつらん》自由だが、名前と職業欄《らん》の先頭に書かれた文字しか開示されない。それ以上の個人情報が知りたい場合は、ギルドを通して紹介してもらうことになるらしい。

普通、魔導師は駆け出しでも、チームにスカウトされることが多い。なぜなら、魔法というのは誰でも使えるわけではなく、素質がないと魔導師にはなれないので、希少傾向《けいこう》にあるためだ。

もちろん、魔導師にとってもチームやパーティを組んだほうがメリットが多い。

まず、魔力量には限りがあり、魔力を節約する必要がある。

そして、魔法の発動には集中が必要だ。例えば、魔法の威力は、その魔法にこめる魔力で決まる。中途半端《ちゅうとはんぱ》な集中での魔法の行使は、魔力制御《せいぎょ》が甘くなり暴走する危険性がある。暴走しなくとも、威力がでないということもある。

これらのデメリットを解決するために、魔導師はチームやパーティに参加するらしい。推定なのは、僕には当てはまらない事項《じこう》だから。

風使いの魔導師は特に少なく、ソロの風使いは珍しいとマスターにいわれた。珍しいというだけで、いないわけではないけれど。僕がスカウトされないのは、職業欄に魔導師ではなく、学者と書いたのが理由らしい。

そんな僕を見て、マスターがチームを紹介してやろうかといってくれたこともあるけれど、僕はチームを組む必要性を感じなかったから、断った。

反対に僕にとっては、チームやパーティを組んだほうがデメリットになりかねない。

魔力は尽《つ》きることがないほどある。集中は……別の意味で頑張っている……。魔力の配分を間違えて、周りを破壊《はかい》しないように気を付けていた。

花井《はない》さんとカイルの研鑽《けんさん》の経験を引き継《つ》いでいるために、詠唱《えいしょう》も必要がない。二人の戦闘《せんとう》スタイルは、剣術、体術と魔法の複合戦闘だ。当たり前だけれど、僕もそのスタイルになっている。

最初の頃《ころ》は、僕の元の体からの変化で違和《いわ》感や戸惑いも多かった……。だけど、この2カ月で魔力も自分の体に馴染《なじ》んだし、使える魔法の種類も増えた。毎朝、剣術と体術の型を一通り行っている。そのせいか、剣の扱《あつか》い方も、体術での体の使い方も、違和感がなくなった。

結局のところ、僕は一人で戦うことができる。すべての魔法の属性も使える。チームやパーティを組んで僕の秘密を知られる可能性があるのなら、一人のほうが気楽だった……。

マスターとアギトさんを眺めながら、僕は結論が出るのを待っている。

できるなら、チクチクと突き刺《さ》さる視線が痛いので、早くしてほしい。

「まぁ、坊主は風使いといっても、2カ月前にギルドに登録したばかりだ。依頼も、ソロでできる範囲《はんい》のものしか受けていない」

アギトさんは何もいわなかったので、返答を促《うなが》すようにマスターは黙《だま》って頷く。

「そうか」

「だが、魔物を討伐できる腕《うで》はある。風魔法での治療《ちりよう》の依頼も問題なく遂行している。遺跡に入らない範囲でならば、坊主でも自分の命は自分で守れるだろう。中に一緒《いつしよ》に入るのなら……」

「わかった」

マスターが全部いう前に、アギトさんは了承《りようしよう》したという感じで答えた。僕の身の安全を引き受けてくれたらしい。

「ただ、長距離《きより》の移動は多分初めてだろう。依頼の手伝いを頼むなら、その辺りを考慮《こうりよ》したうえで計画を立ててるんだな」

「おいおい、馬を手配してくれるんじゃないのか、急ぎなんだろう」

「すまないな。ギルドで手配できる馬は全部出払っている。農家のほうにもあたってみたんだが、最近、盗賊《とうぞく》が幅《はば》を利《き》かせていて、めぼしいのが見つからなかった」

「そうか、それなら仕方ないな」

「ついでに、道すがらそいつらも討伐してくれると助かるんだが」

「遺跡方面にいたらな」

マスターの言葉に笑いながら答えると、アギトさんが僕と視線を合わせた。結論が出たようだ。

「セツナ君だったね。よかったら、私の依頼を手伝ってくれないか？」

アギトさんからの手伝いの要請に、これといって断る理由もなかった。

それに、遺跡というのにも興味がある。僕が必要な理由を、立ち聞きしていたから知っているけれど……。詳しく話を聞くために口を開こうとしたとき、僕の後ろから怒鳴《どな》り声が響いた。

「親父《おやじ》！　俺《おれ》達の依頼に、足手纏《あしでまと》いのひよっこを入れてどうするんだよ！」

「ビート」

「俺は反対だっ！　魔法が使えるのに、学者と書く臆病者《おくびょうもの》に何ができる！」

なかなか、辛辣《しんらつ》な言葉が聞こえたが、僕は気にすることなく、声のする方へゆっくりと振《ふ》り向いた。

僕が振り向くと、ビートと呼ばれた青年が腕を組み、僕を睨《にら》んでいる。

アギトさんを親父と呼んだことから、彼はアギトさんの家族なんだろう。

「ビート、相手のことを知りもせずに臆病者だと罵《ののし》るのは、正しいことか？」

アギトさんがビートさんをたしなめてはいるが、彼は気にしている様子はない。

気にするどころか、鼻で笑って自分の考えを話し続けた。

「臆病者を、臆病者といって何が悪い？　魔法に自信がねぇから、学者なんて書くんだろう？　チームに学者なんていらねぇよ！」

彼の潔《いさぎよ》いほどの知識の全否定に、少し感心する。

だが周りの反応は、どうやら彼《かれ》寄りらしく、頷いている人が多かった。

「これだけいわれて、いい返さないってことは、それが図星だってことだろう？　いざというときに役に立たない奴《やつ》を連れていく必要がない！　俺はそういってんだよ」

「では、ビートは風の扉を開けることができるんだな？」

正論を告げるアギトさんに、彼は声色《こわいろ》を低くしながら答えた。

「それは……、他の奴を探せばいいだけだろう」

「お前は、ネストルの話を聞いていたのか？」

「……」

「確かに、今回の依頼は駆け出しの冒険者には大変かもしれない。できるならば、経験のある風使いが望ましい」

「それなら！」

「しかし、今このギルドでソロの風使いはセツナ君だけだと、ネストルが話しただろう？」

彼は、いまだに納得《なっとく》できないのか頷くことはなかった。

「彼に経験がないというのであれば、私達が守ればいいだけのことだ。それとも、ビートは魔導師一人守る自信がないのか？」

アギトさんの言葉に、ビートさんは刺すような視線を向けていた。アギトさんは気にすることなく腕を組んで挑発《ちょうはつ》している。その姿が彼にとても似合っていて、映画の一場面を見ているようで、どこか人事《ひとごと》のように眺めていた。

「それに……」

アギトさんの声音に、この場にいる冒険者達が一歩後ずさる。

アギトさんは、先程までと同じように笑みを見せている。なのに……彼から放たれる怒気が今この場所にいる者達に向けられていた。

「ギルドに登録する際の職業は、自由に選んでもいい。決して、強制されるものではない」

ビートさんの顔色も少し悪い。

「お前は、ギルドの方針に否《いな》を唱えるのか？」

「違う！」

アギトさんの台詞に、ビートさんは間髪《かんはつ》を入れずに否定した。

アギトさんは、ビートさんに答えようとはせず、周りの冒険者達を見まわす。

周りの冒険者達は、彼から視線を逸《そ》らす者、首を横に振る者とその反応は様々だ。

「お前が剣を選んだように、彼は知識を追究する道を選んだ、ただそれだけだろう？」

そうか。アギトさんは僕がこのギルドで孤立《こりつ》しないように、行動してくれたんだ。

「お前が、とやかくいうことではない」

アギトさんは、真《ま》っ直《す》ぐにビートさんを見てそう告げてから、僕へと顔を向けた。

「セツナ君、愚息《ぐそく》が失礼なことをいった。すまない」

僕に謝罪したアギトさんの姿に、冒険者達が少し騒《ざわ》めく。

「いえ、僕は気にしていませんから」

僕のこの言葉に、ビートさんから表情が消えた。火に油を注いでしまったようだ……。ビートさんとは反対に、アギトさんは面白《おもしろ》そうに僕を見ている。

「勝手にしろっ！」

彼はそれだけ告げると、怒《おこ》ってギルドをでていった。

「あー。申し訳ありません……」

明らかに僕の失言だったので、アギトさんに謝る。

僕の謝罪に彼は興味を持った目で僕を見ていた。

「セツナ君が謝る必要はないだろう？　君が怒るというのなら、わからないでもないが」

「別に、怒るほどのことをいわれたわけではないですから」

そう告げると、アギトさんは少し考える仕草を見せてから口を開いた。

「君は本当に18歳《さい》か？　普通、君ぐらいの駆け出しの冒険者というのは、臆病者、卑怯者《ひきょうもの》、腰抜《こしぬ》けという単語に恐《おそ》ろしく反応するのだが……」

「そうなんですか？」

「ああ。すべての人間がというわけではないが、大体はそうだ」

アギトさんの言葉に、マスターが低い声で笑った。

「私の息子《むすこ》は、いまだにそういわれると怒《いか》り狂《くる》っているようだ」

僕の年齢《ねんれい》に疑問を覚えたアギトさんへ、鋭《するど》いことをいう人だと内心思いながら、答えを返す。

「僕も、好きではない言葉はあります。今回の言葉が、それに当てはまらなかっただけなので」

「そうか、それならいいが。では、セツナ君。改めて依頼の同行を頼めるかい？」

「僕への依頼は、遺跡の調査で間違っていないですか？」

「基本的にはそうだ。ここから片道3日ほどいったところに、新しく遺跡が見つかった。その遺跡の扉を開けて欲《ほ》しい」

彼の言葉に、頷く。

「中の調査は我々がする。ただ中に入って調査した結果、魔法の力が必要になるかもしれない。その時は君の力を借りるため、中に入ってもらうことになる。その際には、追加で報酬もだそう」

「新しいということは、その遺跡には調査が入ったことがないんですよね？」

僕のこの質問に、アギトさんが真剣な顔で頷いた。

「そう。だから、駆け出しの君には危険かもしれない」

遥《はる》か昔の街や村だったと思われる遺跡は、比較《ひかく》的安全に調査できるようだ。だけど、貴重な物を隠すための遺跡は、死に至る罠《わな》が仕《し》掛《か》けられていたり守護者などがいることがある。今回の遺跡は、結界で守られているくらいだから、後者になる可能性が高い。

「僕はまだ、パーティを組んだことがありません。別のチームと合同ではだめなんですか？」

「国からの依頼を合同チームであたる場合、事前に手続きが必要になる」

「そうなんですね」

「申請したとしても大型の魔物討伐で、後回しにされる可能性が高い」

「僕は、大丈夫なんですか？」

「風使いがいなければ無理なのは、理解しているはずだからな。向こうは急ぎといっているから、一人くらいは暗黙《あんもく》の了解というやつだ」

アギトさんは、一つ一つ確認を取っていく僕に、丁寧に答えてくれた。

「この依頼は遺跡の内部の記録と、場合によっては、人除けの結界石を置いてくるのが目的になる」

「はい」

左手で顎《あご》のあたりを撫《な》でながら、彼は話を続ける。アギトさんの左手の紋様が目に入り、少し見入る。彼の紋様は両手剣と呼ばれる剣で、剣の周りに茨《いばら》が巻き付いていた。

「調査だけといっても遺跡内部には入るわけだから、何があるかはわからない」

彼の言葉に頷き、依頼を受けると返事をする。

「至らないところが多いかもしれませんが、依頼をお受けします。よろしくお願いします」

「こちらこそ、よろしく頼む」

彼はそう告げると、笑顔を向けてくれたのだった。


話が決まり、マスターに依頼を正式に受理してもらう。

彼との依頼が決まったことに、周りの冒険者達が羨《うらや》ましいと話している声が聞こえた。

黒は、冒険者の目標であり憧《あこが》れだから、そう思われても仕方がないか……。

アギトさんから、明日の朝、出発したいと告げられたので頷き、ギルド前で待ち合わせということに決まった。

この世界の時間の確認の方法は、いくつかある。まず、時間単位で国が鳴らす鐘《かね》の音。他に、時

間と共に色が変化する色時計というものもある。そして、ギルド本部があるリシアでは、懐中時計（かいちゅう）

が売られてもいる。僕は、能力で創《つく》り出した懐中時計を所持していた。

アギトさんと別れた後、明日の準備のために依頼を受けるのをやめた。

今回の旅に必要な物をアギトさんに教えてもらったので、今から買いにいくことにした。

ギルドを出て、旅に必要な物を思い出しながら買い出しにいく。往復6日間と、遺跡探索で2日間。予備の食事2日間の食料と水。水は水筒《すいとう》があるから用意するつもりはなかったけれど。アギトさんが、水筒と水の魔道具を数個、僕にくれた。

冒険者が長期の依頼を受けた際に、用意する魔道具らしい。

水の魔道具を水筒に入れておくと、10リットルぐらいの水を確保できる。この魔道具専用の水筒を使うことで、水が傷《いた》むことなく、溢《あふ》れることなく持ち運びができるらしい。

話を聞いて高価な物だとわかったので、断るつもりだった。

だけど、黒の依頼の補助としての支給品だからと、アギトさんとマスターにいわれて受け取った。

後は、着替《きが》えと薬。薬は、傷薬、腹痛薬、頭痛薬、化膿《かのう》止め、解毒《げどく》薬。それと結界石を自作してみた。自分なりにアレンジしてみたけれど、なかなか上手に作れたと思う。

このような感じで、初めての遠出、それも臨時とはいえパーティで行動することになる。

迷惑《めいわく》をかけないように、念には念を入れて準備をしたのだった。

正直にいえば、食料だけ用意すれば、鞄の中に入っている物だけで足りてしまう。足りない物があれば、カイルの能力で創りだすこともできる。だけど、何事も基本が大事だとカイルがいっていた。だから、自分で稼いだお金で旅の用意をしてみたんだ。

それに、僕は最近やっと値段交渉《こうしょう》ができるようになってきた。周りの年配の女性達には負けるけれど……。彼女《かのじょ》達は、なぜか……僕の分も値切ってくれるので助かることも多かったりする。

買い物を済ませた後は宿舎に戻《もど》り、目的地方面の薬草図鑑《ずかん》を読んで過ごしたのだった。

朝起きて、いつもの鍛錬を終えて、仕事用の服に着替える。紺《こん》色の革《かわ》のズボンに、白のシャツ。その上に、襟《えり》付きの膝《ひざ》よりも長いコートぽい上着を着る。上着の色は深藍《ふかあい》色。

普段着とそう変わらないように見えるけれど、これが僕の戦闘服になっていた。

普通、魔導師はローブを着ている人が多い。僕がローブを選ばなかったのは、単なる好みの問題。

上着の上から、腰に剣をつるすための剣帯をつけようとして、思いとどまった。

今日の僕は、魔導師として同行することになるから、剣を鞄にしまい補助武器の短剣を取り出す。ズボンのベルトの背中側に横向きに装備できるようになっているので、取りつける。ベルトには、魔道具を入れるための小さめのウェストバッグをつけて、すぐに取りだせるようにしておく。

魔導師が魔法を使うために身に着ける指輪、または杖《つえ》がないと、アギトさん達に詮索《せんさく》されそうだと思って鞄の中から指輪を探そうとしたが、そういえば魔力制御の指輪をしているので、見かけ上問題ないかと思いやめた。

左手の紋様を見て、ふと昨日のアギトさんの紋様の色を思い出した。

アギトさんの紋様は、とても濃《こ》い黒だった。黒が完了すると、黒に少し金が入った感じになるようだ。どれだけ依頼をこなし魔物を討伐したら、黒色になれるのだろう……。

ランクにこだわっているわけではない……。

初めてギルド最強と呼ばれる強さを持った人に出会った。どこか惹《ひ》きつけられるようなモノを持っていた。憧れてしまうのは仕方のないことだと思う。カイルが、俺とじいさんは最強だったから僕も強い、と話していたけれど。僕には、その実感や感覚がいまいちわからなかった……。

左手の紋様から視線を外し、最後に指のない黒の革手袋《てぶくろ》をしてから、宿舎を後にした。

忘れ物はないかとか、旅についての知識だとかを考えながら歩く。

そろそろギルドが見えてくる距離で、アギトさんとビートさんがギルドの前で立っているのを見つけた。どうやら待たせてしまったらしい。

早足で歩き、二人の近くで立ち止まり挨拶をするために口を開いた。

「おはようございます。今日から、しばらくよろしくお願いします」

僕の挨拶に、アギトさんが体をこちらに向けて挨拶を返してくれる。

「おはよう。こちらこそよろしく頼む。ビート」

アギトさんの挨拶の後に、名前を呼ばれたビートさんは、渋々《しぶしぶ》と自己紹介をしてくれた。

「俺は、チーム月光に所属している、ビート。職業は剣士。ランクは青。俺はお前を認めていない」

「ビート！」

そう一方的に告げた彼は、僕を見ることなく歩き出す。

ビートさんの態度に、アギトさんが少しきつい口調で名前を呼ぶが、彼は振り返らなかった。

「すまない」

「いえ、お気になさらず」

「ビートは、冒険者としては中級に入りかけているところだ。だが、剣士としては半人前だな。剣士というより、剣士見習いといったところだろう。君とも年齢が近い。だから、敬語を使う必要はないからな」

「見習い？　そんな制度があるんですか？」

敬語うんぬんは、とりあえずおいておき、気になることを彼に聞いた。

「あぁ。ビートは私の弟子《でし》だから」

僕にそう告げるアギトさんは、少し笑った。その意味に気が付いて、率直《そっちょく》な感想を告げる。

「ビートさんは、幸せですね」

僕の言葉に、アギトさんは黒ではなく親の顔で頷いていた。彼のそんな表情を見て、少し羨ましいと思った……。師として、そして親として、息子を見守っているということなのだから。

「さぁ、私達も出発しようか」

僕を促すアギトさんに頷きながら歩き出す。アギトさんの背中を見ながら、ビートさんのことを考え一つの結論がでた。アギトさんに一人前と認めてもらうのは、すごく大変そうだと……。


城下町を出発して2時間ほど歩いたところで、景色が変化した。

道はなく、草原といえる場所をひたすら歩き、今は、まばらに木が生え始めている。

このまま進めば進むほど、木が多くなっていくのだろうと、予想する。

そんなことを考えながら歩いていると、僕が疲《つか》れたように見えたのだろうか？

アギトさんが、僕を心配するように声をかけてくれた。

「セツナ君、疲れてないか？」

先程、懐中時計で時間を確認したときは、歩きはじめて3時間ほどたっていた。僕は、この体になってから、全く疲れなくなった。本当は、ギルドの依頼を受けるのも毎日でもいいぐらいなのだ。だけど、常識を覚えたり、魔法を覚えたりと、やりたいことが多いので休みを取っていた。

「大丈夫です。ありがとうございます」

「それならいいが、疲れたら遠慮なくいってくれ。疲れて、戦えないという状況は避《さ》けたいからな」

「はい」

僕は素直《すなお》に忠告を受け取った。道中こんな風にアギトさんは話しかけてくれているので、僕は退《たい》屈《くつ》することなく歩いている。

反対に、ビートさんは黙々《もくもく》と僕達の前を歩いている。僕のことは居ないモノとしているようだ。

ちなみに、この辺りには魔物の気配はなかった。その理由は、ガーディルの軍隊がこの場所を通ったときに、討伐していったかららしい。

「セツナ君に、一つ聞いてもいいか？」

アギトさんの前置きに、頷くことで了承を伝える。

「君の荷物が少ない理由を、教えてくれないか？」

アギトさんの言葉に、彼とビートさんの背を見ると、それなりの荷物が背負われている。

「君も冒険者だから、準備をしているとは思うが……」

僕を疑っているというよりは、自分の興味を満たすための質問のようだ。

アギトさんの紋様の茨は、彼の知識欲をあらわしているのかもしれない。

反対に僕が、彼の鞄の中に何が入っているかと聞いてみると、快く答えてくれた。

背負われている鞄の中身は、本当に必要最低限の物だった。

着替えは持ち歩かないのかと聞くと、服も体も綺麗《きれい》にすることができる魔道具を使うと教えてくれた。そういえば、ギルドの魔道具売り場で見たような気がする。

僕は、その魔法が自分で使えるために、気にしたことがなかった。

いつもは馬車で移動しているから、携帯《けいたい》食と水筒と魔道具ぐらいしか持たないらしい。

荷物の重量はどれぐらいなのかという質問もしてみた。すると、アギトさんが小さく笑い、自分の荷物を僕に背負わせてくれる。重たい物だと思っていたのに、実際は、ほとんど重さを感じることはなかった。これなら、いきなり襲撃《しゅうげき》されたとしても、反撃することができると思う。

「最上級の軽量化の魔法が刻まれてある」

「便利な魔法が、沢山あるんですね……」

「確かにな。魔法が刻まれた物は値が張るが、負担を軽減してくれる恩恵《おんけい》のほうが大きい」

「僕もそう思います」

アギトさんが自分の荷物を背負い直す。二人で並んで歩きながら、今度は僕の鞄のことを話した。

「この鞄は、古代魔道具なんです」

間違ってはいないと思う。２５００年前ぐらいに創られた物だし……。

「は？」

アギトさんが、素《す》で驚いていた。ビートさんの肩《かた》も少し揺《ゆ》れていた。

それはそうだろう。駆け出しの冒険者が、間違っても持てる物ではない。

「魔法の仕組みとしては、キューブに似ているかと思います」

キューブの魔法は、秘匿《ひとく》として公開されていない。

なので、魔法ではなく、誰かの能力なのではないかという噂《うわさ》も流れているらしい。

「この鞄は、重量とか数量とか大きさなど関係なく、何でも入ります」

「嘘《うそ》だろう？」

僕は首を横に振る。嘘ではない。

「物を入れたときの時間も保持されるので、食料を入れても腐《くさ》りません」

僕の説明に、アギトさんは目を丸くして鞄を凝視《ぎょうし》していた。

「見せてもらってもいいか？」

「ええ」

僕は肩からかけていた鞄を外して、アギトさんに差し出す。

「セツナ君。信用してくれるのは嬉しいが、古代魔道具を簡単に人に渡《わた》すのは感心しない」

真剣な顔で、アギトさんが僕に忠告してくれる。

「大丈夫です。その鞄は一定の距離を離《はな》れると、僕のところへ戻ってきます。それに、鞄の中身も僕にしか取り出すことができないんです」

鞄を受け取ろうとしたアギトさんの手が、一瞬《いっしゅん》止まった。

「それは……。すごいな」

僕から鞄を受け取り、彼は様々な方向から鞄を眺めていた。

「あけてみてもいいかい?」

彼の目は、好奇心《こうきしん》に満ちていた。

「どうぞ」

見た目は古ぼけた珈琲《コーヒー》色の鞄で、ボタンがついているわけでもない。

袋状の物を3分の1ほど折り曲げただけの、簡単なつくりになっている。

僕なら、簡単に折り曲げてあるところを伸《の》ばすことができるが、アギトさんには出来なかった。

「すごいな……。これは、本当にすごい」

アギトさんは、しきりに感心して、鞄を僕に返してくれた。

多分、カイルの好奇心とお遊びで創られた鞄だと思う。自分のところに戻ってくるのは、よく置き忘れていたに違いない。カイルは、貴重品をお店に忘れて帰るタイプだと思う。

そんなことを考えながら、僕はアギトさんに相槌《あいづち》をうった。

「僕には、もったいないほどの鞄だと思います」

本当に……。僕にはもったいないほどの物が詰《つ》められている。

「君は、どこかの貴族の子息かい?」

「え?」

アギトさんの質問の意図がわからずに、思わず彼を見る。

「いや、君の言葉の使い方、知識や立ち居振る舞《ま》い、身につけている装備や持ち物にしても、一般《いっぱん》に手に入る物から、かけ離れているからね」

彼の問いに、どう答えようかと迷った。僕が嘘を話すと、彼は敏感《びんかん》に察知しそうだ。なんとなく、そんな気がする……。

「貴族に、知り合いはいません」

そう笑って答えながら、アギトさんに僕のことを話していった。

「貴族どころか、僕には両親もいません」

この世界に、僕の家族はいない。

「僕に、色々教えてくれたのは、血は繋《つな》がってはいませんが、兄みたいな存在の人でした」

たった……1日だけの邂逅《かいこう》だったけれど……。

「この鞄も、この装備も、すべて兄が譲《ゆず》ってくれた物です」

すべて。体も経験も知識も彼らのすべてを譲ってくれた。

「お兄さんは、冒険者なのか？」

「冒険者だったみたいですね」

「だった？」

「はい、2カ月前に、水辺へと旅立ちましたから」

この世界では、人が死ぬと水辺という場所に行くと思われているようだ。

本当は、僕の中で眠《ねむ》っているけど……。

「セツナ君が、冒険者になったのは……」

アギトさんが言葉を濁《にご》した。その先を僕は引き継いで答える。

「はい。兄が……世界を歩けと背中を押《お》してくれたので」

アギトさんは黙って僕の話を聞いていた。ビートさんも……一応、聞いているようだ。

「僕の今の持ち物は、僕の実力に対して分相応ではない、と自覚しています」

「セツナ君」

「だけど、兄が、僕のために残してくれたモノだから。僕は、その気持ちに甘えることにしました」

そう……僕のために残してくれたから。

「深く聞いてしまって、すまない」

少しだけ都合の悪いところを省いた真実に、アギトさんは納得してくれたようだった。

「いえ、大丈夫です。珍しい物を見たら、興味がわくものですよね」

話題を変えるように明るい声で話す僕に、アギトさんが軽く笑った。

「君は、本当に18歳には見えないな」

そういいながら、アギトさんはチラリとビートさんを見た。

その視線に気が付いていながらも、ビートさんは振り返ることはなかった。


そろそろ日が落ちようかという時間。アギトさんが、ビートさんと僕に声をかける。

「今日は、この辺りで休もう。遺跡まで3日かかると思ったが、明日にはつけそうだ」

アギトさんと、たわいない話をしながらも、順調に距離を稼いだと思う。

「半分ぐらい歩いた、ということですか？」

「そうだな。大体半分だ。セツナ君は、見かけより体力があるんだな。正直驚いた」

3日というのは、僕の体力で計算された時間だったらしい。

各々《おのおの》が、野営の準備を始めるために動いていく。ビートさんは、火が草原に燃え移らないように、まわりの草を刈《か》り、穴を掘《ほ》る。アギトさんは、火をおこすための準備をしているようだ。

僕はというと、ウェストバッグに入れておいた自作の魔道具を取り出す。

僕の中指ほどの長さの三角錐《さんかくすい》の形をした銀の棒を取り出し、それを地面に突き刺した。

刺した瞬間に魔法が発動し、結界石改め結界針を中心に直径5メートルの結界が完成した。

「それは？」

見たことがない物に興味をもったのか、アギトさんが結界針へと視線を落とす。

「結界石のかわりの魔道具です」

「それも、古代魔道具か？」

「いえ、僕が作りました。この銀の棒の直径5メルの範囲には魔物は入れませんし、外に声ももれません」

メルは長さをあらわす単位で、1メルは1メートルだ。出来すぎた単位だと思う。楽でいいとは思うけれど。僕の説明に、ビートさんが思わずといった感じで、疑問を口にした。

「なんで、結界石を使わないいんだ？」

「結界石は、使い捨てじゃないですか。僕が直接結界を張ってもいいのですが、寝《ね》る前に余った魔力を、この魔道具にこめておくと魔力の節約にもなって、いいかなと思ったんです」

本当のところは、魔力の節約のために作ったわけではない。結界石の使い捨てがもったいなかったからだけど、そんなことは理解してもらえないと思い、いえなかった。

「1本で何度も使えるのか、なかなかいい魔道具だ。荷物もかさばらない」

「ありがとうございます」

「ただ、魔導師は依頼先では、夜も魔力を温存することが多い」

そうか。僕とは違い、他の魔導師は魔力に限りがあるために、緊急《きんきゅう》の場合に備えるんだ。

「あぁ、だから結界石なんですね」

「そうだな」

アギトさんが、僕を気にかけるような目を向けていた。

「アギトさん？」

「いや……。気を悪くしたかもしれないと思ってな」

アギトさんの気遣いに、僕は首を横に振る。

「正しい知識を教えてもらえるのは、嬉しいです」

「そうか」

「それに、依頼のさなかに魔力を温存しなければならないのなら……」

「セツナ君？」

僕は、魔法構築式を組み立て直すことにした。魔法構築式とは魔力を事象へと変化させることができる記号の配置のことをいい、これに魔力を流し始めた状態を魔法陣《じん》といい、流し終え事象が変化することを魔法という。元の世界には魔法がなかったこともあり、魔法自体がとても興味深く、ここ数カ月ずっと魔法の勉強をしていた。その一環《いっかん》で、この結界針も作ったのだけど、アギトさんの話を聞いて改良が必要だと感じたためだ。

鞄から三角錐の形をした銀の棒を取り出して、小さく詠唱し魔法を刻んだ。

「これなら、大丈夫かもしれません。5回分の魔力を補充《ほじゅう》できるようにしてみました」

「どういう意味だ?」

「魔力を使う予定がない日に、魔力を補充しておけばいいかなと、思いました」

「そうか」

「色々と、改良の余地はありそうですが」

僕の言動に、アギトさんは一瞬唖然《あぜん》として、そして笑いだす。

笑われる意味がわからなくて、僕はただ、彼の笑いがおさまるのを待つしかない。

「いや、すまない。昔、君と同じことをした魔導師のことを思い出した」

まだ笑いがおさまらないのか、アギトさんは肩を震《ふる》わせている。

「まぁ……。改良の動機がセツナ君とは、違ったが……」

アギトさんは軽く息をはきだしてから、僕を見て頷いた。

「いい魔道具だ。これなら風使いの負担にはならない」

「ありがとうございます」

自分で作った物を認めてもらえるのは、純粋《じゅんすい》に嬉しかった。

「お前、冒険者をやめて、それを作って生活すればいいんじゃねぇの?」

「ビート!」

ビートさんが放った言葉に、アギトさんが注意するように名前を呼んだ。一瞬、アギトさんとビートさんが睨み合うが、ビートさんはフンと鼻で笑って、火の準備へと戻る。

「しめるか……」

ぼそっと低い声で落とされた呟きに、アギトさんを見る。彼の目を見てその言葉が本気だと感じたので、僕は止めることにした。アギトさんが、ちょっと怖《こわ》い……。

「いえ、気にしないでください」

「そうか？」

「はい」

「なら、今回は見逃《みのが》してやるか」

アギトさんは僕に苦笑いを向けると、僕の腕を軽く叩《たた》いて自分の仕事へと戻っていった。

彼みたいな人がチームリーダーだと、きっと居心地《いごこち》がいいんだろうなと思った。

そんなことを考えながら、僕も僕の役割を果たしたのだった。


野営をする場所で火を囲み、各々が準備をした食事をとる。チームで行動するときは、荷物を減らすために同じ食事をとることが多いようだ。だけど、今回は各自で用意ということになっていた。

その食事の場で、アギトさんとビートさんは、本人達にとっては口論だが、僕からすれば親子のじゃれあいにしか見えないようないい争いを、先程から続けていた。

「お前は、また肉しか持ってこなかったのか？」

「うるさい。俺が何を食おうが、勝手だろう？」

「冒険者は体が元手だと、何度いえばわかるんだ？」

「黙って食えよ！」

「お前は、健康な体を維持《いじ》する気がないんだな？」

「そんなことは、いってないだろう！」

「なら、私のをやるから、野菜も食え」

「俺は、もう子供じゃないっての‼」

二人の会話を、笑いをこらえながら眺めていた。アギトさんの注意は正論で、言い方は厳しいけれど……。その中に親としての心配が見えている。

彼らのやり取りを見て、僕は父のことを思い出していた。

父もよく、アギトさんと似たようなことを僕にいっていたから……。


『ほら、刹那《せつな》。しっかり食べないと、治るものも、治らないだろう？』

『大丈夫。ちゃんと食べているよ』

『残しているじゃないか。好き嫌《きら》いしないで、食べなさい』

好き嫌いで残していたわけではない。

それは、父もわかっていたはずだ……。

『もう、子供じゃないんだけどな……』

懐《なつ》かしく思うと同時に、少し胸が痛くなった……。

元気で、元気でいてくれているだろうか？


「……君。……セツナ君……？」

僕を呼ぶ声が聞こえて、はっとして顔を上げる。

記憶《きおく》の中に入り込んでいた僕は、アギトさんが呼んでいることに気が付かなかったみたいだ。

「あ、はい。なんでしょう?」

「いや、心ここにあらずという、感じだったから」

「くだらないことを考えていました」

僕がそう告げて笑うと、彼は何を考えていたのかと聞いてきた。

「どうして、成人が16歳なのかなって……」

思わず、最近考えていたことが、ポロリと口からでてしまった。

「え?」

アギトさんが不思議そうな声をだし、ビートさんは黙々と食事をしているが、野菜には手を付けていない。

二人が口論している前で、こんなことを考えているのはおかしい。おかしいとは思うけれど、本当のことはいえない。いいたくはない。多分、アギトさんも嘘だということに気が付いていると思う。気が付いていながら、彼は僕の話にあわせてくれていた……。

「寿命《じゆみよう》が２５０歳だとしたら、16歳で成人というのは、早いような気がしました」

「確かにな。成人年齢が16歳というのは、昔の名残《なごり》らしい」

「昔ですか?」

「真実かどうかは定《さだ》かではないが、遥か過去の時代は寿命が１２０歳前後だったようだ」

どんな進化をすれば、２５０歳になるんだろう?

「寿命が延びたのは、神が私達に恩恵を授《さず》けたからだといわれているな」

胡散臭《うさんくさ》い。そんな感想を抱きながらも、アギトさんが語る言葉に耳を傾けた。

僕の知らない話は、とても面白かったんだ。

自分の感情をごまかすために、とっさに振った話題だった。そんな話題に、彼は真剣に答えてくれている。そのことに、僕は少し罪悪感を覚えたけれど……。僕はその感情を、そっと胸の奥《おく》にしまいこんだ。

食事が終わっても、片付けをしてから、アギトさんと色々なことを話した。

アギトさんが討伐した魔物の話が、興味深かった。

僕のことも聞かれ、薬を作るのが得意だと告げた。調薬するときに手を加えていることを話すと、譲って欲しいといわれた。依頼が完了した後に、新しく作って渡すことを約束する。ギルドに預けておけばいいらしい。

魔物の気配を感じることなく、緩《ゆる》やかな時間を過ごしてから、明日に備えて眠ることにした。

薄《うす》い毛布をかぶり、空の星を眺める。

綺麗に瞬《またた》いている星を眺めているうちに、僕はいつの間にか眠りに落ちていた……。


どんなに深い眠りについていても、周囲に魔物の気配があれば目が覚める。これは魔物討伐の依頼を受けてみて気が付いたことだけど、カイルの体に染《し》みついた習性だろう。

そして今、僕は地面のかすかな揺れと、風の淀《よど》みから魔物の気配を感じた。

「4、いや6匹《ぴき》かな……」

僕は目を開きながら、自分の中にある感覚を確認するために呟く。今の自分では手に余るかもしれないと思った。

「驚いたな」

隣《となり》では、同時にアギトさんも起きだしていた。一瞬、声に出したのは失敗だったと思った。だけど、僕一人では対処できないのだからちょうどいいかと思い直す。

「わかるのか」

アギトさん自体がその数がわからなくて聞いているわけではないことは、すぐにわかった。彼ほどの冒険者なら、今の僕と同じ感覚を持っているのは当たり前な気がするから。

「はい。風の魔法を寝る前にかけておきました」

駆け出しの自分になぜわかるのかという疑問だろうと理解し、それらしく答えた。気配の話は、カイルとのことなくして語れないので、嘘ではあるけど仕方がない。

「探知の魔法か？」

「そうです」

「わかった」

とりあえず納得したのか、目線を魔物の群れがいると思われるほうに向ける。その先は暗がりで何も見えない。

「こちらにくると思うか？」

アギトさんは、そう僕に聞く。彼の中では、聞くまでもなく答えは出ているはずだ。おそらく僕の力量を確認したかったのだろう。

「あと10分程で視界に入るくらいに近づくと思いますが、こちらにくることはなく、そのまま向こうに抜けていきますね」

アギトさんは頷く。

「僕達の匂《にお》いでも感じとれば、方向を変えるとは思いますが……」

「そうだな。この結界は出来がいいから、気が付かれないだろう。色々な魔導師の結界石を使ってきた私がいうのだから間違いない。誇《ほこ》ってもいい出来だ」

アギトさんは僕に賛辞をくれたが、本題はそこではない。

「僕は、結界を解くべきだと思います」

アギトさんは僕を見て、ほんの少し口角を上げて笑った。

「魔物がこのまま進んでいけば、城下町に流れ込む可能性が高いでしょう。城下町で対応もできると思いますが、被害《ひがい》がでないとはいい切れません。一般人への被害は見たくありませんし、ギルドの規約に一般人を守るのも冒険者の務めとなっているでしょう？」

アギトさんが頷きつつ、質問をしてくる。

「つまり、おびき出して私達だけで戦うということでいいか？　だが、相手の力量がわからないうちに決断をするのは蛮勇《ばんゆう》ではないのか？」

今度は、完全に僕を試《ため》している問いかけだった。

少し待って欲しいと告げる。カイルの感覚では魔物の強さしかわからない。僕は、魔物を調べるために魔法を発動した。

「風の魔法で魔物の形状と大きさを調べました。間違いなくコルバサルです」

全長が5メル程の中型の魔物で、元の世界でいうとアルマジロの鱗《うろこ》を持つ巨大《きょだい》なサイといった感じだ。アギトさんにその説明をしなかったのは、黒ならそのことは知っていると思ったからだ。

「コルバサルか……」

ランクが紫の冒険者が主に討伐することになっているこの魔物だが、アギトさんは黒なので、戦うことに問題はないと考えているのだと思う。

「俺は、やる」

僕達のやり取りの最中に、ビートさんも起きだして話を聞いていた。ビートさんにとってはアギトさんのサポートがあれば何とかなる魔物なのだろうか。一方の僕はどうだろうと考える。実際の実力はどうであれ、今の僕は緑だ。明らかに格落ちする。参戦するのは場違いだろう。

アギトさんはビートさんに頷くと、僕のほうへ向く。

「私達で戦う、それでいいかな？」

アギトさんの最後の質問に、僕の中のカイルの経験が、楽勝だセツナといってはいるが、僕はかぶりをふった。嘘をついて人任せにするのは気が引ける。しかし、あのことを話せない以上、嘘をつき通すしかなかった。心の中で二人に謝罪する。

「僕は結界を解いたら、お二人に補助魔法をかけて、もう一度結界を張り直し、その中で待機します」

「いい判断だ」

アギトさんは、僕の肩を叩いて真顔で頷いた。ビートさんは何かいいたそうにこちらを睨んだが、この状況で腰抜けというのは流石《さすが》にためらわれたのか、口を開くことはなかった。

僕は二人に合図をし、結界針を地面から引きぬき、アギトさんはたき火を消すと目を閉じた。ビートさんもこれにならう。夜目に早くなれるためだろう。

二人の敏捷性《びんしょう》を上げる風魔法を使い、健闘を告げ離れる。

淀んだ風が向きを変え、こちらに向かってくるのがわかり、僕は結界を再度張り直した。

地鳴りがし、魔物が視界内に入り始めた時、アギトさん達は、ゆっくりと目を開いていった。


ビートさんへ左に行けとアギトさんが指示をだす。先頭を走っていたコルバサルは、ビートさんを追い、それにつられてもう2匹もビートさんを追う。残りがアギトさんに迫《せま》ってくる。

走る速度はそれほど速いわけではなく、風の魔法で走力が増しているビートさんが追いつかれる心配はなさそうだ。

アギトさんは待ち受けるのかと僕は思っていたけど、彼は予想に反して、コルバサルへ突っ込んでいく。

そのまま正面でぶつかるかという寸前で身をひるがえすと、先頭の1匹の側面へ躍《おど》りでた。

先頭の1匹はそれに反応できず、慣性につられ前に進もうとしたが、アギトさんの大剣によって、その側面から足を砕《くだ》かれた。

もんどりをうって転がる1匹目をしり目に、続く2匹目、3匹目も同じように足を砕く。アギトさんの体さばきもさることながら、頑強な魔物の足を砕いても折れることのない、アギトさんの剣にも驚かされる。

地面に転がっている魔物を見て無力化したと判断すると、とどめを後回しにし、ビートさんの後を追いかける。

僕は念のため風の網《あみ》の魔法で3匹の身動きを封《ふう》じると、視線でアギトさんを追った。

ビートさんは大回りをしてこちらに戻ってきていたけど、大分息が荒《あら》くなっているのがわかる。

さらに、後ろから追っている2匹とは別に、追いかけることなく待ち受けていた3匹目が、側面からビートさんに突進《とっしん》していた。避けられずに跳《は》ねられると、僕は思った。

とっさに、すべてを捨ててビートさんの側面に高度な風魔法を展開しそうになる。

しかし、それは未然に終わった。

アギトさんの速さがもう一段、いや、二段あがり、コルバサルへと超速《ちょうそく》で突っ込み、脇腹《わきばら》に剣を突き刺す。魔物はその勢いで吹《ふ》き飛ばされ、アギトさんはその場で静止する。

その鋼鉄のような鱗をまとった巨体《きょたい》が、ごろごろと地面を転がり、止まった。大剣でつけられた傷穴が、脇腹を貫通していた。

嘘でしょう？　と正直思った。5メルもある巨体を一撃で屠《ほふ》るなど、僕の常識では考えられなかった。これが、この世界での最強かと僕がえもいわれぬ感情に支配されている間に、他の2匹も、アギトさんによって片付けられていた。


「お疲れさまでした。怪我《けが》がないようで何よりです」

キューブにコルバサルを入れている二人に近づき、声をかけた。

「多分、討伐隊が討ち漏《うも》らした分だろうな」

1体目をキューブに収めきってから、アギトさんは僕のほうへ振り向いた。

「それにしても、セツナ君の補助魔法のおかげで大分楽に討伐することができた」

僕が、そんなことはありませんというと、ビートさんが横から口を出してきた。

「いい気になるなよな。ただの社交辞令だ」

「ビート、ただ走りまわっていたお前がいうことじゃない。それに、お前が逃げ切れたのもセツナ君の魔法のおかげだろう、違うのか？」

「……っ」

何もいい返せずに黙るビートさんを無視して、アギトさんは僕に話しかけた。

「それに、放置していたコルバサル3匹の動きを封じてくれた。チームによっては、回復魔法のために魔力を温存しておくべきとの判断に分かれるところだとは思うが、今回は適正ランク以下の者が二人いる中で的確な判断だったと、私は思っている」

「そういっていただければ、幸いです」

「それに、事前にコルバサルということがわかっただけで、戦術も組み立てやすかった。今回の戦いの殊勲賞《しゅくん》は、間違いなくセツナ君だ」

「そんなことはありません。命を張ったお二人に比べれば、僕は何もしていないようなものです」

アギトさんは、ビートさんを見て、僕を見てから笑う。

「本当に君は、違う意味で年不相応だな。まぁ、遠慮せずに1匹くらい持っていくといい。それぐらいの権利はある」

「親父！」

ビートさんが抗議《こうぎ》しようとしたが、アギトさんは睨みつけて黙らせた。

「いいえ、僕にもらう権利はありません。ただ、僕はコルバサルを見るのが初めてなので、もう少し観察させて欲しいです」

ビートさんに気を使ったのもあるけれど、頭の中で知っているそれよりも、地面に横たわっている巨体の存在感に、僕は本当に興味をひかれてそう答えていた。

そんな僕を見て、ビートさんは本気であっけにとられ、アギトさんはまた大笑いしていた。


いつもの通り、いつものように、同じ時間に目が覚める。アギトさん達を起こさないように、そっと移動した。簡単なストレッチをしてから、これまたいつもの通り体を動かした。最近やっと、僕の思考とカイルや花井さんの経験や思考とのズレが少なくなってきた。

普通に体を動かし運動していた人なら、問題なく二人の身体能力を使いこなせていたかもしれない。だけど、僕は病気で自由に体を動かせなかったために、時間がかかっているように思えた。このあたりは、僕が努力していくべきところだと思う。

そして、昨夜見たアギトさんのような体さばきができるようになろうと思った。

最後に、心と呼吸を落ち着けるために、深く深呼吸してから終わる。

その後、魔法を使い、体と服を綺麗にして、元の場所へと戻るために歩いた。

歩きながら空を見上げて、今日も一日頑張ろう、そう自分にいい聞かせたのだった。


僕が戻ると、二人も起きて体を動かしていたようだった。なぜかビートさんがボロボロになっていたけど、大丈夫だろうか？　アギトさんが、いつものことだと笑っていたために、この二人にとっての日常なのだろうと思うことにした。

挨拶をして、朝食をとった後、荷物を片付け風の遺跡へと向かう。

この頃には、もうビートさんは何事もなかったかのように普通に行動している。疲れた様子もないので、常日頃から相当鍛《きた》えているのだとわかった。

アギトさんが足を止めて地図を見る。それにあわせて、僕もビートさんも足を止めた。

「昨夜のコルバサルは、この地域の魔物ではない。例外と思っていい。つまり、本番はこの辺りからだ。ここからは結構な頻度《ひんど》で魔物がでる報告が上がっている。コルバサルほど強いわけではないが、少し気を引き締《し》めていこう」

僕達が向かう遺跡とガーディルの軍が向かったエラーナという国への分岐《ぶんき》が、この辺りになるのだろう。僕達が向かう方向には、クットという国があるようだ。エラーナとは反対の方向となる。彼の注意に、僕は素直に頷き、ビートさんは文句をいいながらも、警戒《けいかい》を強めていたのだった。


僕達が遺跡に到着《とうちゃく》したのは、お昼を少し過ぎたところだった。

アギトさんはモノクル状の記録装置を取り出すと、顔の前にすえ、起動させる。

すると、モノクル全体に魔力がいき渡り、独力で浮遊《ふゆう》しアギトさんの瞳《ひとみ》の前で止まる。モノクルの位置を固定する蔓《つる》はなく、絶えずアギトさんの瞳の前に自動で移動するらしい。

「これから先は、この魔道具で視界、音声、臭気《しゅうき》、魔力の記録を開始する。黒の誇りにかけて誓《ちか》うが、この記録以前に我々は、遺跡に一歩も近づいてはいない」

ここでいったん言葉を止め、僕達を見る。僕らはその意図を感じ、肯定《こうてい》の意を込めて頷いた。

「次に、遺跡調査のメンバーの紹介をする」

アギトさんはモノクルを指でつまむと、ビートさんに渡す。モノクルはアギトさんから離れると元に戻ろうとするみたいだが、ビートさんが力を込めて静止していた。アギトさんを録画するモノクルの前で、彼は自己紹介をする。

「次は……」

アギトさんはそこで区切り、ビートさんにモノクルを手放すようにいう。モノクルが自動で戻り瞳の前で制止するのを待って、ビートさんを見る。ビートさんは、それを合図に自己紹介をした。最後に僕の番になった。

「僕は、セツナといいます。職業は学者。ギルドランクは緑で魔法は風属性が使えます。今回は遺跡の調査に風の魔導師が必要ということで、参加させていただくことになりました」

メンバーの紹介を終えた後、さっそく3人で遺跡の周りを警戒しながら一周してみる。

遺跡の外観は、1階層からなる宮殿《きゅうでん》であり、出入口も一つしかない、それほど広くはないものだった。周りの確認が終われば、次は遺跡の中になる。扉の正面に立ち、扉の周りを確認していく。扉の周りには古代文字が記述されていた。

アギトさんの身につけているモノクルが扉の魔力を感知して、レンズ上に青色の文字を表示しているのがわかる。こちらから見ると鏡文字となっていてわかりづらいけれど、古代文字だ。

僕の横では、アギトさんが革張りの古びた手帳と古代文字を見比べて、何かを探している。

「何を探しているんですか？」

僕の言葉に、アギトさんが手帳から視線を上げた。

「あぁ、このページに書かれている文字や記号を見つけたら、絶対に入るな、触《さわ》るなと、くそ生意気な魔導師に忠告されていてね」

そう告げると、アギトさんがそのページを見せてくれた。

そこには、もの凄《すご》く几帳面《きちょうめん》かつ整った文字が記されている。

内容は、危険を警告する単語だったり、危険な魔法の存在を知らせる記号のようだった。

「古代語に知識の深い方が記されたんですね」

感嘆《かんたん》するほど、誰にでもわかるように詳しく書かれていた。

「セツナ君は、古代文字が読めるのか？」

「はい。これでも学者なので」

「そうだったな。ざっと確認したところ、警告のような文章はないように思うが」

「扉の開け方が記されていました」

「そうか。モノクルのほうも何か出ているんだが、わかるか」

アギトさんは手帳を閉じて胸の内ポケットにしまうと、モノクルを指で持ち、僕に見せる。

「風属性の魔力を感知しましたと出ていますね」

「ありがとう」

モノクルから指を離しながら、アギトさんは続けた。

「なら、扉を開けてもらえるか？」

「はい」

彼からの指示に、僕は頷きながら答えた。

僕は扉に手をあて、風の魔法を発動させる。

扉の中央にはめ込まれた風の魔道具が、僕の魔力を吸収していき、白く輝《かがや》いた。

それと同時に魔道具から強烈《きょうれつ》な突風が上下左右に吹き荒れ、その奔流《ほんりゅう》に押され扉が上下に分裂《ぶんれつ》し、天井《てんじょう》と床《ゆか》の中に収まっていった。魔道具は下の扉とくっつき、床の表面にその半球面を突出《とっしゅつ》した状態になっている。初めて見る光景に、僕は目を奪われていた。そこへ声がかかる。

「セツナ君。君はここで待機していて欲しい」

アギトさんの言葉に僕は少し考え、遺跡の中を魔法で探索し、簡単に建物の中を調べる。遺跡の中には、大きな魔法反応も生命反応もないことを確認した。魔法は必要なさそうだと判断し、アギトさんに頷く。問題があるとすれば、僕達から見えない位置でじっとしている気配のほうが怪《あや》しい。

「遺跡の周りに魔物の気配はなかったが、油断しないように」

「はい」

「もし、私とビートが明日の朝になっても戻らないなら、街に戻り、ネストルに知らせて欲しい」

「わかりました」

「無理に、私達を助けようとしないこと。いいね？」

「……はい」

アギトさんは、真剣に僕を見て念を押した。

「了解しました。アギトさん達もお気を付けて」

僕の言葉に、アギトさんが頷き、話を続けようと口を開くと同時に、ビートさんの声が響いた。

「お前、本当に腰抜けなんだな」

「ビート！　いい加減にしないか！」

「本当のことだろう？　戦力にならねぇから、ここで待機しろっていわれて、いい返すことなく、すんなり頷くんだぜ？」

どこか軽蔑《けいべつ》したような目を、彼は僕に向けている。

「気概《きがい》のある奴なら、連れていけっていうだろうが！　付いてくる勇気のない人間が、冒険者なんてすんな！　腰抜けを腰抜けといって何が悪い！」

彼の言葉に、アギトさんが何かを告げる前に、僕が先に口を開く。

「僕の今の仕事は、扉を開けることです」

「お前、学者だろ？　誰も入ったことのない遺跡があるのに、親父の言葉に従って、普通簡単に頷くか？　そういう言い訳を思いつくのは、さすがに学者様だよな。最初から、腰抜けですっていえば、まだましだと思えるのにさ」

確かに、学者なら是《ぜ》が非でも入りたいと思うのかもしれない。僕も興味を持っている。それでも……。黙っている僕に、図星だろうという顔をして、彼は僕を見ていた。僕はその視線を受け、逸らすことなく僕の考えを伝える。

「確かに。僕は学者なので、この遺跡を調べてみたいという欲求はあります。だけど、今ここで僕が果たさなければならない役割は、学者としての僕ではなく、アギトさんから依頼された仕事を遂行するための魔導師です」

ビートさんが口を開く前に、さらに僕が話を続けた。

「現在、僕の雇《やと》い主はアギトさんであり、僕はその命令に従うのが筋だと考えます」

僕の返答に驚いていたのはビートさんではなく、アギトさんだった。

ビートさんは、僕を睨むと返事をすることなく、苛々《いらいら》した様子で遺跡の中に足を踏《ふ》み入れた。

僕と距離を置いたところで、アギトさんを待っている。

「役割か。セツナ君も気が付いていたか。本当は、ビートを残そうかとも考えたんだが、ビートは気が付いていなかったからな。それに君は、剣も使えるだろう？」

今度は僕が驚いて、アギトさんを凝視する。その様子を見て、彼は軽く笑う。

「今日の朝、剣術と体術の鍛錬をしていただろう？　君の体の動かし方は剣士としても通用するほどのものだ」

朝の訓練を見られていたことに、僕は気が付かなかった。アギトさんの気配を感じることができなかった。

「君には隙《すき》があるようで、隙がない。それに、私達の速度にあわせることができる魔導師はさほど多くはない。普通ならば、ここまでの距離を、1日半でたどり着くのは無理だといってもいい」

もう少し、周りに気をくばらないといけないな。寝ていると思ったのに……。

見られたところで、困ることではないけれど……。

アギトさんにいわれるまで、彼が見ていたことに気が付かなかったことが問題だった。

「君の気配の殺し方に問題はなかった。足りないのは、経験だな」

僕の考えを読んだように、アギトさんが慰《なぐさ》めてくれる。

「私は、黒の紋様持ちだからといいたいところだが、種明かしをすると、私は君より早く目が覚めていた。機会があれば、寝ている人と寝たふりをしている人の観察をしてみるといい」

寝たふりをした人の観察は何処《どこ》でしたらいいのだろうかと考えながら、アギトさんに頷く。

「ありがとうございました。もっと精進《しょうじん》します」

多分、アギトさんにいわれるまで、気が付けなかったと思うから。

真面目《まじめ》に答える僕に、アギトさんは優《やさ》し気な表情を浮《う》かべ、口を開いた。

「急がず、焦《あせ》らず、まだまだ先は長いのだから」

急いでいたのだろうか？　焦っていたのだろうか？　そうかもしれない。

二人から貰《もら》ったものを、少しでも早く僕のモノにしたかったから。


「いつまで話してんだよ！　行くぞ、親父！」

遺跡の中から、ビートさんがしびれを切らしたようにアギトさんを呼んだ。アギトさんは、ビートさんの方にチラリと視線を向けた。その後、彼は僕に視線を戻し、一度、僕の肩を軽く叩いてから遺跡の方へ歩きはじめる。そして、そのまま振り返ることなく声をかけてくれた。

「セツナ君、後は任せた」

彼はそう告げてから、遺跡の中へと消えていった。

僕は、アギトさんの背中が見えなくなるまで見つめ、心の中で任せてくださいと呟いた。

遺跡の中へ入る二人を見送ってから、懐中時計を取り出し時間を確認する。遺跡の周辺に、魔物の気配はない。いるのは、僕の動向をうかがっている一団だけだ。失敗することも想定し、遺跡の中に誰も通さないように僕の魔法で強固な結界を張った。

さぁ、アギトさんに任された、僕の仕事を始めるとしよう……。

今、ここから感じる気配は10人ほどの集団で、その中に火の属性の魔導師が一人といったところだ。向こうはまだ、僕達が彼らの存在に気が付いていることを知らない。

基本、魔導師は、魔力を感じ取る魔力感知というものができる。優秀《ゆうしゅう》な魔導師になっていくほど、その精度が上がり、相手の詳細《しょうさい》な魔力量を把握《はあく》できるらしい。把握できるといっても、僕のように魔力を隠蔽《いんぺい》したりすると、わからないことのほうが多いみたいだけど。

とりあえず、相手の動向を探るために魔法を使い、声を拾いにいくことにする。遠くの声を拾うための風属性の魔法は、結構使われていたりするみたいだ。

今回は、相手の魔導師に、僕が気が付いていることを悟らせたくない。なので、そういった場合に使用する、魔法の行使を隠蔽する魔法を発動してから、相手の声を拾う魔法を使った。

声を拾う魔法を妨害《ぼうがい》する魔法もあるが、競合した場合、基本的にこめられた魔力量で優劣《ゆうれつ》が決まる。優秀な魔導師は、相手が魔法を使用すればその魔力を感知して対抗する術を考え抵抗《ていこう》するが……。

今回の相手は、風属性ではないため対抗してくることはないだろう。

相手のほうへと、魔法を発動したにもかかわらず何の反応もないところを見ると、気が付いていないようだ。ひとまず安堵《あんど》して、彼らの会話に耳を澄《す》ませる。

アギトさん達が遺跡に入った直後だったこともあり、彼らは、ちょうど計画を練っているところだった。要約すると、全員で僕を殺して、身ぐるみをはいでから、遺跡の中に入り待ち伏《ぶ》せをするつもりらしい。相手の目的が、僕達に危害を加えることのようなので、僕も戦うことにする。向こう側の人間の近くに馬もいるようだけど……マスターが話していた盗賊と同じかな？　それなら、盗賊の討伐依頼として受理してもらえるかもしれない。


僕の命と持ち物を狙《ねら》う盗賊達が役割を決め始めたので、動くことにした。

通常狭《せま》い範囲でかける眠りの魔法《まほう》だけど、カイル達の力を継いだ僕ならば、範囲を拡大し一気に10人を眠らせることも可能だ。魔法を発動させると眠りへと誘《いざな》う風が樹々《きぎ》の間を走り抜《ぬ》けた。

「なんだ？」

いきなり吹いた風をいぶかしんでいたが、それだけで、彼らはまた相談し始める。

「よし、全員、手はず通りやれよ。いくぞ！」

リーダー格の男がそう告げ、全員が頷き、行動しようとした瞬間……。彼らは立ち上がることができずに、地面に沈《しず》み込むように倒《たお》れた。しばらく自分の体の異変に混乱していたようだったけれど……。今は、安らかな寝息《ねいき》を立てて眠っていた。

「んー。この魔力量だと、時間がかかりすぎか。もう少し、魔力をこめないとだめかな」

魔法の調整を考えていたところで、先にやるべきことがあると気が付いた。

「一人一人……縛《しば》らないと」

10人もいることに、少しうんざりしながらも、鞄からロープを取り出し、倒れている彼らに歩いて近寄る。人を相手にした戦いは初めてだったけど、魔物討伐の時と同じように、傷つけることに罪悪感はなかった。これもカイル達の体に染《し》みついた感覚なのだろうか?

あまりにもあっけなく済んだから、実感が湧《わ》いていないだけなのか?

それとも、僕自身が生命をおびやかされたことに対しての理性的な判断によるものなのか、それはわからなかった。ただ、とどめを刺そうと思わなかったのは、戦ったという実感がなかったからだとは思う。これを戦いというのは違うかなと、昨夜の戦闘を思い出した。

一人一人、武装を解除し、ロープで縛りながら考えてみたけど、結局、答えが出ることはなかった。前世では、誰かに命をおびやかされたことなどなかったから。まぁ、余罪も含めて彼らを罰《ばっ》するのは僕の仕事ではなく、ガーディルのすることだろうと割り切ることにした。


一応、盗賊達が魔物に襲《おそ》われないように結界を張り、遺跡の出入口へと戻る。

喉《のど》の渇《かわ》きを覚え、鞄の中から水筒を取り出した。

水が入っているものではなく、果物を搾《しぼ》ったものを入れたカイル作、冷蔵機能付き水筒……。

遺跡の階段に僕は腰を下ろすと、水筒の中身をゆっくりと飲み込んだ。

◇2 【ビート】

「……ちくしょう」

悔しくて、思わず口から言葉がこぼれ落ちる。

親父には半人前扱いされ、チームのサブリーダーである兄貴からも、子供扱いされている。

『ビートは、仕事というものを理解していない』

兄貴からいわれた言葉だ。思い出しても腹が立つ。俺は理解しているつーの……。ギルドの依頼もこなし、冒険者としてのランクもまた上がってきている。

「何が、不満だっつーんだよ‼」

ここ最近、苛々とした感情が、ずっと俺の中でくすぶっていた……。


本当なら今頃兄貴のパーティに入って、ミクラジール狩《が》りに行く予定だったのに。

ミクラジールは中型の魔物の最高峰《さいこうほう》といわれている。7メルの巨躯《きょく》で四本足で大地を闊歩《かっぽ》する。さらに、その巨躯を支えて飛ぶ鷲《わし》型の翼《つばさ》があり、飛んでいるときの敏捷性は、鷲と遜色《そんしょく》がない。

通常の顔以外にも、左右の脇腹から首が、臀部《でんぶ》から尾《お》が伸び、その先にそれぞれ顔がついている。それら4つの顔は、すべて竜《りゅう》の形をしていた。そのため四方に死角がなく、口からは火炎《かえん》を吐く。

魔物は基本成長しないとされているが、こいつは別格で、12メルの大型に分類されるものも見つかっている。そうなると、今度は口から火炎だけでなく吹雪《ふぶき》もはきだしてくるため、討伐難易度はさらに上がる。

その強さだけでなくその特殊性《とくしゅ》から、男の冒険者にとって、こいつは越《こ》えなければいけない魔物の筆頭に挙げられていて、俺にとっても例外じゃない。兄貴から、同行してもいいと許可が下りたときは、本当に嬉しかった。なのに……。昨日の夜、俺だけが予定を変更《へんこう》されたんだ。

「ビート、お前は明日、リーダーと共にギルドにいけ」

「はぁ⁉　俺は、ミクラジール狩りのパーティに入るんだろう⁉」

兄貴から突然の計画変更をいい渡されるが、目標の一つだったミクラジール狩りを諦《あきら》めることなんてできるわけがない！

「人手が足りない」

「なんで俺が、エリオが行けばいいだろう！」

「お前はリーダーの弟子だろ？　共に行かなくてどうする。師の手伝いをするのは弟子の役割だ」

「俺は嫌《いや》だ！」

「あいているのは、お前しかいない」

「俺だって、あいてねーだろ！　ミクラジール狩りのパーティに入ってるだろう⁉」

「今のミクラジール狩りのパーティに、お前より弱い人間はいない」

兄貴の言葉に、思わず拳《こぶし》を握《にぎ》る。

「……どういう意味だよ」

「今回のパーティの人数を減らして、お前を入れる余裕はないといっている」

「俺が弱いって、いいたいのか？」

「弱いとはいっていない。だが、今回お前の同行を認めたのは、リーダーがお前の補助をすると告げたからだ」

「そんなもの必要ない！　俺は、親父の補助などなくても戦える！」

「ビート、これは命令だ。お前はリーダーと行動を共にする。いいな？」

「嫌だって、いってるだろ！」

すぐさま拒絶《きょぜつ》の言葉をはいた俺に、兄貴はため息をつく。

「ビートは仕事というものを理解していない。それでは、まだまだ半人前だ」

兄貴は、それ以上何も告げることなく俺から離れていった。

結局は、親父と兄貴の命令は絶対なので、嫌々ながらも親父についてギルドにいくことになった。

緊急の呼び出しだが、親父が依頼を受けるかは別だ。依頼を受けなければ、もしかしたら兄貴達と合流できるかもしれないと、俺はまだかすかに希望を持っていた。

親父と二人でギルドに向かい、親父がギルドマスターと話をしている。その話をそれとなく聞きながら、掲示板の方へと目を向けていた。掲示板の依頼の用紙を見て、兄貴達が今頃ミクラジールを狩《か》っているのかと思うと、また苛ついてくる。何で俺が……という気持ちが消えない。


なんとなく周りを見ていると、ギルドの扉が開き、いかにも弱そうな男が一人入ってくる。整った容姿をしているためか、数人が、そいつを意識して視線を向けている。だが、男は親父とマスターを注視しているために、その視線には気が付いていないようだった。

親父とマスターの声が響いたことで、そいつを見ていた奴らも、自然と親父の方へと視線を戻していた。親父の声には力があるからな……。

親父とマスターの話に、風使いが必要なことを知り、このまま見つからなければいいと思った。兄貴達と合流して、依頼を片付けてから、風使いの母さんを連れてくればいいんだ。

悩《なや》んでいる二人を横目に、俺はさっさと終われと願っていた。願っていたのだが、難しい顔をしたマスターが、ニヤリとした笑みを浮かべるのを見て、嫌な予感が胸の中に広がった。

「よう、坊主。今日も依頼か？」

マスターが、笑みを浮かべながら声をかけたのは、先程の弱そうだと思った男だった。坊主と呼ばれた男は、怒るでもなく苛立つでもなく、ただ自分の名前をマスターに告げるだけだった。

「おはようございます、マスター。僕にはセツナという名前があるのですが？」

この返答で、俺はこいつには近づかないと決めた。話し方も気に入らなければ、お上品な言葉遣いも気に入らない。だけど、一番気に入らないのは、坊主呼ばわりされて怒りもしないということだ。親父とマスター、そしてこいつの話を黙って聞き、男の職業が学者だと知る。

冒険者として登録しておきながら、魔導師と記載《きさい》せずに学者と書く。それは、守る立場ではなく、守られる立場でいたいという心の表れだと思った。金にでも困り登録はしたが、危険なことはしたくありません、という奴か。あぁ、こいつは腰抜けなのか。

だから、マスターに何をいわれても怒らないんだ、と納得する。


そう結論付けた俺は、こいつが臨時であれパーティを組むことはないだろうと思った。親父も、何だかんだで厳しい人間だ。風使いであるにもかかわらず、学者として登録し、冒険者だとうそぶく人間など、認めはしないと思ってた。それなのに……。

「セツナ君だったね。よかったら、私の依頼を手伝ってくれないか？」

信じられない気持ちと同時に、俺は苛立ちをおさえられずに、叫《さけ》んでいた。反対する俺の言葉に、親父が注意してくるが、俺は耳を貸すつもりはない。どう考えても、俺のほうが正しいといえる。

なのに、親父は……さらにむかつくことを告げたんだ。

「彼に経験がないというのであれば、私達が守ればいいだけのことだ。それとも、ビートは魔導師一人守る自信がないのか?」

俺の憤《いきどお》りを知っていながら、親父は涼しい顔をしていたが……。

周りの冒険者が、俺と同じようにあいつを馬鹿にする言葉を耳にした瞬間、親父が怒気に近い威圧を放つ。やばい。まじで怒らせた。周りの奴らは、親父から距離を取るように後ずさっている。

「お前は、ギルドの方針に否を唱えるのか?」

このときの親父の目も、声も、黒としてのモノだった。ここで返答を間違えると、自分の冒険者としての人生が終わってしまう。即答《そくとう》するように、違うと答えた。

「お前が剣を選んだように、彼は知識を追究する道を選んだ、ただそれだけだろう?」

親父のこの言動は、俺の後始末だと気が付いていた。

「お前が、とやかくいうことではない」

下手をすれば、学者の男は、このギルドで孤立することになったかもしれない。

冒険者が集まるのこの場所で、口にしていいことではなかった。

あの男に対する罪悪感が胸に湧いたそのとき、俺の耳に届いた言葉にそんな感情は綺麗に霧散《むさん》したのだった。気にしていないと、こいつはそういったのだ。

俺にあれだけ色々といわれておきながら、こいつは、俺の告げたことをどうでもいいのだといいきった。それは、俺の言葉などに価値はないと告げたのと同じことだ……。確かに、自分への悪評に耳を傾ける必要などないのかもしれない。しれないが!　腹が立つことには変わりがない!

親父が、冷えた目をあの男に気が付かれないようにこちらへと向けた。その目がまた、苛立ちをあおった。だから俺は、自分の怒りを外に向けないために、ギルドを後にしたのだった。


次の日、結局あいつをパーティに入れて、遺跡に向かうことになった。

俺は最後まで反対したのだが、親父は譲らなかった。それなら親父が守れ。俺は関与《かんよ》しない。そう告げた俺に、親父はただため息をつくだけだった。

待ち合わせ場所に、冒険者をなめているのかという恰好《かっこう》であいつはきた。

色々といいたいことはあるが、俺は関与しないと決めたので何もいわない。

親に、おんぶにだっこで揃《そろ》えてもらった装備で冒険か。いいご身分だな。

あいつの装備している物は、その辺りで手に入る代物《しろもの》じゃないことは、俺にだってわかった。

駆け出しの冒険者では、とうてい手に入れることができない物だということも……。

月光のリーダーの顔で、俺に自己紹介をしろと、親父が視線で促す。

リーダーの命令は絶対だ。仕方なく自己紹介をするが、釘《くぎ》を刺すことは忘れなかった。

「俺はお前を認めていない」

親父が何かをいっていたようだが、無視して歩き出す。

遺跡までの道のりは退屈なモノだった。いつもなら、チームのメンバーの誰かと話しながら歩いていた。だけど、親父は、あいつと話してるから、会話に加わる気がしなかった。

親父とあいつの話を耳に入れながら歩く。親父も気になっていたのか、あいつの持ち物が異様に少ない理由を聞いていた。その理由に、親父だけではなく俺も驚いたが……それ以上に……。

「貴族どころか、僕には両親もいません」

あいつの言葉に、苦々しい想いが胸に広がる。

甘やかされて親に与《あた》えられた物だと、俺は思っていたから……。

遺跡まで3日以上はかかると思っていた。それは、予定を組み立てた親父もそうだろう。それが、半分の1日半で遺跡にたどりついたことに、内心感心していた。俺や親父の速度に、到底ついてこられるとは思わなかった。

道中での戦闘でも役に立たないことはなかった。まぁまぁ、根性《こんじょう》があるのかもしれないと俺は考え始めていたんだ。なのに……。

あいつが遺跡の扉を開け、親父がだした指示に反論もせず、唯々諾々《いいだくだく》と従うあいつを心底軽蔑した。学者なんだろう？　冒険者として登録したんだろう？　なら気概を見せろよ！

親父も親父だ、なぜ、こいつが遺跡に興味を持っていることを知りながら、どうして置いていく？

あいつも気に入らなければ、親父も気に入らない。

そんな苛立ちを隠すこともせず、そのままの言葉であいつにはきだした。

俺の態度に、親父が目を細め口を開こうとするが、その前にあいつが自分から話し出す。

「僕の今の仕事は、扉を開けることです」

「お前、学者だろ？　誰も入ったことのない遺跡があるのに、親父の言葉に従って、普通簡単に頷くか？　そういう言い訳を思いつくのは、さすがに学者様だよな。最初から、腰抜けですっていえば、まだましだと思えるのにさ」

言い訳じみた言葉など、聞きたくもない！

図星を指したのか、黙り込んだこいつを見て、少し溜飲《りゅういん》を下げる。

そんな俺を、あいつは真っ直ぐに見た。その目には確固たる意志の光が灯《とも》っている。

「確かに。僕は学者なので、この遺跡を調べてみたいという欲求はあります。だけど、今ここで僕が果たさなければならない役割は、学者としての僕ではなく、アギトさんから依頼された仕事を遂行するための魔導師です」

こいつは、こいつの信念にそって行動しているのだ、と俺に告げる。

俺が口を開く前に、静かに告げられたことに……俺は息をのんだ。

「現在、僕の雇い主はアギトさんであり、僕はその命令に従うのが筋だと考えます」


『ビートは、仕事というものを理解していない』兄貴の言葉が、脳内に蘇《よみがえ》る。

あのときの兄貴と俺の会話。今の俺とこいつの会話。

根本は同じものだ……。

俺は、仕事より自分の感情を優先させようとした。こいつは、自分の感情より仕事を優先しようとしている。仕事に対する心構えが、俺とこいつでは……全く違っていたんだ。

そのことに気が付いた俺は……。俺は、急に恥《は》ずかしくなったんだ。己《おのれ》の未熟さに。仕事に対する認識の甘さに。そう……こいつの言葉で、気が付かされたんだ。

依頼は、遊びではなく、仕事なのだと。私情を挟むべきではないのだと……。

それ以上、俺は何もいえなくなった。何もいえなくなったから、逃げるように一人で遺跡に足を踏み入れる。あいつから少し離れたところで、親父を待つことにした。

親父の後ろ姿と、あいつを見ながら……。

◇3 【アギト】

「なぁ、親父……」

セツナ君との会話から、とたんに大人しくなった息子が話しかけてくる。

「なんだ」

遺跡の中を歩きながら、ビートの方へと視線を向けた。ここ最近、ビートが長男との口論で、機嫌が悪いのを知ってはいた。だが、私が口をだすほどのことでもなかったために、放置していたが……。その苛立ちを、駆け出しの冒険者に対してぶつけるとは思ってもみなかった。

今朝の訓練で、依頼に差し支《つか》えないギリギリのところまでしめたのだが、まだ足りなかったようだ。この依頼が終了してから、鍛え直すつもりでいたが……その必要はなさそうだと感じる。

話すか、話さないかで迷っているような様子の息子を眺める。あえて無理に聞き出そうとはせずに、話し始めるのを待つことにした。

遺跡の内部は、部屋らしきものはあるが扉などはついておらず、ざっと見た感じ魔道具らしきものもない。ガーディルから渡された魔力探知の魔道具も反応しない。外から見た大きさとさほど変わらない広さの遺跡のようだ。数時間で、十分回りきれる広さだった。

魔道具で記録を取りながら、存在する通路を歩いて潰《つぶ》していく。地下への階段もない。1階層だけの遺跡のようで、中心と思われる場所には、祭壇《さいだん》のようなものが設置されていた。

だが、それだけで、この遺跡が何を目的として建てられたのかは私にはわからなかった。

手帳を押し付けてきたあいつならば、もしかしたら何かを見つけたかもしれないが。私には、人除けの魔道具を設置する必要性は感じられなかった。物足りなさを覚えながらも、来た道を戻る。

警戒して歩きながらも、いまだに何かを考えているビートを気にかけながら、私は風使いの青年のことを考えていた。


ネストルに紹介されたときから、彼は礼儀正しかった。

なぜか、どこかで会ったことがあるような気がしたのだが……。これだけ人目を引く容姿をしているのなら、一度会えば忘れることはない。気のせいかと思いながら、青年を観察していく。

身につけている物も、身のこなしも話し方も洗練されていた。きちんとした教育を受けていたのだということは簡単に想像できた。

ネストルに坊主呼ばわりされても、彼は自分の名前を告げて受け流す。多くの若者は、ネストルに噛《か》みつきにいくのだが……。彼はため息をつくことで、ネストルに不満だと告げていたのだった。

ビートは、そのときに判断していたんだろう。使えない……と。

正直、私も第一印象では、危険な場所に連れていくことはできないと思った。それは、彼の職業を聞いたときに、確信に変わったはずだった。魔導師ではなく、学者と記述するのなら、戦いを厭《いと》う人間なのだろう。ならば怪我をさせるわけにはいかないし、依頼に連れてはいけない。

だが、どこか腑《ふ》に落ちなかった。

そんな人物を、ネストルが私に紹介するだろうか？　何か、何か……違和感がある。その違和感が何なのか……。そう頭の隅《すみ》で考えながら、ネストルとの話を続けていた。

「まぁ、坊主は風使いといっても、2カ月前にギルドに登録したばかりだ。依頼も、ソロでできる範囲のものしか受けていない」

2カ月？　2カ月で、もうギルドランクが緑の2段階目なのか……？

驚きを隠しながら、私がネストルに視線を向けると、ネストルは黙って頷き肯定した。

違和感の正体はこれだ……。

ネストルが、彼を『駆け出し』、『ひよっこ』と呼んでいた。大体、ギルドに登録してから半年は駆け出しといわれる。その理由は、大半が半年かけてランクを黄から緑に上げるからだ。

そして、緑のランクに上がった冒険者を、ネストルは名前で呼ぶようにしているのだ。

もちろん、黄色のランクを駆け抜ける冒険者もいる。

それでも、特例がない限り4カ月はかかる。私の知る中で最も早いのは、千刃《せんじん》というチームのシュプーナという魔導師で、ちょうど4カ月で緑になっていた。今はチームごとなくなってしまったが。将来、黒も担えるだろうと噂のあった、惜《お》しいチームだった。

それらから考えてみて、2カ月で緑のランクの2段階目は、さすがに異常といわざるを得ない。ネストルが、彼にこのランクを許可したのであれば、不正などの疑いはない。

だとすると……それだけ、この青年の実力が高いということになる。

黒や白の弟子となり鍛えられ、本人もかなり有能だったという条件ならば、達成しうるとも思うが、それだったら話題に上るはずだ。しかし私は、今、初めて聞いたところだ。少なくとも黒同士の話題に上っていないのなら、この線はないだろう。

ネストルが『ひよっこ』呼ばわりをやめていないことといい、彼自身の謎《なぞ》の力量といい、違和感が完全に興味へと私の中で変わっていった。最終的には、ネストルが力量を認めていたことや時間がないことよりも、この興味自体が、私が彼に依頼を頼んだ最大の決め手だった。


しかし、私がセツナ君に依頼を頼んだのを皮切りに、ビートの機嫌が悪くなっていく。

彼に噛みつき、いいたいことをいい、周りの冒険者まで引きずりかけていた。

彼の容姿や装備など、セツナ君を羨む冒険者は多そうだ。今日まで、ネストルがまめに声をかけることで、そういった冒険者を牽制《けんせい》していたのだろう。このままでは、彼が危険かもしれないと思い、私も釘を刺しておくことにした。自分の息子がまいた種でもあったからな。

結局、セツナ君に「気にしていない」といわれたビートは怒り狂いギルドを出ていった。

ここで、これ以上余計なことをいわなかったのは褒《ほ》めてやるが……。

年下の青年に軽くあしらわれている息子に、内心ため息をついていた。

ビートがいなくなったことで、セツナ君との打ち合わせもさほど時間を取ることなく終わった。

今日の予定を聞くと、明日の準備をするといってギルドを出ていった。

真面目過ぎるような気がしたが、悪いことではない……。

だが……。

私が扉の方を見ていると、ネストルが声をおさえて彼のことを話しだす。

「セツナはな、見ていて危《あや》うい。生き急いでいる感じがしてな」

「それが『坊主』と呼んでいる理由か？」

ネストルは頷く。

「私に、お守《も》りをしろと？」

冗談《じょうだん》めかして返事をし、視線を彼に向けると、ネストルは渋い表情を浮かべていた。

「お守りとはいわないが……。もう少し肩の力を抜くように、教えてやってくれ」

ネストルの言葉に、少し驚く。

彼とは長い付き合いだが、こんなことを頼まれたのは初めてだ。

「珍しいな。それほど気に入ったのか？」

確かに、どこか気になる青年だが……。

「一生懸命《いっしょうけんめい》生きようとしている若者は、嫌いではないからな」

少し機嫌を損《そこ》ねた風な口調でそう告げ、手を振り出ていけと促す。それを合図に、私もギルドを後にした。その時には、もう私の中でセツナ君は注目せざるを得ない若手となっていた。


「なぁ」

「なんだ」

警戒を怠《おこた》ることなく、前を歩く息子の声に答える。

「なんで、親父はあいつを連れてくることにしたんだ？」

「風使いだからでは、納得できないのか？」

「……俺は、親父は別の奴を探すと思ってた」

そう告げると、一呼吸おいてから、音量を落とした声で続きを話した。

「親父も、軟弱者《なんじやく》が嫌いだろう？」

軟弱者といい切るビートに、苦く笑う。

「私は彼を、軟弱者だとは思わなかったが？」

「風使いなのに、学者で登録するんだぞ？　いつもなら親父だって避けたはずだろう？」

確かにと思わなくもない。偏見《へんけん》だとは重々承知している。すべての学者が、そうではないとわかってもいる。それでも、学者の大半が知識ばかりを振りかざし、何もせず、自分の知識欲を満たすことに重きを置く。その上、冒険者を蔑《ないがし》ろにし、協調性というモノが欠けている人物が多いのだ。

学者という職業を否定する気はないが、チームに入れたいと思ったことはない。

同じチームではないが、学者はもう間に合っている。

「確かに、知識欲を満たすだけしか能のない学者ならば、私も別の奴を探しただろうな」

黙って私の話に耳を傾けているビートに、おやっと思う。いつもならば、私の話を聞くよりも、自分の意見をいうほうに忙しいのだが。よほどこたえたのか？

３番目に生まれたせいか、長男と次男よりは甘やかして育ててしまったのかもしれない。

その分、甘さが抜けきれないところがあり、少し自己中心的な面があった。

いつもと雰囲気が違うビートを見ながら、セツナ君のことをビートに語った。

「2カ月？」

ビートが、私にそう聞き直す。

「そう、2カ月だ」

あり得ない……とビートが呟いた。

「私もそう思ったが、彼はそれだけの実力を持っていると、共に行動して納得できた」

「根拠《こんきょ》は」

「彼は、お前と私の速度にあわせて遺跡までたどりついた」

私の言葉に、ビートが居心地が悪そうに身じろいだ。

私達の歩調にあわせながら、彼は全く疲れた様子をみせなかった。魔導師ならば、3時間ほどで一度休息を入れてても不思議ではない。心配になり声をかけても、大丈夫だと返事をする。無理をしているのかもしれないと思いもしたが……。彼の表情は、余裕を見せていた。

だから、ビートに歩く速度を落とすように注意するのをやめ、彼のことをたずねていった。

私の質問に気持ちよく答えてくれる様子に、私は好感すら抱いた。


彼から様々な話を聞き、彼という人物像が構成されていく。話の流れから、彼に両親がいないことを知る。彼の話の様子から、彼が一番信頼できる人を亡《な》くしたことも知った。どのような理由があるにしろ……。成人したばかりの若者が一人で生きていくのは、大変なことだ。

一生懸命、生きようとしている若者と、ネストルが話していた。

私にも、それがよくわかった。どこか危ういとも告げていた。私にも、それは感じられた。それが何なのかは、ネストル同様、私もすべてを掴《つか》み切れていないが……。

「お前は、彼に自分の苛立ちをぶつけていただけだろう？」

私の言葉に、ビートが黙り込む。

「いい返さないから。駆け出しだから。学者だから。昨日も話したが、誰がどのような職業を選ぼうと自由だ。冒険者になろうと思えば、駆け出しから始めるのは当然だ。どう考えても、理不尽《りふじん》な理由でお前は、彼を責めていた」

足を止めて俯《うつむ》くビートに、私は更《さら》に言葉を紡《つむ》ぐ。

「だが……。セツナ君は、一言もビートを責めなかっただろう？」

「ああ」

「素晴らしい魔道具を作った彼に、お前は何をいった？　もし彼の立場だったら、お前はどうした」

「俺なら、殴《なぐ》ってた」

「そうだろうな。でも、彼は黙ってお前の話を聞いていた。それはどうしてだ？」

私は、ビートに歩くように促しながら、話を続ける。

「私も、好き好んで学者をチームに入れようとは思わない。ある意味、セツナ君みたいな学者は珍しいといえる」

「……」

「それでもだ。理不尽な理由で人を責めるのは正しいことか？」

「正しくはない」

「彼が、お前の言葉に心を乱さなかった理由は、彼が確固とした信念を心の中に持っているからだ」

ここでまた、ビートが足を止めた。

「自分自身を高めようと努力しているから、些細《ささい》な言葉に心を揺るがさない。それは、心の強さだな」

あの角を曲がれば、出入口までもうすぐだ。思ったよりも早くつきそうだ。

私はビートを振り返り、視線を合わせる。

「ビート、彼はまだ18歳だ。成人して2年しかたっていない。なのに、ゆっくりと成長している余裕がない。お前の友人達の中にも同じ境遇《きょうぐう》の奴らがいるだろう?」

ビートの目が微《かす》かに揺れる。

「自分自身しか頼《たよ》れるモノがないから、自分の信念を支えに、歯を食いしばって生きている」

昨夜の食事のとき、私とビートの会話を、どこか寂《さび》しそうに眺めていた。

彼の瞳に映っていたのは、きっと私達ではなかったのだろうな。

「……じゃあ、なんで、あいつも遺跡調査に入れてやらなかったんだ」

「彼から聞いただろ。役割があると」

「待っているのは、俺でも良かったじゃねか」

ビートの言葉に、苦笑が浮かぶ。

「お前は、彼がいきたいといえば、自分が待機するつもりだったのか?」

「別に。扉の前で留守番してる意味なんてないだろう?」

根は優しいのだがなぁ……。意地っ張りな面が強く、素直に認めない。

そんな息子に、軽くため息をつく。

「いつものお前なら、気が付いていたはずだが？」

「何をだよ」

「私達の後ろを盗賊がつけてきていた。10人ほどな」

ビートが拳を握り、私を睨むように見据《みす》えた。

「それをわかってて、あいつを置いてきたのか⁉」

「彼も、その存在に気が付いていた」

私の勘《かん》だが、彼は魔法を使いこの遺跡の内部を感知し、調査に魔法は必要ないと判断を下したのだろう。その上で、遺跡の中に自分の役割はないといい、出入口で待っていることを選んだ……。

「あいつの、役割ってのは……」

「私が依頼を遂行するための補助だな。この場合、盗賊の足止めだ」

一見、私が頼んだように思えるが……判断し選んだのは彼自身だ。その判断力、決断力は駆け出しとは思えない。それに……。

「彼は、お前より強い」

ビートが反論しようと口を開きかけるが、その前に私がもう一言付け加える。

「私よりも強い」

開きかけた口を閉じ、ビートが真剣な目で私を見る。

「あり得ねぇだろう……？」

「今は、まだ私のほうに分があるだろう。だが半年後には、私でも勝てるかはわからない」

「根拠はなんだよ」

「今朝、彼は剣術と体術の鍛錬をしていた。お前、彼が起きたことに気が付いたか？」

「いや」

「彼の気配の消し方は、文句なく洗練されていた。私が先に目を覚ましていなければ、きっと私でも気が付かなかっただろう」

そう、彼の剣《けん》の腕は一流だ。今は経験の差で、彼と剣を交えたとしても勝てはする。私には魔法の腕がどの程度の力量かは測りかねるが、体感上、月光のメンバーと比べても遜色ないだろう。

そんな彼が、剣士《けんし》でもなく、魔導師《まどうし》でもなく、実力を隠して学者として冒険者登録をしているというのだから、もはや、興味が尽きないどころの話ではないな。

「あいつ、剣も扱えるのか？　魔導師だろう？」

「セツナ君は、強い。魔導師ではなく、剣士としてでも通用する」

一心に鍛錬する彼の姿が目に焼き付いている。

何かを、いや……。すべてを、一刻も早く自分のモノに、一秒でも早く、自分の身につくようにと、わき目も振らず剣を振る彼の姿に、ネストルが話していた意味の一端《いったん》を、垣間見《かいまみ》た気がした。

剣を振っている彼の瞳は……酷く暗い色をしていた。

何が彼を、そこまで追い詰めているのかはわからない……。

遺跡に入る前、セツナ君に思わず訓練を見ていたことを話してしまっていた。話すつもりはなかったのだがな……。もう少し肩の力をぬいてみたらどうかと、ネストルに頼まれたことだけ、告げようと思っていたのに。なのに……。私の口からでた言葉は、私が考えていたモノではなかった。

『急がず、焦らず、まだまだ先は長いのだから』

私と同じ黒達が、よく若者達にいい聞かせていた台詞だった。

私の助言に、彼は黙って頷いていた……。


いつの間にか私の前を早足で歩いていたビートが、足を止める。

私もビートの隣まで歩き、足を止めた。

歌……？　扉の外から歌が聞こえてくる。聞いたこともない旋律に耳を傾けた。

「なんか、悲しい曲調だな……」

ビートがそう感想をこぼす。

彼の想いがこもっているのだろうか？

やわらかく、優しい歌声が届いている。彼の歌は、聞きほれるほど……上手だった。きっと、サーラがここにいれば、喜んだに違いない。

歌詞は、何処の国の言葉かはわからなかった。聞いたことがない言葉だ。歌詞の意味はわからないのだが……。なぜか胸が締め付けられるような、寂しさを帯びた曲だった。


ビートが、ゆっくりと歩き出す。

私に背を向けたまま、はっきりとした声音で宣言を口にした。

「俺も、強くなる。自分の役割を果たせるように」

そう告げた息子の後ろ姿が、一回り成長したように見えるのは、親のひいき目か願いなのか。

どちらかはわからない……。わからないが……。

どちらにしろ……。

ビートの成長を目にすることができた幸せを、神に感謝したのだった……。

◇4【セツナ】

時刻は、そろそろ日が落ちようかという時間。僕は、一人で風の遺跡の前で座《すわ》っている。あまりにも暇《ひま》だったので、結界針をより良い魔道具にするために、色々と改良していた。

改良できる個所《かしょ》は改良し、顔を上げると日がゆっくりと沈んでいくところだった。

なんとなく、妹の鏡花が好きだった曲を口ずさむ。

家族と過ごした、色々な思い出が胸に迫ってきて……。

そんな想いを、無理やり断《た》ち切るように夕日から視線を逸らした。

この空は、僕の知る場所には続いていない。

どこまでいっても、知らない場所だ……。

そんな感傷をはきだすように歌を口ずさんでいたら、思ったよりも早くアギトさん達が帰ってきた。一瞬、歌を聞かれたかなと少し緊張したけれど、聞かれてはいないようだった。

「依頼完了ですね」

「こちらはね。拍子抜《ひょうしぬ》けするほど簡単に終わったよ」

アギトさんが笑いながら、そう教えてくれる。

ビートさんは、僕が縛ってある盗賊団のそばにいき、靴《くつ》の先で彼らをつついていた。

「セツナ君も、怪我はないな」

アギトさんは、確認するように僕を見た。

「はい。僕に怪我はありません」

僕から盗賊団へとアギトさんは視線を移し、少し思案している。

「魔法で倒したのか？」

あぁ、僕が剣を使うところを見ていたから、剣を使うと思っていたのかな？

今日は、魔導師として同行していたんだけどな。

「ええ、試してみたい魔法があったので、それを使ってみました」

「どんな魔法だい？」

僕は少し考えてから「秘密です」と答える。この世界では、魔導師というのは魔法が飯の種になる。だから、自分の魔法をむやみやたらに話すことはないようだ。

「秘密なら、仕方ないな」

アギトさんは少し残念そうに、しかし口元には笑みを浮かべながら、肩をすくめた。その仕草が、彼にすごく似合っている……。そこに、ビートさんがこちらをみて首を傾《かし》げていた。

「眠りの魔法だろ。この人数にどうやったかは疑問だけどさ？」

多分、僕に話しかけているのだと思うけど、彼の口調が先程までと違う。

「それはわかっている。だから、どうやってそれをこの人数にかけたかを聞いてみたかっただけだ」

「なるほどな」

なぜか、僕に対してのトゲトゲしさが消えている。

不思議に思ってビートさんを見ていると、僕の視線に気が付いたのか、彼が少したじろいだ。

彼は、僕からそっと視線を逸らしてから、ボソっと呟くように謝罪を口にした。

「悪かった」

僕に向けて呟かれた声は、十分、僕の耳に届く音だった。

彼からの思いがけない謝罪に、驚きを隠すことができなかった。あれだけ嫌われていたのに……。

そんな僕の表情を見て、ビートさんが少し肩を落としながら口を開いた。

「俺だって、自分が悪いと思ったら謝る」

それだけ告げると、また違う方向を向いてしまった。とりあえず、僕は気にしていないことを伝えると、彼は軽く頷いた。そして、話題を変えるように、僕に彼らを倒した方法を聞く。

「で、あれ、どうやったんだ？」

ビートさんの問いに、秘密ですと僕が答えるより先に、アギトさんが答えていた。

「ビート、魔導師の魔法を聞くのはどうなんだ？」

「親父にはいわれたくない」

ビートさんにやり返されたアギトさんは、それ以上何もいわなかった。でも、実際はアギトさんは計算していたのだろう。アギトさんは、このやわらかな空気を守ってくれたのだと思う。僕がじっとアギトさんを見ていると、彼は少しだけ目を細めてから口角を上げるように笑った。

ギルドからの依頼も終わり、遺跡の側《そば》で一夜を過ごしてから、城下町へ戻ることになった。盗賊達は、アギトさんに犯罪者用の拘束《こうそく》魔道具を取り付けられて大人しくしている。きっと、叩けば叩くほど……余罪が増えていきそうな気がする。最初は悪態をついていたけど、アギトさんの紋様の色をみてから口を開かなくなった。なので、連行するのはたやすかった。

むしろ、馬を連れて戻るほうが骨が折れた。馬は、ギルドや農家から奪ったものが６頭もいて、ビートさんと僕で３頭ずつ世話をしながら連れていった。

元の世界では馬を直接見たことが無かったので、こちらの世界の馬と同じものなのかわからなかったけれど、つぶらな瞳を見ていると、その大きさの割には優しい動物なんだなと思い、ひっきりなしにたてがみを撫で笑みがこぼれていたように思う。

そして、そのたびに、お前は冒険者をやめて牧場を開けよ、とからかわれたりもしたが、その言葉にトゲトゲしさはなかった。

馬に乗ったことがなかったから、乗ってみたい誘惑《ゆうわく》にかられたけど、さすがに人様に返す馬に乗って怪我でもさせたら問題だろうということで我慢《がまん》した。風の魔法で、怪我をしても治せるだろうけど、怪我をさせるようなことをすること自体が問題なのは間違いないから。

アギトさんはそんな僕を見て、ギルドに戻ったら馬を借りて乗せてもらえるように頼んでくれるといって、また笑った。逆に、盗賊と一緒にいる間に怪我を負った馬が数頭いたので、風の魔法で回復させると、喜び懐いてくれた。

特に問題なく城下町へつくと、屯所《とんしょ》で盗賊団と馬を引き渡し、それからギルドへ報告に向かう。

アギトさん達と共にギルドの中へ入ると、この場所にいる冒険者の視線が一斉にアギトさんへと向けられる。

「おう、ひよっこ。仕事はできたか？」

そんな空気を全く気にすることなく、マスターがアギトさんよりも先に僕を呼んだ。

「僕には、セツナという名前があるんですが……マスター」

いつもと同じような返事をすると、僕の隣でビートがため息をついて笑っていた。

「その様子だと、上手《うま》くいったようだな」

「彼は、文句なしに仕事をしてくれた」

アギトさんが、堂々と歩いて受付のカウンターへと向かう。その後ろを、僕とビートさんがついていく。僕とビートさんの依頼用紙に、アギトさんが達成のサインを入れてマスターに渡した。

「ほう、盗賊も捕《つか》まえてくれたのか？」

記載がすむと、屯所でもらった盗賊団の引渡《ひきわた》し証明書を、アギトさんはマスターに渡した。それには、盗賊団の人数と取り返した馬の引数《ひきすう》が記載され、ガーディル国の印章が押してあった。

「これは、セツナ君一人の手柄《てがら》だ。私達はかかわっていないので、すべて彼のポイントに付けて欲しい。馬はガーディルの方で持ち主を探して返してくれるそうだ」

マスターは少し面食らってから、アギトさんに確認する。

「ほう、坊主が捕まえたのか？」

「そうだ。私達は遺跡の中に入っていたからな。どうやって捕まえたのか……気になるところではあるが」

「まぁ、魔導師の魔法は、そう気軽に教えるものではないわな……」

そういいながら、マスターはいい淀み、僕に視線を向ける。

「実はだな、まだ、この件の依頼書が出来上がってねぇんだ」

僕には、その言葉の意味がすぐに理解できなかったけど、隣で聞いていたビートさんがすぐに食ってかかった。

「おい、そりゃないだろ。親父に討伐を頼んでただろう」

「いや、それはただの勢いというやつでな、お前達がそんな都合よく盗賊どもを退治してくるとは、はなから思っていない。確かに黒に依頼するときは依頼書がないこともあるが、ただの盗賊の始末なんて、黒に頼むほどのものではないだろ」

アギトさんを見ると、さもありなんという顔で、表情が引きつっていた。

「そうか、今回の依頼はギルドの資産が絡《から》んでいたから、依頼書を作るためにリシア本部と報酬の調整が必要だったわけだな。まぁ、私も本気の依頼だとは思っていなかったぐらいだしな」

「明日くらいには正式に報酬が決まって、依頼を出す手はずだったんだが……」

「じゃあ、こいつの報酬はどうなるんだ。まさか、ただ働きってんじゃないだろ？」

マスターは口をつぐんだままだ。

僕は、ビートさんの言葉が気になり、カイル達の知識を探る。それによると、基本、盗賊などの討伐はその地を守る国が行っている。

ただ、国の目の届かないところというのは当然出てくるので、そういった場合は、住民が報酬金を用意してギルドに討伐を頼み、ギルドが冒険者に依頼するという流れらしい。

この場合は、すぐに依頼が出されるのだけど、今回は、ギルドの貸し出された馬も盗《ぬす》まれており、リシアにあるギルド本部と調整が必要となり、時間がかかっていたらしい。

「あれだ、ネストル。盗賊団の力量や被害からいって、緑の3の3相当のポイントが妥当《だとう》だと思う」

アギトさんの目は、少し泳いでいる。

「お前、さっき、『どうやって捕まえたのか……気になる』っていってたじゃないか。それに、黒一人で報酬を勝手に決められないことくらい、お前は知っているだろ。それとも報酬とは別にあれでってことか」

胡散臭そうな目でマスターはアギトさんを見る。アギトさんはバツが悪そうに視線をずらした。

「わかっている、ただの冗談だ」

アギトさんはそういいつつも、小声でこの石頭が、と呟いていた。

この場の雰囲気が、落ちるところがないほど落ちていたので、僕は口をはさむことにした。

「あの、僕の報酬のことでご迷惑をおかけしているのでしたら、結構ですから」

これは本音で、報酬はいくらでも稼げると思っているから。

しかし、その発言にビートさんが異を唱える。

「それは違うだろ。冒険者は体が元手なんだ。いつ働けなくなるかわからない。だからこそ、正当に受け取れる報酬があるんならきっちりもらっておくべきだ。盗賊のことは、冗談か何かは知らないが、討伐してくれといった以上、依頼だ。そして、お前はそれをこなしたんだから、当然報酬をもらうべきだ。そうだろ、親父！」

アギトさんが、ビートさんの言葉に驚きながらも頷いている。

「ビートのいい分が正しい。ここでセツナ君に報酬を払わないというのは、ギルドの仕組みそのものに疑義が生じると思うが」

「俺も何とかしてやりたいのは、やまやまなんだ」

「ならば、私がギルドから黒の依頼として正式に依頼を受けたことにする。今回は後決め方式を採用し、明日出た報酬結果を私が受けとる」

ビートさんが小声で、後決め方式というのは、難易度設定が難しい依頼の場合、成果によって後で報酬を決める、黒特有の制度だと教えてくれる。

「その手続きくらいは問題ないが、それだと結局、坊主の報酬にならないだろ」

何がいいたいという風に、マスターはアギトさんを見る。

「いや、いい方が悪かった。私は黒のチームではなく、黒の臨時パーティとして依頼を正式に受けた。だから、報酬はパーティで受けとる。そして、パーティの報酬の配分はパーティリーダに任されている。私はその権限をもって、セツナ君に報酬すべてを渡す。それで問題ないな」

マスターは、なるほどと頷く。

「でも、こいつには報酬が一日遅《おく》れるじゃねぇか。それでいいのか、お前は」

ビートさんが、蚊帳《かや》の外に置かれている僕を気遣って声をかけてくれる。

「はい、大丈夫です。僕のことを気にかけていただけただけで、十分ですので」

「お前がそれでいいなら、俺ももう何もいうことはない。親父も、ギルドマスターも頼んだぞ」

僕はビートさんが、そこまで親身になってくれたことが意外だったけど、アギトさんも同様に思っていたのか、笑いをこらえていた。

アギトさんと一緒に手続きを終えたマスターは、ようやく一息ついて、僕に話しかけてくれた。

「色々すまなかったな。明日ぐらいは、ゆっくり休め。いいな？」

「はい、そうします。それから……僕を紹介してくださって、ありがとうございました。勉強になりました」

そう告げた僕に、マスターは満足そうに頷いた。

視線をアギトさんとビートさんへと向けて、頭を下げる。

「臨時とはいえ、僕をパーティに入れてくださったこと感謝しています。ありがとうございました」

貴重な経験が沢山できた。アギトさんに、大切な言葉を貰った……。急がず、焦らず、まだまだ先は長いのだからと。そう、この世界での僕の人生は、始まったばかりなんだ……。

「君は……本当に、礼儀正しい。それが君の基本なのだろうな。半分ビートに分けてもらいたいぐらいだ」

「俺がセツナみたいになったら、気持ち悪いだろうが」

ビートさんが、心底嫌だというように顔を歪《ゆが》めた。

「あ、そうだ。お前さ、俺のことは呼び捨てでいいぞ」

「わかりました」

「またな、セツナ」

「はい、ビートもまた」

ビートは、僕の返事に一度頷き、軽く右手を上げて、ギルドを出ていった。

彼の背中を見送り、僕も宿舎に戻ろうかと考えていたところに、アギトさんから声がかかった。

「セツナ君」

「はい」

アギトさんの呼びかけに、彼を見る。

「君さえよければ、私のチームに来ないか？」

アギトさんからの勧誘《かんゆう》に、僕ではなく周りが驚き騒めいた。

「アギトさんのチームにですか？」

「そう。私は現在12人でチームを組んでいる」

「はい」

「学者はいないし、風使いも一人しかいない。君が入ってくれると嬉しいのだが。これはお世辞ではなく本音でだ」

思いもよらない誘《さそ》いに、正直戸惑う。彼からの誘いは、とても嬉しいと思えた。思えたけど、それでも……僕は……。考えるまでもなく、答えは出ている。

「ありがとうございます」

「入ってくれるかい？」

「いえ、申し訳ありません」

チームの加入を断る僕に、聞き耳を立てている冒険者達の信じられないという声が届いた。

「理由を聞いても?」

僕は少し考え、僕の気持ちをいつわることなく彼に話した。

「アギトさんのお誘いは、とても心惹かれます。だけど、今はまだ一人で頑張ってみたい」

「……」

「僕は、世界を見てみたいと思っています。知らないものを知り、見たことがないものを見たい」

……生きやすいとは思わない。だが、それでも……美しいと思えるものも、心震える……。

………。

カイルの声が、僕の頭の中に蘇る。

「チームに入っても、世界を見ることはできると思いますが……。僕は……」

チームの規則に縛られず、僕は自由に歩いていきたいんだ……。僕が、そう告げる前に、アギトさんが僕の肩をぽんぽんと叩いた。言葉にしなくてもいいと、そういってくれているようだった。

「多分、断られるとは思っていた。君が気に病《や》むことはない」

アギトさんは、気分を害した様子はなく、穏《おだ》やかに笑ってくれている。

「気が済むまで、一人で世界を見て回るのも悪くはない」

「はい」

僕が素直に頷くと、アギトさんは真剣な目を僕に向けて口を開く。

「セツナ君。君が旅の途中で、悩んだり、困ったことができたり、一人ではどうしようもない問題が起きたときは、迷わず私を頼ること。きっと、私は君の力になれる」

アギトさんは僕にそう告げて、胸ポケットからカードのような物を取り出した。

「これには、私の名前と紋様、そしてチーム名が刻まれている」

名刺《めいし》みたいなものだろうか？　差し出されたカードを受け取るが、アギトさんはカードから手を離さない。意図が理解できずに、僕が少し首を傾げたのを見て、彼が言葉を付け足してくれる。

「ここの模様の上に、指をおいて名前をいってくれ」

「はい」

彼の指示通りに模様の上に指をおき、自分の名前を告げる。すると、カードの上に僕の名前が表示された。どうやら魔道具だったようで、僕が驚いている反応が面白かったのか、アギトさんが笑いながら説明してくれた。

「私が、君と知り合いであるという証明みたいなものだな」

魔力の質は一人一人違うらしいから、お互《たが》いの魔力を流すことで、偽造《ぎぞう》防止になるのだと思う。

「カードをギルドマスターに渡すと、カードに登録された魔力と君の魔力が照合されるから、カードを紛失《ふんしつ》したとしても、第三者には使えないようになっている」

「はい」

「もし、どこかで困ることがあったら、これを近くのギルドマスターに見せること。ギルドから、私のところに連絡がはいるから。君とも連絡を取ることができる」

僕が……。天涯《てんがい》孤独だと話したから。頼る人がいないことを、心配してくれたのだろうか？

たった数日、僕と過ごしただけなのに、僕のことを気にかけて、アギトさんはこのカードをくれたんだ……。

「はい。……はい。ありがとうございます」

その気持ちが嬉しくて、胸が熱くなったけど、彼に気づかれたくなくて、アギトさんの返事を待たずに、質問を投げた。

「このカードは、どこで作るんですか？　簡単にできるものですか？」

「あぁ、金はかかるが、ギルドで作ってもらえる。すぐできるよ」

「アギトさん、まだ時間はありますか？」

「大丈夫。まだ、ある」

「少し、待っていただけますか？」

アギトさんは喉で笑いを押し殺してから、僕に頷いてくれた。

僕達の話を聞いていたマスターが、すぐにカードに僕の名前と紋様を刻んでくれた。

お金を支払い、出来立てのカードをアギトさんに渡す。

「学者、もしくは風使いが必要なときは、また僕に、依頼をまわしてくださると嬉しいです」

アギトさんは笑いながらカードを持ち、模様の部分に指を当てる。

その動作は慣れたもので、洗練されているように感じた。

「頼りにさせてもらうよ」

僕にそう告げて、カードをしまうアギトさんをじっと見る。独りだった僕に、心配してくれる人ができた。アギトさんだけではなく、マスターも僕を気にかけてくれていた。そのことが、とても嬉しくて……そして、少しだけ苦しかった。

なぜ、苦しいと感じたのかわからず……。内心、首を傾げてみるけれど、答えが出ることはない。

「セツナ君」

アギトさんに声をかけられたことで、僕の思考が霧散する。

「大丈夫か？」

少しぼんやりしていたようだ。

「大丈夫です。アギトさん」

「うん？」

「これを受け取ってもらえませんか？」

僕は、ベルトのポケットから結界針を二つ取り出し、アギトさんへと差し出す。

一つはアギトさんに。もう一つはビートに。

「これは、結界針？」

「はい」

遺跡の前で改良したものだ。できるだけ強固な結界を刻んだ。回数も、5回から10回に増やすことができた。三角錐の形をした銀の棒に、残り回数がわかるように目盛りも刻んだ。最初につくったものよりは、使えるようになったはずだ。

「……」

「今の僕には、これぐらいしか、お返しできる物がないから」

アギトさんの心遣《こころづか》いに、言葉だけではなく、気持ちを込めた何かを返したいと思ったから。

受け取ろうとしないアギトさんに、迷惑だったかなと考え、手を下げようとした瞬間。

アギトさんの手が僕の頭の上に乗り、髪《かみ》を乱すように荒く撫でられた。

「うわ」

驚いてアギトさんを見ると、彼の目はどこか寂しげに揺れていた。

その目に映っているのは、僕のようだけど、僕だけではないような気がする。

「ありがたく頂戴《ちょうだい》するよ」

そういって笑い、僕の頭から手を離す。

そして、結界針が彼の手に渡ったときには、もういつものアギトさんに戻っていた。

野営のときに約束した薬のことなどを簡単に話した後、アギトさんとマスターに挨拶をして、ギルドを出た。初めてのパーティを組んでの依頼が、こうして終わりを告げたのだった。

# 第四章　紅花詰草　《胸に灯をともす》

## ◇1【セツナ】

時間が過ぎるのは早いもので、暦《こよみ》は春《シルキス》から夏《サルキス》に変わった。

アギトさん達《たち》と依頼《いらい》を達成した日から1カ月が経過し、冒険者《ぼうけんしゃ》になってから3ヵ月がたっていた。

順調に依頼をこなし、ランクも青の5の1となっている。

ランクが上がったことで依頼の報酬《ほうしゅう》も増え、次の国へ向かえるぐらいのお金の目途《めど》もついた。

あと数回依頼を受けて、必要な物を購入《こうにゅう》し、この国をでる。

そう心に決めて、今日もギルドで受けた魔物討伐《まものとうばつ》の依頼を達成し、城下町へ続く道を歩いていた。

転移を使えば簡単に戻《もど》れるが、相変わらず僕《ぼく》は体を動かすのが好きで、歩くことを選んでいる。

本当ならば、今頃《いまごろ》、城下町についていたはずなんだけど……。途中で薬草の群生地を見つけてしまい、寄り道をしてしまった。少し戻れば村があったはずだけど、なんとなく戻る気がしない。少しだけ転移で戻るか悩《なや》んでから、結局、野営場所を探すことにした。

そろそろ日が傾《かたむ》きかけてきた……。

城下町の方向へと歩きながら、野営の場所を探す。しかし、いい場所が見つからない。

面倒《めんどう》になって、このまま歩いて帰ろうかと考えはじめたときに、微《かす》かな声が僕の耳に届いた。

近づくにつれ、僕に届く声も大きくなってくる。前から聞こえてくるのは、人の怒鳴《どな》り声だった。

しかし、まだ声しか聞こえない。

「盗賊《とうぞく》にでも襲《おそ》われているのかな？」

警戒《けいかい》のために自分の気配を消し、急ぎ足で歩く。風の魔法が、前方の会話をとらえた。

「反抗《はんこう》ばっかりしやがって、このクソガキが！　首輪がはまってるのに、逃《に》げ出しても無駄《むだ》だということが、まだわからねぇのか！　そもそも、その足で逃げられるとでも思っていやがるのか！」

そう怒鳴りながら、男が誰《だれ》かを殴《なぐ》っているようだ。

会話からして、子供かもしれない……。首輪ということは……奴隷《どれい》の子だろうか……。


この世界では、奴隷は個人の財産と認められている国がある。ガーディルは、そんな国の一つだ。

人間同士の争いも絶えることがなければ、種族間の争いも絶えることがない。

戦争で勝ったから、借金が返せないから、種族が違うからといって、奴隷にするのはどうかと思うけれど……。

奴隷制については色々と想《おも》うところはある。

だけど、僕が学んできた常識や人権などを唱えても、この国では、僕のほうが異端《いたん》なんだ。

奴隷制を嫌悪《けんお》している人もいるが、便利な道具として考えている人のほうが多いのだから。

もちろん、奴隷制を廃止《はいし》している国もある。種族の違う国と同盟を結んでいる国もある。すべての国が、そのような国ならばよかったのにと、どうしても考えてしまうんだ。


風魔法から聞こえてくる声は、だんだんと熱を上げているようだった。

どうするべきだろうか……？

子供が大人に虐待《ぎゃくたい》を受けているのを知りながら、見て見ぬふりなどできそうにない。

だからといって、ここで奴隷の主《あるじ》を殴って、子供を助けたとしても……。子供の持ち主は、その男だから僕のほうが分が悪い。ガーディルの法律で裁かれ、下手をすると処刑《しょけい》される……。

そして、子供をここで男の暴力から助けたとしても、根本的に何も解決しない。

自分の選択肢《せんたくし》のなさに無力感を抱《かか》えながらも、二人に近づく足を緩《ゆる》めることはしなかった。


男の声が直接、耳に届く。風魔法を使わなくても聞き取れるぐらいの距離《きょり》まで近づいた。

「売れたと思ったら、すぐに返品されやがって！　商売あがったりだ！　お前に食わせている飯にも、金がかかってんだぞ！」

男は逆上して喚《わめ》いていた。

「大人しくしていたら、愛玩《あいがん》動物として可愛《かわい》がられたモノを！　今のそのなりじゃ、実験体としてしか売れねぇ！」

「……」

地面に倒《たお》れている子供が売り物ということは、彼《かれ》は奴隷商人か……。

それならば、まだ子供を保護することができるかもしれない。奴隷を購入するという方法で……。助けるためとはいえ、人を買うという行為《こうい》が正しいとは思えない……。思えない……けど……。心の葛藤《かっとう》を無理やり押《お》し殺す。今の僕には選択肢などありはしないから。

「他《ほか》の奴《やつ》らは城下町で全部売れたのに、いらないお前だけが、また残りやがった……」

奴隷商人の声が、悩んでいる暇《ひま》などないと僕に告げる。

「なんだ！　その反抗的な目は！　誰のおかげで生きていられると思ってやがる！」

このままでは子供が危ない、と声をかけようとした瞬間《しゅんかん》……。

よほど頭に血がのぼっていたのか、男がその怒《いか》りに任せて子供を思い切り蹴飛《けと》ばした。子供は蹴られて飛び、衝撃《しょうげき》を殺せないまま木にぶつかる。蹴られた衝撃と木にぶつかった衝撃で、内臓のどこかを傷めたのか、嫌《いや》な音が響《ひび》いた。その音と同時に、血をはきだした……。

間に合わなかった……。ピクリとも動かない子供を見て、罪悪感が胸を占《し》める。

奴隷商人は汚《きたな》いモノでも見るように、動かない子供を眺《なが》めていた。

「これじゃあ、もう売れねぇ……」

舌打ちをしながらそう呟《つぶや》いたかと思うと、腰《こし》にあった剣《けん》を手にする。

「売れねぇモノを飼うつもりはねぇ。ようやく、これで汚《きた》ねぇもんを運ばなくても済む……」

男のその目は、明らかに憎悪《ぞうお》を宿していた。

「あぁ、せいせいするぜっ！　あばよ、クソガキ！！！」

男はそう喚きながら、躊躇《ちゅうちょ》なく剣を振《ふ》り上げた。子供はもう意識がないのか、動かない。

奴隷商人がそう叫《さけ》び、剣を振り下ろそうとする前に、僕は男と倒れている子供の間に割り込《こ》む。

「あ……？」

いきなり現れた僕に驚《おどろ》いたのか、剣を振り上げたままの動作で男が固まっている。

固まったまま動かない奴隷商人と視線を合わせ、僕はゆっくりと口を開く。

「この子供を殺すというのなら、僕に譲《ゆず》っていただけませんか……？」

僕は子供の方に視線を向けるが、子供は完全に意識がない。かなり危険な状態だ。このまま時間が過ぎれば、手遅《ておく》れになる可能性が高い。相手に気が付かれないように結界を張り、その中の時間を止めた。一時的に仮死状態になる魔法だ。とりあえず、これ以上の出血は防げるはず。

「死にかけのガキを買って、どうするんだ？　同情か？　憐《あわ》れみか？　俺《おれ》はな、こいつに散々煮《に》え湯を飲まされたんだよ。売れないなら殺す……」

奴隷商人の男は僕を睨《にら》みながら、剣を握《にぎ》る手に力を込めた。

「お金は払《はら》います。この子供が生きてこられたのは、貴方《あなた》が世話をされてきたからでしょう？」

この子は、僕に助けられることを望まないかもしれないけれど……。

「ほう、なかなか話がわかるにぃちゃんだ。……だがな？　このガキをどうするつもりだと俺は聞いてんだよ」

「僕の魔法の実験に、役立つかもしれないので」

「にぃちゃんは、魔導師か？」

「そうです。どうせ実験を手伝ってもらうなら、死んでいるより、生きているほうがいい」

僕の台詞《せりふ》に、奴隷商人の男は嫌な笑《え》みを浮《う》かべ、何度も頷《うなず》く。

「そうか、そうか。なら、秘密にしておきたい実験の一つや二つはあるわな」

奴隷商人の男が簡単に僕の話を信じた理由は、ガーディルの一部の魔導師の行いにある。魔法とは魔物と戦う武器であり、人を殺す手段でもある。だから、その威力《いりょく》や殺傷能力を高めようとするのが普通《ふつう》だった。その研鑽《けんさん》に、僕は異を唱えるつもりはない。僕だって日々魔法を改良している。だけど……一部の魔導師は、その威力を測るためだけに実験用の奴隷を買う。奴隷を、モルモットにして、魔法を完成させるらしい。そんな奴らと同類と思われるのは、はらわたが煮えくり返るほど憤《いきどお》りを覚えるけれど……。その感情を心の奥《おく》へと沈《しず》め、奴隷商人の男と交渉《こうしょう》を進めていく。

僕の答えに満足したのか、男は愛想《あいそ》のいい顔で僕を見る。

先程《さきほど》までの鬼《おに》のような形相は消えていた。

「死にかけのガキだが……。俺が今まで食わせてやったんだ。その分の金は貰《もら》わねぇと俺も生活ができねぇ」

殺そうとしていたくせに……。男の浅ましさに嫌悪が募《つの》る。

「それに、そいつは獣人族《じゅうじんぞく》のガキだ。めったに手にはいらねぇ商品だ。普通なら……金貨20枚ってところだが、金貨10枚で売ってやるよ」

奴隷商人とのやり取りに自分自身にも嫌悪を覚え、吐《は》き気をもよおしながらも、淡々《たんたん》と受け答えをしていく。

「どうだ?」

「わかりました」

鞄《かばん》から金貨10枚を取り出して、奴隷商人に渡《わた》す。

次の国へいくために貯《た》めていたお金の半分以上を渡すことになるが、惜《お》しいとは思わなかった。

「金貨10枚……確認《かくにん》してみてください」

僕が払えなくて、値段を交渉すると踏《ふ》んでの金額だったんだろう。死にかけの子供に金貨10枚なんて、普通は払わない……。だけど……僕は、この子の命の値段を……値切ることなんてできなかったんだ。たった金貨10枚で、人生を売買される……。僕は、思わず拳《こぶし》を強く握りこんだ。

驚きを浮かべ、奴隷商人の男は口を開きかけるが、結局何もいわなかった。

余計なことを告げて、値切られるのが嫌だったのだろう。黙って金貨を受け取った。

用心深く魔道具を使い、金貨が本物であることを確認してから、鞄にしまいこむ。

そして、ポケットから何かの魔道具を取りだすと、それを僕へと渡した。

「これは、あのガキの首輪の鍵《かぎ》だ。反抗されそうになったら、少し魔力を加えてやると首輪がしまるからな」

「……わかりました」

すぐに投げ捨てたくなるのをぐっとこらえ、頷く。

魔道具を鞄にしまうついでに、ビー玉のような丸い結界に包まれた粉薬を取り出した。

それを、奴隷商人の男に気づかれないように手の中に隠《かく》す。

僕の足元にいる子供を抱《だ》き上げ、僕は奴隷商人の男に向かって言葉を紡《つむ》いだ。

「貴方に、風の加護がありますように」

穏《おだ》やかな笑顔を心がけて、奴隷商人の男に風の魔法をかけた。男の体に、ふわりとした優《やさ》しい風を纏《まと》わらせた。この魔法は風使いがよく使う、体の疲《つか》れを取ることができるものだ。

「おう！　にぃちゃん。ありがとうよ！　また奴隷が入用なときは、声をかけてくれ」

二度とこの男とは会いたくはない。

「2カ月に一度は、城下町の奴隷市場にいるからな！」

そういって、奴隷商人は止めてあった荷馬車に乗り込み、僕が歩いてきた方向へ去っていった。この先の村で宿を取るのだろう。馬と馬車に、魔物除《よ》けの魔道具がつけられていた。この道は、よく使われることもあり比較《ひかく》的安全だ。この辺りの魔物なら、この程度の道具で十分に役に立つ。

だから、僕も夜道を歩いて帰ろうと思っていたのだけれど……。

もう、微かにしか見えなくなった奴隷商人の男に向けて、ポツリと呟く。

「薬の効果は、1日後ぐらいですよ……」

僕は、男に風の魔法をかけるのと同時に、手に持っていた薬を彼の周りにまいたのだった。

無味無臭《むしゅう》のその薬は、奴隷商人の男の口や鼻から入り込み、1日後には腹痛で悩まされるというモノだ。特に使う予定はなかったけれど、本に載《の》っていたから調薬の練習で作っていた。

自分の感情はどうであれ、合法の商売に手を出すことはできない。だけど、このまま黙《だま》っているのは、腹の虫がおさまらなかった。子供を死にそうな目にあわせたんだ。心も体も傷ついた子供と比べれば……。本当に軽すぎる仕返しかもしれないけれど……。

腕《うで》に抱いた傷だらけの子供を見下ろしながら、一つため息をつく。

このまま歩いて帰ることはできないと判断し、子供の手当てができそうな場所を探すことにした。

僕の腕の中で意識を失っている子供に視線を落とす。確かに、腕の中にいるはずなのに、体重というものを感じさせないぐらい軽い。その理由は、考えたくもなかった。

野営できる場所を探し、魔法で結界を張る。外からは、僕達を認識できないようにしておいた。

道から外れているために人が来ることはないと思うけど、念のために。

鞄から毛布を取り出し、地面に敷《し》いてから、子供をその上に寝《ね》かせる。

完全に日が落ちる前に、野営の準備をする。火をおこし、そして光の魔法で結界内を照らした。

それから、毛布の上に寝ている獣人の子供の体を、診察《しんさつ》するように調べていく。

抱き上げたときの軽さからわかってはいたことだけど、子供はとても痩《や》せていた。

右手首が曲がって、固定されている。右足も、曲がって動かなくなっている。

暴力を振るわれ、折れたまま放置されたのだろうか？

これでは、歩くだけでも辛《つら》かったはずだ。走ることなど、絶対にできない状態だった。

右手も、これでは……物を持つことができない。

まだ幼い子供に、どうしてここまで酷《ひど》いことができるのだろうか？

怒りとも、哀《かな》しみともつかない感情を……ため息をつくことで外へと逃がす。

血に濡《ぬ》れた服を脱《ぬ》がし、怪我《けが》をしている個所《かしょ》を調べて、肋骨《あばらぼね》が浮きでるぐらいに痩せ細った体に、風の魔法をかけていく。

この世界の治癒《ちゆ》魔法である風の魔法は、万能《ばんのう》なモノではなかった。風使いの魔力量や魔法構築技術、魔法制御《せいぎょ》の腕によって差はある。差はあるが……できる治療《ちりょう》は限られているといってもいい。

例えば、怪我ならば、怪我をしたところの傷を塞《ふさ》ぎ、出血を止めることができる。

だけど、血を増やしたりすることはできないし、一度塞がった傷跡《きずあと》を消すことは難しい。

骨が折れても、すぐに治療すれば元通りにできる。だけど、骨が折れても治療せず、違う形で骨がついてしまえば元には戻せない。

病気にしても、自己治癒能力を高めることが主となっていた。疲労《ひろう》や体力を回復することはでき、ある程度の病気も治せるが……。風魔法で治らない病気は、魔法と薬の併用《へいよう》で治療をして完治を目指すようだった。


子供の体には……。あちらこちらに青あざがあり、鞭《むち》で打たれたような傷が無数についていた。

「……痛かっただろうな……」

静かな空間に、僕の呟きが響いて消えた。

なぜ、種族が違うという理由だけで、こんな扱《あつか》いができるのだろうかと考え、首を横に振った。

彼らは、人間でも同様に痛めつけることができるし、実験体にしてしまえる。

得るモノがあるならば……いや、なくても……。良心なんて、簡単に捨ててしまえるモノなんだ。

「……」

自分の思考に入りかけ、目の前の子供を見て、意識を切り替《か》えた。

今やるべきことは、怪我の治療だ。消せる傷は消していき、化膿《かのう》しているところも治療していく。

一通り治療してみたけれど……僕にできることは、あまりにも少ない。

時の魔法を解除し、仮死状態から復帰させる。規則正しい呼吸を取り戻し、ひとまず安堵《あんど》した。

体が冷えないように、子供に毛布を掛《か》けた。


さて……これからどうしたらいいのだろう？

可能なら、この子を親元に帰してあげたい。そのためには、この子が奴隷になった経緯《けいい》を知る必要があった。どこからさらわれてきたのか、親がどこに住んでいるのかが知りたかった。

「ごめんね。少し記憶《きおく》を探《さぐ》らせて……」

カイルが僕の記憶を見たのを思い出して、魔力を練り、時と闇を合わせた魔法を紡いだ。

子供の額に手を置いて魔法を発動し、この子の記憶の中に潜《もぐ》っていく。

その記憶の奥へ奥へと沈むたびに、自分の眉間《みけん》に皺《しわ》がよっていくのがわかった。


この子は、普通の人間の夫婦《ふうふ》の間に、獣人の特徴《とくちょう》を持って生まれてきたようだ。

両親のどちらかに、獣人族の血が入っていたのだろう。

先祖返りなど知らない二人は、この子を自分達の子供として育てることを放棄《ほうき》する。

父親は母親を責め、母親は子供を嫌悪して出ていった。

残った父親は、部屋の一室に子供を閉じ込め、この子を家畜《かちく》として育てた。

抱き上げることもなく……愛情を与《あた》えることもなく、淡々と飼育する。その方法は、牛や馬を育てるのと同じだ。いや、牛や馬のほうが大切に育てられている。ただ、救いといえるのかどうかはわからない。わからないけれど……暴力を振るわれることだけはなかった。

外の世界を知らず。食事も満足に与えられず。ただ、生かされているだけの毎日。

それでも……。その小さな世界しか知らない、この子供は……。

親とは知らなくても、自分の傍《かたわ》らにいる存在が好きだった……。

そんな生活が続き、ある日、部屋の外へとだされることになる。

最初は怯《おび》えていたようだった。だけど、光あふれる場所を見て、僕が知っている子供と比べ、表情は薄《うす》いがそれでも、目を輝《かがや》かせたんだ。まるで、子供が初めて外の世界に触《ふ》れた瞬間のように。あちらこちら薄汚《うすよご》れてはいたけれど……少年は確かに笑っていた……。

「金貨５枚だ」

「12枚。そいつを金にかえるためだけに、今日まで飼育してきたんだからな」

「７枚」

「10枚。これ以上は譲れん。だせないなら、別の奴に売る」

「仕方ない……。10枚で手を打とう」

その人物は、革袋《かわぶくろ》から金貨を取り出し、少年の父親に渡す。

少年は、その様子をじっと眺めていた。

そんな少年に、父親は一言「トアルガ」と告げてから、家の中へと戻っていった。

その後の少年の人生は……悲惨《ひさん》という言葉しか思い浮かばない。逃げようとして殴られ、蹴られ、首輪を締《し》められ虐待を受ける。売られたところで、反抗し隙《すき》をみて主人に怪我をさせる。

どれほど痛めつけても反抗することをやめない少年に、主人は恐怖《きょうふ》を覚えていく。主人が逆上して、殺されても不思議ではなかった。それでも、殺されずに奴隷商人に返品されていたのは……。

良心の呵責《かしやく》ではなく、ただ単に……慰謝《いしや》料と購入代金を取り戻すためだ。獣人族の少年は、高値で売買されるらしいから。死にかけでも金貨10枚……元気ならばその2倍あたりだろうか。

そのような繰《く》り返しで、この少年は奴隷として過ごしていく。

いつか、あの人が……迎《むか》えに来てくれるかもしれないと、心に期待を抱きながら。

だから、買われても反抗し、痛めつけられても屈《くつ》することはなかった。同じ獣人の奴隷の男に言葉を教わり、自分を売ったのが父親だと知り……。父親が、最後に自分に告げた言葉の意味がわかるまで……。この子は、信じて待っていたんだ……。

僕は、途中でこの少年の記憶を見るのをやめた。

もう十分だった。その結果が、今のこの状況《じようきよう》なのだから。

「……」

第三者の僕が、憤る権利などないのかもしれない。

この世界の人間ではない僕には、わからない理由があるのかもしれない。

それでも、怒りが胸にこみあげてくる……。

生まれてくる子供には、何の罪もないじゃないか……。

自分の姿が、どのような姿で生まれてくるかなど、自分で決めることなんてできないじゃないか。

自分がどんな状態で生まれてくることになるのかなんて、わからないじゃないか。

思わず噛《か》み締《し》めた唇《くちびる》を傷つけ、口の中に血の味が広がっていく。

少年の不自然に曲がった手足を見て、僕は……心の底から治したいと願った。

心の傷は、この少年が自分で癒《い》やしていくしかない。でも、せめて……体だけは健康な状態に戻してあげたい。物が持てるように。掴《つか》めるように。不自由しないように。自分の足で歩けるように。歩いても辛くないように……。この子がせめて、肉体的に自由になれたらいいと願う。

この子の体を癒やす力が欲《ほ》しいと、心から願う。

それは、もしかしたら、自分の過去を垣間見《かいまみ》ていたのかもしれない。

自分の思う通りに生きることができなかった、過去の自分と重ねていたのかもしれない。

「癒やせ……」

無意識にそう呟いていた。

目に見えない何かに導かれるかのように、自然と少年の胸辺りに手をあてる。

魔力とは違う何か。それが何なのかは、よくわからない。

無理やり言葉にするならば、生命力の塊《かたまり》のようなものだろうか……。

その塊が僕の魔力と混ざり合い、僕が望むモノへと変化していく。

少年の体が淡《あわ》く光り出す。少年が光を纏っていた時間はそう長くはなかった。

僕が望み、願った通りの結果を手繰《たぐ》り寄せる。それ以外の解などありはしない。

そんな僕の傲慢《ごうまん》な思考と共に、この瞬間……僕の能力が開花したのだった。

「僕の能力は、癒やしの力……か」

僕らしい力だといえば、僕らしいかもしれない。

怪我や病気、体の異常をすべて完治させることができる力。

能力が開花すると同時に、この能力の使い方を理解した。

できることとできないことが、自然と理解できた。


僕の前でいまだに眠《ねむ》っている少年の曲がっていた手足は、完全に治っていた。

体にあった無数の痣《あざ》や傷も、すべて綺麗《きれい》に消えていた。

万能な力だと思う。権力者に知られたら追い回されることが、容易に予想できる……。

カイルと出会う前の自分を思い出し、背中に冷たい汗《あせ》が流れる。

二度と、二度と……あのような場所には囚《とら》われない……。

緊張《きんちょう》と恐怖を逃がすように、深く息を吸ってはきだす。

今の僕なら大丈夫《だいじょうぶ》。僕の自由を奪《うば》いにきても、返り討《う》ちにすることができる。

僕にはその力があると、自分にいい聞かせた。

嫌な思考を追い払うように、少年を見る。

まだ、しばらく目を覚ましそうにない彼を眺めて、これから何が必要かを考える。

「んー。まずは食事？　お腹《なか》をすかせているだろうし……」

体は治っているはずだから、何を食べても大丈夫だとは思う。でも、ここは基本に従って、胃を労《いたわ》る食事のほうがいいだろうか？　胃を労る食事……。ここで作るとしたらシチューあたりかな……。

鞄の中身を思い出し、材料が足りないことに気が付く。

少年の服も必要だし、一度、城下町へ戻ることに決めた。

お店が開いているか、微妙《びみょう》な時間だけど……何とかなるだろう。

その後に、少年を休ませる場所のことも考える。

僕の部屋はギルドの宿舎なので、ギルドに登録している人間しか入れない。転移で連れていくことはできるけど、見つかったときの説明が難しい。

しかたない。必要な物だけ購入して、今日はここでこのまま野営しよう。

買い物のリストを頭の中でつくり、抜《ぬ》け落ちている物がないかを確認する。

結界を少し強化し、僕しか出入りできないようにしてから、魔法を使い転移した。

一瞬で城下町に移動し、お店を閉め始めたところをお願いして衣類を買わせてもらった。

その後、食料を購入し必要な物を揃《そろ》え、少年がいる場所へまた転移したのだった。


城下町から転移で戻ると、寝ていたはずの少年がいなかった……。

結界の外には出ることができないから、魔物に襲われたということはない。大丈夫だとは思うけれど……。意識を集中させ、魔法で少年を捜《さが》した。すぐに気配をとらえそちらへ歩いていくと、少年は……見えない結界の壁《かべ》に、必死に爪《つめ》を立てていた。多分、逃げようとしているのだと思う。

わざと音を立てて歩き、少年へと近づく。

少年は僕の足音に気が付き、結界から飛びのいて、戦闘《せんとう》態勢に入り僕を睨む。

頭の上にある耳をピンとたて、尻尾《しっぽ》も逆立てて精一杯《せいいっぱい》、僕を威嚇《いかく》していた。

髪《かみ》の色は汚れていて、はっきりとはわからない。

僕を睨んでいる瞳《ひとみ》は、左右で色が違った。右目が淡い蒼《あお》色で左目が淡い菫《すみれ》色だ。右目は、記憶の中では白色だった。おそらく、病気で白くなっていたのを能力で癒やした結果、本来の色に戻ったのだろう。なんの病気だったのかは、今の僕にはわからなかった。

かっこいいというよりは、可愛い部類に入る顔立ちだと思う。

死にかけていたとは思えない様子で立っているが、体の線が細く、栄養不足もあり、足に力が入っていない。必死に戦闘態勢を保《たも》ってはいるが……足元がフラフラと揺《ゆ》れている。どうやって声をかけようか悩んでいると、目を吊り上げながら少年が声を出した。

「おまえ、おれ、かった、のか？」

片言で話しかけてはきたけれど、僕に対する警戒は解いていない。

とりあえず会話ができそうだと……内心安堵した。

だけど、どうして片言なんだろうかと思案する。

彼の記憶の中では、少年に言葉を教えていた人と会話ができていた。

共通語ではなく、獣人語だった？　いや違う……。

途中で記憶を見るのをやめたのは、失敗だったかもしれない……。

「共通語は苦手？　僕は他の言葉も話せるよ」

僕が見ることをやめた少年の人生の中で、獣人語を教えてもらっているかもしれないと淡い期待を込め、少年に告げた。

「この、ことば、しか、しらない」

他の言葉は、知らないか……。


少年の言葉が片言な理由を考え、ふと、その理由に思い至る。

そうか……言葉というのは、使わないと忘れていくモノだから……。

カイルも自分に魔法をかけていた。僕達の故郷の言葉を忘れないように。

深く深く……自分自身に魔法を刻んでいたんだ。

もしかしたら、花井《はない》さんが先に刻んでいたのかもしれないけれど。

その魔法は、僕にも受け継《つ》がれている……。

誰とも心を通わせることができない孤独《こどく》。それは……。僕の心が暗く沈んでいく。

僕が何もいわなくなったことに少年が焦《じ》れたのか、何か誤解を与えたのかもしれない。少年が堰《せき》を切ったように、片言で話しだす。彼の言葉の意味を誤ることなく理解するために、彼に魔法をかける。少年が心に思ったことが僕に届くように、心話の魔法を一時的にかけることにした。


「おれ、へんか?」

(人間の姿じゃない俺は、そんなに変か?)

「すがた、うまれたくない」

(こんな姿に、生まれたくて生まれたわけじゃない!)

「おれ、わるくないのに」

(俺のせいじゃないのに！)

「おれ、すがた、だれだ？」

(誰が、俺をこんな姿にしたんだ⁉)

「おれ、だれにくむ？」

(俺は、誰を憎《にく》めばいい？)

「かあちゃんか？」

(俺を産んだ、かあちゃんか⁉)

「とうちゃんか？」

(俺を売った、とうちゃんか⁉)

「おれ、きらう、にんげんか！」

(俺を嫌《きら》う人間か⁉)


慟哭《どうこく》だと思った……。少年は、涙《なみだ》を流してはいない。

だけど、少年が片言で淡々と告げる言葉とは裏腹に、彼の心の中では泣き叫んでいる。

辛い、寂《さび》しい、怖《こわ》い、悔《くや》しい、助けて、助けて、誰か助けて！

彼の心は傷だらけで、叫ぶ度《たび》に少年の心が血の涙を流しているかのように思えた……。

人と人の間に生まれながら、獣人としての血が濃《こ》くでてしまった少年。

自分が嫌いで、人が嫌いで、そんな自分に、人に嫌われる自分に、誰がしたのか……。

その疑問はずっと心の中にあり、なぜ自分がという想いもあったのだろう。

自分の意思で変えられないモノを責められても、自分ではどうしようもないのに……。

自分ではどうすることもできない憤りは、僕にも経験のあることだった。

『なぜ、なぜこんな体に生まれたの⁉』

親族に心無いことをいわれ、傷ついた子供の頃《ころ》……。

『好きで、こんな体に生まれてきたんじゃないのに‼』

拳を握って、そう叫ぶ僕に……母はなんといってくれてたかな……。

僕は、少年に近づこうとして一歩足を踏み出した。それが合図になったのか、少年が僕に攻撃《こうげき》を仕掛けてくる。痩せこけて体力のない体にしては、向かってくる動きが速かった。

少年の攻撃をかわすことはせず、そのまま受けるが、僕の体は傷つかない。

そのまま少年の腕を掴み、放さなかった。

少年は逃げることも忘れて、唖然《あぜん》として僕を凝視《ぎょうし》する。

見開かれた目が、ゆっくりと恐怖に彩《いろど》られていくのを僕は見ていた……。

今までの人間は、その強力な爪で傷つけることができていたんだろう。

傷つけていたのは、深い意味はなく、彼の怒りや恐《おそ》れからくるものだったのだと思う。

しかし僕には通じず、恐怖に囚われた少年の体が震《ふる》えだし、膝《ひざ》をついた。

怯《ひる》まない相手だと知り、心が折れたのかもしれない。

ガタガタと震えの止まらない少年が、逃げることも生きることも諦《あきら》めたように座り込んだ……。

「……せ」

呟くように、何かをいう少年。

「……ろせ」

その声に、耳を傾ける。

「ころせ！」

少年の言葉に、僕は息をのんだ……。

少年の腕を掴んだまま、僕は茫然《ぼうぜん》としてこの子を見ていた。絶望と恐怖につかまってしまった心は、恐慌《きょうこう》をおこしている。唯々《ただただ》……彼は殺せと繰り返す。

この子の……今の姿は……僕の……。


何かを告げても、その言葉はこの子には届かない。

すべてを諦めてしまった心に、光はささないから。

『刹那《せつな》……』

母の声が、僕を呼んだ気がした。

そうだ。母は何もいわなかった。

ただ、泣いて喚く子供の僕を抱きしめて……僕の側《そば》にいてくれたんだ。

僕の、痛みや哀しみが通り過ぎるまで……ずっと。

僕は一度、少年の腕を放し、殺せと呟き続ける少年の前に膝をついた。そして、すべてを諦めてしまった少年をゆっくりと抱きしめた。僕が子供の頃、そうしてもらったのと同じように。優しく抱きしめてもらった、子供の頃を思い出しながら。

僕の行動に、少年は体を大きく震わせ、全身に力が入る。

僕はその緊張を解くように、ゆっくりと少年の背中を撫《な》でていた。

ゆっくり、ゆっくり、少年の感情を宥《なだ》めるように。恐怖に囚われたこの子の震えが止まるまで。

その時間が長かったのか、短かったのかはわからない。少年の体の震えが止まり、少し身じろぎをした。それを合図に、僕は少年から少し距離を取り、彼の目を見ながら小さな声を聞かせる。

「落ち着いた？」

僕の問いに、少年はじっと僕を見つめているだけで、返事はしない。警戒心は残っているようで、僕の一挙一動に注意を払っているのがわかる。多分、別の意味で混乱しているのかもしれない……。

だけど、僕に向けられる敵意は消えていた。


先程、この小さな体から振り絞《しぼ》るように叫んでいた少年の疑問に、僕は答えていく。

少しでも、この子の心を縛《しば》る鎖《くさり》を緩めることができたらいいと思うから。

「僕は、誰が君の姿を決めたのかはわからない」

少年の体に緊張が走り、僕から視線を逸《そ》らし俯《うつむ》いた。

「わからないけれど、僕は君の姿が変だとは思わなかった」

僕の言葉に、彼は、思わずといった感じで顔を上げる。

「君は、君の姿が嫌いなのかもしれない」

「……」

「だけど僕は、君の姿を可愛いと思いはするけれど、嫌いだとは思わないよ」

僕をみる少年の目は、複雑な色を宿していた。僕と視線が交わり、少年はすぐに目を逸らす。そして、俯き、少し怯えながら言葉をこぼした。

「おれ、め、ちがう。きもちわるい？」

あぁ、左右の目の色が違うから……。

僕がかけた、心話の魔法は切れているようだ。

今のところ困らないから、このままでいいかな。

目のことを聞くということは、誰かから、気持ち悪いといわれたのだろうか。

少年と視線は合わないけれど、彼を見ながら口を開く。

「蒼色の目も菫色の目も、とても綺麗だと思う。左の目の色は僕と一緒《いっしょ》だね」

少年は、恐る恐る顔を上げて、僕と視線を合わせる。

僕の言葉が本心なのかを確かめるように、じっと僕の目を覗《のぞ》きこんだ。偽《いつわ》りはないのか、手を伸《の》ばしていいのかを葛藤しているようにも見えた。猜疑《さいぎ》と不信と少しの希望……。

この子は、不条理と理不尽《りふじん》がはびこるこの世界で、独りでは生きていけないことを知っている。

唯々諾々《いいだくだく》と人に従い、媚《こ》びたほうが楽に生きられたことも、おそらく知っているのだろう。

それでも、それを選ばなかった。子供にも矜持《きょうじ》はあるのだから……。

この子は殺されかけても、自分の中にある矜持を守り通したんだ。

だけど、今現在、自分に選択肢がないことも……この子は、きっとわかっている。

だから、僕を見て、見極《みきわ》めて、折れてもいい理由を探しているのかもしれない。

生きるために……。

少年の天秤《てんびん》が……一方に傾くのを、僕は黙って待つつもりでいた。

この子の心が、折れることを納得《なっとく》できるまで、待つつもりでいたんだ……。

だけど、あまりにも僕をじっと見つめるものだから……。思わず苦笑《くしょう》してしまった。僕のその表情に、何を想ったんだろうか。驚いたように目を丸くして、数回瞬《まばた》きをした。

そして次の瞬間、少年の瞳が揺らぎ、蒼と菫色の瞳から次々と涙がこぼれ落ちていく……。

それがきっかけになったのか、張りつめていた糸が切れたように、声を上げて泣き出した。

すべての感情を、はきだすように……。

奴隷商人に殴られても、蹴られてもうめき声一つ上げずに耐《た》えていた。

最後まで、逃げようとしていた。生きることを諦めていなかった心の強い子供。

僕は、必死に泣く少年をもう一度抱きしめた……。


思う存分泣いて、少し心が落ち着いたらしい。

涙が止まったのか、少年は自分から体を離《はな》し、僕の顔を見上げる。

その目にはもう、警戒も敵意も浮かんでいない。

彼の中で、何かしらの折り合いがついたのかもしれない。

「おれ、どうなる？」

自分の行く末をたずねる言葉に、どう答えようかと悩む。

そして、出した答えは、国の保護施設《しせつ》に預けることだった。人とは違う種族の子供達を保護するための場所。ガーディルにも、そういった場所はあるようだ。

だけど、ガーディルの施設は本当に……保護施設なのだろうか？

ガーディルは奴隷制を法律で認めているので、獣人には最悪の国だ。保護施設をうたってはいるけど、いまいち信憑性《しんぴょうせい》に欠ける。僕は、ガーディルが心の奥底《おくそこ》から嫌いだし、信用もしていない。

なので違う国の施設に、少年を預けようと思った。どこがいいかは、マスターに聞くことにしよう。

「そうだね、君みたいな子供を保護してくれる場所がある。この国は信用できないから、僕が……」

違う国に連れていくと告げようとする途中で、話を遮《さえぎ》るように少年が叫んだ。

「いやだ！」

少年が僕の腕を掴み、必死にいい募る。

「おれ、おまえ、と、いしょ、いたい」

少年は自分の行動に驚き、そして少しだけ怯えてから僕から手を離した。居心地《いごこち》が悪そうに身じろぎし、自分の手を首に持っていく。その手に奴隷の首輪がさわり、ハッとして僕を見た。

「おれ、おまえ、どれい、そば、はたらく」

断られないと、確信を得たような顔で僕を見る少年に、今度は僕が驚いた。

さっきまで警戒し、敵意をむけていた僕への警戒を解いたのは、それしか選択肢がないからだと思っていた。涙の理由は、悔しさも混ざっていると思っていた。

だから、得体の知れない僕と一緒にいたいと、僕の奴隷になりたいと告げるとは考えてもいなかった。なので、僕は、驚きすぎて熟考することなくそのまま返してしまったんだ……。

「僕は、奴隷はいらない」

僕の言葉に、首輪をさわっていた少年の手がぱたりと落ちる。

彼は目に涙を浮かべ、拳を握りしめていた……。その落ち込みように、言い方を間違ったのだと気が付く。だけど、この少年にここまで懐《なつ》かれる理由がわからなかった。


俯き、顔色をなくし、立ち尽《つ》くしている少年。

少しでも動けば、すべてが壊《こわ》れるとでもいうように……身じろぎひとつしない。

その姿を見て、彼の真意を考えて、小さなため息がこぼれ落ちた……。

あぁ、そうか。僕と同じなんだ。

人間が嫌いだろうに、人間である僕と一緒にいたいと思うほど、この少年の心は孤独で満たされていたんだ。

この世界に、誰一人……味方がいない孤独。その孤独を、僕は誰よりも知っている……。

この少年が、僕と一緒にいたいという気持ちは本心からの言葉だった。

猜疑とか、不信とか、矜持とか、生きるためだとか、選択肢がないからではなく。

僕と一緒にいたいと思ってくれたんだ。

孤独をわかってくれる。自分を自分として見てくれる。自分に笑いかけてくれたから……。

それがどれほど嬉《うれ》しいことか……僕にも覚えがあるじゃないか。

そんな人に出会ったら……共にいたいと思うのは当然のことだ。

この少年の気持ちは、痛いほどわかった。

だけど……。

正直、今の僕は、自分のことも満足にできているのかわからない。生活は、何とかできるようになった。その生活基盤《きばん》を、僕はつくっている最中だ。そんな僕に果たして……。

この子を守り、育てていくことができるだろうか？

自問自答をしている僕の耳に……微かに聞こえる音。

「おいて、いか、ないで……」

僕に届くか届かないかの、小さな声。

祈《いの》るように呟かれたその願いに、僕は顔を上げた。

少年の足元の地面は、涙でぬれている……。

この一言に、この子はどれほどの想いと勇気をこめたんだろう。


無理だと思った。

僕には、この少年の手は放せない。

僕と……似たような境遇《きょうぐう》のこの子を……僕は見捨てることなどできない。

それが、同情だと、偽善《ぎぜん》だと、知っていても。

今、この少年にとって、掴むことができる手は僕の手だけ。

僕の手を取りたいと、願ってくれたんだ。

僕にもできるだろうか？

カイルが、僕に人生を与えてくれたように……。

僕は、この少年の導《しるべ》となれるだろうか？

「僕は、奴隷はいらない」

２度目の言葉に少年が体を揺らすが、顔を上げることはできない。

そんな少年を見て、僕は覚悟《かくご》を決めた。

命を預かり育てることになる。中途半端《ちゅうとはんぱ》は許されない。この子が成人し、一人でも生きていけるようになるまで。僕は、この少年を守り育てていく。そう決めた。

心が定まれば……。

「奴隷はいらないけど、僕は魔法の研究を手伝ってくれる助手を探しているんだ」

少年が寝かせていた耳を微かに動かして、こちらへと向けた。

「そうだな。僕の弟子《でし》？　どこかに、可愛い耳と可愛い尻尾を持っている子がいるといいんだけど」

僕の言葉を理解すると同時に、少年が勢いよく顔を上げた。

頭の上にある耳を忙《せわ》しなく動かし、尻尾はパタパタと揺れていた。

「おれ、おれ、する」

僕と視線を合わせて、意志の宿った目で僕を見た。

「おれ、じょしゅする」

僕の腕を先程より強く握り、必死に助手をすると告げる。

「おまえ、おれ、ししょ？」

そうたずねる少年に、僕は首を傾《かし》げる。

ししょ？　司書……？　何の関係が？

「司書？」

「ししょ。でし、なったら、ししょいう」

あぁ。彼のいいたかったことを理解する。

「師匠《ししょう》ね」

「ししょう」

僕の発音を真似《まね》して、何度か呟いている。

「よく、そんな言葉を知っていたね」

「まえ、かいぬし、いってた」

「……」

少年の言葉に奴隷生活が垣間見えたから、この子にそんなことを思い出させたくなくて、僕は話題を変えることにした。

少し考え、お互《たが》いの名前も知らないままだったことを思い出し、僕の名前を少年に告げてみた。

「そうだ。自己紹介《しょうかい》がまだだったね。僕の名前はセツナ。覚えてくれると嬉しいな。師匠でも、セツナでも、君が呼びたいように呼んでくれたらいいからね」

「ししょう、いう」

少年は頷いて、真面目《まじめ》な顔で返事をしてくれた。

その様子に、少し笑みがこぼれた。

さて……。

彼の記憶を見て、親から名前をもらっていないことは知っている。こうなると、途中で記憶を見るのをやめたことが悔《く》やまれた。僕が見ることをやめた記憶の中で、名前をもらっているかもしれないし、いないかもしれない。内心ため息をつきながら、少年に問う。

「君は？　君の名前はなんていうの？」

そうたずねる僕に、少年の表情が消え、僕から視線を外してポツリと呟いた。

「トアルガ……」

少年は、俯いて顔を上げない。嬉しそうに揺れていた尻尾も、完全に動きを止めた。

やっぱり、最後まで記憶を見ておくべきだったと少し前の自分を呪《のろ》った。

一度口から出た言葉は取り消せはしない。罪悪感を押し隠して口を開く。

「それは、名前じゃないよ」

「……そう、よばれた」

「それは、君の名前じゃない」

化け物という意味の言葉が名前だなんて、僕は認めない。

強く否定する僕に、少年は耳を寝かせながら肩《かた》を震わせた。


名前……。名前か。名前と考えていると、鏡花《きようか》の言葉が頭の中に蘇《よみがえ》る。

『おにーちゃん。名前はねー。親がくれる初めてのプレゼントなんだって、知ってた？』

嬉しそうに話す、鏡花の顔が浮かぶ。

確か、鏡花の学校の宿題で、自分の名前の意味を両親から聞いてくる。

そんな課題だったような気がする。

プレゼントか……。僕は、うなだれている少年を見つめながら考える。

この子に相応《ふさわ》しい名前は何だろう？

いくつか候補を挙げ、この世界でも違和《いわ》感のない音を選択していく。

そして、その中から一つに絞った。

「そうだな……。君は僕の弟子になったから、僕から最初の贈《おく》り物をあげようか」

「贈り物？」

少年がゆっくりと顔を上げ、不安そうに僕を見上げる。

僕と少年の視線が重なった。

「そう。僕から君に、最初の贈り物。受け取ってくれる？」

「うん」

贈り物という言葉は、知っていたようだ。

パタパタと左右に揺れる尻尾に期待されていることがわかる。

「アルト」

「あると？」

「そう。君の名前は、アルト。僕の初めての弟子で僕の助手だ」

少年は、まだ理解できていないのか、キョトンとした顔で僕を見ていた。

視線を少し落とすと、奴隷の首輪が目に映る。忌々《いまいま》しい首輪に、ゆっくりと指を伸ばして触れる。

僕が指を伸ばしたことで、少年は一瞬身を引こうとするがぐっと耐えた。

いい子だ……。

指が触れたところから過剰《かじょう》なほどの魔力を流し、奴隷の首輪を粉々に破壊《はかい》した。

これで、アルトを縛るモノはもう何もない。


自分の足元に落ちた、粉々になった首輪を見て、アルトの目が大きく見開かれる。

そして、おずおずと顔を上げて僕を凝視した。

「今日から、よろしくね。アルト」

「なまえ?」

「そう。アルトが君の名前」

「……あると、おれ、の、なまえ」

小さく、何度も何度も自分の名前を呟き、そして僕に、照れたような笑みを見せてくれた。

アルトの笑みを目にして、もっと楽しそうに笑う姿を見てみたいと自然に思えた。

「おれの、なまえ!　はじめて、の、おくりもの!」

嬉しいと告げる笑顔と、極限まで寝かせた耳……。

そして一生懸命《いっしょうけんめい》振られている尻尾に、喜びが溢《あふ》れている。

その姿を見て、可愛いと思ってしまったのは……。

師匠というより、親バカの第一歩だったのかもしれない。

自分の名前や壊れた首輪に、先程とは違う意味で、アルトが落ち着くのを待っていた。アルトを弟子にすることに決め、僕とアルトはこれから共に生きていくことになる。

何をすればいいのだろうと考え、やることが多すぎて内心で途方《とほう》に暮れる。考え方を変えて、何からしなければならないかを考えていくことにした。アルトをじっと見ていると、アルトが首を少し傾げて僕を見る。その姿を見て、まずは……アルトの体から汚れと臭《にお》いを落とすことだと思った。お風呂《ふろ》に入れよう。ついでに僕もお風呂に入りたい……。ちなみに、ガーディルにもお風呂はあり、生活に密着し浸透《しんとう》している。逆に魔道具があるので、お湯を入れるのも、排水《はいすい》するのも一瞬で終わり、すごく便利に発達していた。

余談だけど、この世界の文明は、日本と比べ、進んでいる面もあれば、遅《おく》れている面もある。この辺りは元の世界でも国によって色々な格差があったのだから、当然のことなのだろう。まぁ、元の世界のことも知識でしか知らない僕が、そんなことを語るのはおこがましいかもしれないけれど。

「アルト、お風呂に入ろう」

「おふろ?」

「そう」

首を傾げて、お風呂が何かを考えているアルトを抱き上げる。

抱き上げられたことに驚き、自分と僕を見比べてオロオロした後、僕の腕から下りようともがいた。

「アルト？　足を怪我しているでしょう？　じっとしていてね」

すべての怪我を治したのに、裸足《はだし》で歩き回っていたせいか、小さな傷をたくさん作っていた。

「ししょう、よごれる」

「ん？」

「ふく、よごれる。おれ、きたない……」

アルトは、奴隷商人に「汚いから、近寄るな」といわれていた。だから、僕が汚れることを気にしたのだろう。

「気にしなくてもいいよ。汚れたら、着替えればいい。それに、どうせお風呂に入るからね」

今からお風呂に入るのだ、気にすることはないと、腕から下りようとするアルトを抱え直す。軽く頭を撫でると、猫《ねこ》が硬直《こうちょく》するような感じで大人しくなった。急に大人しくなったことを不思議に思いながらも、水場まで歩く。

そこで、アルトを下ろしてから、風の魔法で傷を治療した。僕のやることを興味深そうに見つめながら、じっとしている。その様子が、幼い頃の鏡花に似ていて……。少し懐かしい感じがした。

傷の治療を終え、アルトの汚れを落とすためと、自分のためにお風呂を作ることにする。

ドラム缶《かん》でも作ろうかと思ったけど、なんとなく……鞄の中に入っていそうな気がする。

なので、鞄に手を入れ、冗談《じょうだん》半分で探してみた……。浴槽《よくそう》を……。

「……」

手の中に、何かの角と思われるものを掴んだ。やっぱりあった。それを引っ張り出すと、鞄から出てきたものは……。大人3人は入れるんじゃないかと思われる、檜《ひのき》でできた浴槽だった。

この世界にも、あったんだ……檜。え？　あるの？

「……」

「……」

いや、違う。問題はそこじゃない。非常識にもほどがある。

大きさも、重さも、それなりにあるものを、片手で出すことができる僕にも驚くが……。

檜の浴槽を作って、それを鞄に入れておくカイルが、おかしい。

アルトに至っては、こぼれ落ちそうなぐらい目を見開いて、浴槽を凝視していた。どう考えても、あの鞄からこんな大きなものが出てくるとは思えない。僕も思わなかったし、驚いた。だから、アルトが驚愕《きょうがく》しているのも無理はない。僕は、一つため息をつきながら、湖から魔法で水を浴槽に移す。

水魔法で水をださなかったのは気分の問題。程よくたまったら、火の魔法を使いお湯にした。いい感じで湯気が立っている。温度を調べてみても丁度いいと思う。気持ちよさそうだ……。

「さぁ、アルト。お風呂ができたよ。一緒に入ろう」

お風呂ができたことを告げながら、振り向くと、アルトは顔色をなくして震えていた。

え……？　何が怖かったのだろう。浴槽を出したこと？

アルトが怯えている理由がわからない。

「アルト？」

その理由が知りたくて名前を呼ぶと、アルトが震えながら呟く。

「なべ？」

「え？　鍋《なべ》？」

そんなものは何処《どこ》にもない。

「おれ、しぬ⁉」

「え？　ええ⁇」

鍋？　なぜ鍋……？

アルトとお風呂と鍋。その繋《つな》がりを考え、お風呂の湯気を見て答えにたどりつく。奴隷の時にアルトがお風呂に入っている記憶はなかった。だとすると、お湯に入るのが初めてなのか。確かに、お風呂に入るにはそれだけお金がかかるのだから、奴隷を入れようとは考えないだろう。

「アルト、鍋じゃないし死なないよ。入ると、とても気持ちがいいよ。おいで」

僕が呼んでも警戒して、そばに来ようとしない。

無理やり入れても怯えるだけだろうし、無理なら魔法で綺麗にしよう。

とりあえず僕が先に入って安全だとわかれば、そばに来るかもしれない。

「はぁ……。最高だ……」

思わずそう呟いてしまう。本当に、最高だった。

初めての露天《ろてん》風呂。

温泉じゃないのは残念だけど……湖の水だし、それっぽいはず。結界を張っていないと魔物が襲ってくるけれど、気にしない。僕は、いま自然豊かな場所で露天風呂を楽しんでいる。

僕が気持ちよさそうに入っているのを見て、アルトが恐る恐る近づいてきた。

それでも、まだ悩んでいるアルトを呼ぶ。

「アルトおいで」

僕のそばにきたアルトが、僕とお湯を交互《こうご》に見てから、そっと手を入れる。

お湯がそんなに熱くないことがわかると、少し緊張を解いた。

「お湯をかけてもいい？」

僕の問いに、アルトは不安そうに僕を見ながらも頷く。

アルトに、ゆっくりとお湯をかけていく。

少し体を強張《こわば》らせたけど、逃げることはなくじっと固まっていた。

どこか……お風呂に入れられている犬っぽい。

「アルト、頭の泥《どろ》を落として洗っていくから、耳の中にお湯が入らないようにして、目をつぶってくれる？」

僕がそう告げると、どこか不安そうにしながらも耳をペタリと寝かせ、目をぎゅっとつぶる。

尻尾がフルフルと震えて……緊張を物語っていた。

その動きが……。やっぱり、犬を連想させて可哀想《かわいそう》可愛い？

アルトが、動物ではなく獣人だということも理解しているし知っている。

だけど、初めて付き合うことになる種族だ。元の世界には、存在してもいなかった。だから、正直どう接するのが正しいのかわからない。わからないから、カイルと花井さんの記憶を調べてみた。

でも、特に何も考えていなかった。なら、僕らしく付き合っていくしかないと考えたんだ。

動物的特徴を備えているのだから、色々と連想してしまっても仕方がないだろう。

そう思い、僕は割り切ることにした。開き直ったわけでは決してない。

フルフルと震えているアルトの頭に、ゆっくりとお湯をかけてく。

まずは、お湯で汚れを落としていく。怪我はもう癒えているから、痛みはないはずだ。

ある程度汚れが落ちたら、今度は石鹸《せっけん》で頭を洗うことを何度か繰り返した。

石鹸の泡《あわ》を綺麗に流し終わり、アルトを見ると少し涙目になっていた。

「アルトもういいよ。頑張《がんば》ったね」

アルトの頭を軽く撫でて労《ねぎら》うと。やっぱり人に慣れかけた猫のように固まった。

そんなアルトに苦笑して、今度は体を洗っていく。

こそばゆいのか、逃げようとするアルトを捕《つか》まえながら洗っていった。

「ほら、逃げない」

一度では汚れが落ちなかったので、もう一度洗おうとすると、自分で洗うといい出す。

そうとう、くすぐったいらしい。石鹸を一生懸命泡立て、体を洗っているアルトから視線を外す。

アルトは、僕の言動に注視し、覚えようと一生懸命だった。今も、僕が石鹸をどのように使うかを見て覚えた。そんなアルトに、肩の力を抜いても大丈夫だと、焦《あせ》らなくてもいいからと、声をかけそうになって思いとどまった。

僕がそう伝えてしまえば、きっとアルトは混乱してしまうから、今は、アルトの好きなように……。

そして、僕との生活に慣れてきたら伝えようと思う。

体を洗い終わったアルトを、湯船の中に入れる。お湯に入る瞬間は緊張していたようだけど、入ってしまうと案外気に入ったのかもしれない。耳を寝かせ、大人しくお湯につかっている。

日は完全に落ち、今は光の魔法で周りをやわらかく照らしている。

少し幻想《げんそう》的な風景に目を奪われながら、僕はアルトに話しかけた。

「アルトの髪の色は、薄い天色《あま》なんだね。右目と同じ青系だね」

「え?」

僕の言葉に、アルトが、きょとんとした表情で僕を見ていた。

「おれ、め、しろ」

先程、目の色が蒼色だということを告げたのは、アルトの中ではなかったことになっていた。

「あお、ちがう」

不思議そうに僕を見るアルトに、水の魔法で水鏡をつくり、今のアルトの姿を見せると、こぼれ落ちるかと思うほど目を丸くして、水鏡の中の自分を見ていた。

「な、なんで!」

耳も尻尾もその表情も、体全体で驚きを表現しているアルトが可愛い。そんなアルトに、僕が推測したことを簡単に説明すると、ほとんど理解していないようだったけど、納得はできたようだった。どうせなら両目とも同じ色ならよかったのに、というような言葉を呟いていたけれど……。

汚れが落ちたアルトは、数段可愛くなっていた。やはり、かっこいいより可愛い部類に入る。

まぁ、女の子に間違われることはないとは思う。

優しげな澄《す》んだ天色の髪に、左右色の違う神秘的な瞳。子供特有の可愛らしさとあいまって……。

愛玩動物として、手に入れようとする人間が出てきても不思議ではない。

アルトを奴隷商人から守る術《すべ》も考えなければいけない。

そのようなことをつらつらと考えていると、アルトが僕を呼ぶ声が聞こえた。

「ししょう」

「ん？」

僕が黙っているので、不安にさせてしまったらしい。

そんなアルトに、僕は視線を合わせて静かにたずねる。

「アルトは、これから何がしたい？」

「したい？」

「そう。僕はね、世界を旅して色々なものを見ようと思っているんだ」

「せかい」

「うん。だから、僕と一緒に居るということは、様々な国に行くことになる。アルトが、僕と一緒に居たいと思ってくれることは嬉しい」

「……」

「だけど、アルトが違うことをしたくて、旅をするのが嫌だと思うのなら、僕はアルトがやりたいことをできるようにしてあげる」

「おれ、ししょうといっしょ。たびする」

僕がそれ以上、何かを告げる前に、アルトが必死にいい募る。その様子に少し胸が痛んだ。

「アルト、僕と一緒に来てはいけないといっているわけではないんだよ。僕が旅をしたいように、アルトもなにかしたいことがないかなと思ったんだ」

僕の言葉を、アルトは一生懸命考えていた。だけど、答えが出ないのか、うなだれてしまった。

そんなアルトに、僕はゆっくりと言葉を紡いでいく。

「今、やりたいことやしたいことが見つからなくても、いいと思うんだよ」

うなだれてはいるけれど、アルトの耳はずっと僕の方を向いている。

「今、見つからないのなら……。アルトが、やりたいことを見つけるために、旅をしてもいいと思うんだ」

「おれ、べんきょう？　したい」

「……」

「でし、べんきょうする、はなしてた」

会話することに少しずつ慣れてきたのか、文章になってきている。

「おれ、ししょうと、たびして、べんきょうしたい」

勉強か……。僕の目を見て真剣に訴《うった》えるアルトに、僕も真っ直《ます》ぐにアルトを見て返事をする。

アルトに勉強の意味を伝え、アルトが考えていた意味とあっているか確認を取った。

アルトは少し首を傾げてから、頷いた。

「僕は、アルトに勉強を教えることができる」

「はい」

「だけど、アルト。僕は厳しいよ？　旅の途中で勉強を投げ出そうとしても、僕はそれを許さないかもしれない」

僕は、まだ幼いアルトに真剣にたずねる。

これが最後の確認だ。

「それでも……。僕の弟子になる?」

アルトが、僕と共に生きていくことを本当に選ぶのなら……。

優しくしてくれた人だからとか、ただ一緒に居たいから、という気持ちの延長で弟子になって欲しくはなかった。弟子になったから旅をするのではなく、将来、彼の生きる糧《かて》となるように、目的を決めて、僕と共にいるほうがいいと思ったんだ。幼いアルトには難しい内容だろう。それでも、伝えたかった。アルトの人生をアルトらしく歩けるように。

僕《人間》といることで、アルトが傷つくこともあると思う。辛い思いも、苦しい思いもするかもしれない。そんな時に、心が折れることがないように。それを共に乗り越《こ》えることができるように……。

僕は、アルトに僕の弟子でいる覚悟を求めた。


僕の真剣な様子に、アルトは少し怯えたような様子を見せたが、視線を逸らすことはなかった。

「おれは……」

アルトが、必死に色々と考えているのが手に取るようにわかる。

そして、考えて、考えて……答えを出したこともわかった。

僕は……。アルトが、確固とした意志をその目に宿す瞬間を見た。

「ししょう」

アルトが拳を握ったのか、僕達の周りのお湯が揺れた。

「うん」

「おれを、でしに、してください」

僕の問いに、即答《そくとう》することなく。

僕の言葉の意味を理解し、僕の告げたことを真剣に考え、そして自分の答えを導き出した。

それは、とても尊いモノだと思った。アルトの覚悟を僕は確かに受け取った。

「うん、わかったよ。しっかり僕のそばで勉強するように」

「はい、ししょう」

真面目に頷くアルトの返事と同時に、アルトのお腹が鳴る。

少し泣きそうな顔で、自分のお腹を見るその様子が可愛くて、笑ってしまう。

体も十分温まった。これ以上入っていると、のぼせるかもしれない。

「お腹すいた？」

「……」

僕の言葉に、アルトは返事をしなかった。いや、できなかったんだろうな……。

「お風呂からあがってご飯にしようか」

返事はないけれど、ご飯という言葉に、アルトの尻尾が緩く揺れた。

大きなタオルでアルトを包み、買ってきた下着や服そして靴《くつ》を渡すが受け取ろうとしない。

耳を少し折り、小さな声で呟く。

「おれ、おかね、もってない」

タオルをぎゅっと握りしめて、アルトは僕を見た。

「アルトは僕の弟子だから、アルトに必要な物は、これから僕が全部揃える。それが師匠の仕事だからね」

アルトは、僕を見ながら首を傾げる。

「アルトの仕事は何だと思う？」

「おれのしごと、べんきょう？」

「そう。アルトの仕事は勉強すること」

「うん」

「それから、沢山《たくさん》食べて、沢山寝て、沢山遊ぶこと。そして、僕の仕事の助手をすることだよ」

アルトはコクコクと頷くと、納得したのか、僕から服を受け取って着替え始める。

僕もお風呂から上がり体を拭《ふ》き、服を着てからお風呂の水を消す。

そのあと、風の魔法で浴槽を乾《かわ》かしてから鞄にしまった。

浴槽の片付けをアルトはじっと眺めていて、鞄に入れると出した時と同様に、目を丸くしていた。

お風呂に入る前とは見違えるように可愛くなったアルトの手を取り、歩き出す。

手を繋いだのは、アルトが転ぶのを防ぐためだったけれど……。

アルトは、手を繋がれたことに驚いた表情で僕を見上げ、それから照れたように笑った。

僕に手を引かれながら嬉しそうに歩くアルトを見て、僕の胸も温かくなるような気がしたんだ。


鞄から、肉と野菜を取り出す。

鍋を火にかけ、肉と野菜を炒《いた》めた後、小麦粉を入れまぜてからミルクと水を入れる。味を調《ととの》えるために塩と胡椒《こしょう》をしてから、時の魔法を使い、煮込《にこ》む時間を短縮しシチューを完成させた。

もう少しとろみを出したいので煮込むことにし、その間にパンを用意する。パンを切り、その間にバターをぬりチーズを挟《はさ》む。アルトは、僕が料理を作っている様子を食い入るように見ていた。

「ししょう、これ、なに？」

「ん、どれかな？」

パンを指さし僕に聞く。パンの名前すらアルトは知らない。

アルトの記憶の中にある食事は酷いモノだった……。

奴隷の餌《えさ》と呼ばれる、携帯《けいたい》食料。栄養は取れるが、美味《おい》しいものではない。それと、具材の入っていない塩のスープ。いや、塩が入ったお湯といってもいい。死なない程度の最低限の食事……。それが、この世界での奴隷の食事だ……。何から何まで……苛立《いらだ》つことばかりだ……。

「ししょう？」

目を輝かせて僕を見るアルトに、苛立ちが少しまぎれた。

「これはね……」

パンが、小麦から作ることができるものだと告げても、わからないようだった。

小麦を見たことがないし、小麦粉も見たことがないのだから仕方がない。

後で植物図鑑《ずかん》を見せてみよう。小麦粉は、シチューを作るのに必要だから持っている。

小麦粉を見せると、首を傾げていた。

まぁ、これがパンになるなんて、作っているところを見ないと信じられないと思う。

アルトの興味は、パンからシチューへと移った。

無邪気《むじゃき》に鍋の中をのぞいているアルトに、火傷《やけど》しないように注意して、今日の献立《こんだて》を告げた。

「今日のご飯は、パンとシチューだよ。アルトが好きになってくれるといいな」

「しちゅー?」

「そう、シチュー。お肉と野菜を入れて、ミルクで味付けしたスープだよ」

「おー。おにくー、はじめて。おやさいも、はじめて、かも?」

一応、塩のスープに薬物が浮いていたことがあったから、疑問形なのかもしれない。

このシチューには、栄養価の高い薬物を入れた。獣人族がねぎ系を食べられるかは調べてもわからなかったので、玉ねぎは抜く。元の世界では、犬がねぎ系を食べると、ねぎ中毒を起こすことがある。下手すると、命を落とすこともあるから。

ソワソワして待っているアルトの前に、お皿にのせたパンを並べ、スプーンを置く。

できたてのシチューを器に入れて渡した。僕の前にも同じように並べた。

「それでは、食べようか」

「はい!」

アルトが元気に返事をし、僕は心の中でいただきますと呟く。

この世界では、食事の前に神に祈りを捧《ささ》げるようだけど、僕には関係ない。

スプーンを取り、シチューを口に入れる。そんな僕を、アルトはじっと見ていた。僕が食べる様子を観察してから、自分もスプーンを手に取りシチューをすくい、僕と同じように口に運んだ。

お風呂の時も、僕を見ていた。相手を観察して、自分のモノにする……。

きっと、アルトは今までも、誰かの言葉に耳を傾け、意味を探し、自分で勉強していたのだろう。

それは、簡単そうで、なかなかできないことだ。

それでも、アルトは実行してきた。生きるために……。

アルトは、そこまで生きることに貪欲《どんよく》だったんだ。

そんなアルトを、僕は心からすごいと思った……。


目は口ほどにものをいうというが……。

アルトの場合、目もそうだけど、耳と尻尾が目よりも、口よりもものを語っている気がする。

熱いものが平気なようで、夢中になってシチューを食べていた。

「アルト、パンも食べてみるといいよ」

そう告げて、僕はパンを取り、少し千切ってから口の中に入れる。

その様子を見て、シチューの器を置き、パンを取って千切ると口に入れた。

「！！！」

アルトの尻尾が更《さら》に忙しなく動き、目を輝かせた。尻尾が大忙《おおいそが》しだ。黙って一生懸命食べるその姿に、少しだけ胸が切なくなった……。アルトが食べる姿を眺めながら、僕も食事を続ける。そのまま食事をしていると、アルトが鍋の方を一度見て、諦めたように耳を寝かせた。アルトのその様子を見て、僕は静かに口を開く。

「最初に食べたのがアルトの分なのは知っているよね？」

「うん」

「だけど、料理が余っていて、自分の分を食べ終えてもまだ食べ足りないようなら、周りの人に聞いてから、おかわりをするといいよ」

「おかわり……?」

「そう。もう一杯《いっぱい》たべること。でも、お腹は痛くない?」

「へいき。たべても、いいの?」

耳を寝かせながら、アルトが上目遣《うわめづか》いで僕を見た。体調は問題なさそうだ。

「僕に聞いてからね」

「ししょう、おれ、おかわり……してもいい?」

アルトの言葉には、少しの不安と願いがこめられているように聞こえた……。

「どうぞ。アルト、自分で器に入れてみて」

「え?」

器を僕に差し出そうとしていたところで、アルトが驚いた顔をして僕を凝視した。当然といえば、当然の驚きかもしれない。今まで、そういう選択肢がなかったのだから。与えられたモノだけが、自分のモノだった。だから……。もっと食べたいと、口にすることができなかったんだ……。

「蓋《ふた》はここを持つんだよ。蓋を持ち上げて、この辺りに置くといいよ」

緊張しながら、アルトは僕の指示に従っていく。

「自分の器を持って、そうそう。鍋は熱いからさわらないようにね」

「はい」

「これで、シチューをすくって……。自分の器に入れる」

「おお！」

全部自分でできたことが嬉しかったのか、アルトが緊張を解いて楽しそうに笑う。幸せそうにシチューとパンを食べ始めたアルトを見て、ふと気になったことをアルトにたずねる。

「アルト。アルトは今何歳《さい》？」

シチューが口に入った状態でもごもごさせているので、答えようとするのを止める。

「口の中のものを飲みこんでから、話そうね」

アルトが頷き、急いで飲み込むと口を開く。

「おれ、12さい」

「え……？」

「おれ、12さい」

「……」

僕は言葉を失った。どう見ても人間の10歳に満たない体つきだ。正直、7歳か8歳ぐらいだろうと思っていた。それが12歳？　幼い頃からの栄養不足で、体の成長が遅れているのか……。それは、アルトが生きてきた環境《かんきょう》の過酷《かこく》さを物語っていた。


食事が終わり、アルトも手伝うといってくれたのを断ろうとして失敗した。

落ち込んだアルトに、僕が水魔法で洗った食器を座って拭いてと頼《たの》んだことで納得してくれた。

体は治っているけれど、そろそろ疲れが出てくる頃だと思う。

手伝ってくれたお礼として、温めたミルクに蜂蜜《はちみつ》を入れて、アルトに渡す。

「少し熱いから、気を付けて飲むんだよ」

ワクワクしたような目で頷いてから、アルトは恐る恐る口に運んだ。

なめるようにして味を見て、ほにゃぁとした表情を浮かべる。気に入ってくれたようだ。ミルクが苦手な子供は多いと聞いたから、大丈夫でよかった。

「美味しい？」

アルトがコクリと頷く。

「くち、はじめて、ふしぎ」

不思議という言葉に戸惑《とまど》ったけれど、アルトは甘《あま》い物を食べたことがないから表現できなかったのだろうと僕は思いいたった。

「不思議？　あぁ、それはね、甘いっていうんだよ。蜂蜜の味だよ」

「はちみつ？」

「そう。花の蜜を集めたもの」

「はな？」

「うん、花」

僕は鞄から植物図鑑をだし、アルトに図鑑を見せながら話す。

アルトは、僕の話を真剣に聞きながら、初めて見るものに興味を示した。

穏やかな時間と、たき火のはぜる音。数時間前の出来事が嘘《うそ》みたいに思える。

アルトの頭が揺れ出すのを見て、そろそろ眠ろうかと考えた。

僕が寝るにしては早い時間だけど、たまにはいいかもしれない。

「アルト眠い？　そろそろ寝ようか？」

僕の言葉に、半分眠っている目を向けて頷く。初夏とはいえ、森の奥は少し冷えるため鞄から毛布を取り出す。毛布は2枚あり、汚れてしまった1枚を下に敷く。

その上に僕が寝転んでから、僕の横に来るようにアルトを呼んだ。

「アルトおいで」

僕の声に、アルトが戸惑った様子を見せる。

「毛布がないから、一緒に寝よう。おいで」

優しく声をかけると、おずおずと近づいてくる。

僕のそばに来たのはいいけれど、ひどく困惑《こんわく》しているようだ。

そんなアルトに、ぽんぽんと僕が寝ている横を示すように叩《たた》く。

アルトはゆっくりとした動作で、僕をうかがうようにして、腰を下ろし寝転んだ。

アルトの背中に手をまわし、軽く抱くようにして毛布をかぶせると、一瞬体を固まらせ、そして徐々《じょじょ》に力を抜いていく。

「寒くない？」

「ししょう、あったかい……」

そういうと、簡単に眠りについてしまった。

「ゆっくりおやすみ……」

僕も疲れていたのか、それとも子供特有の暖かさに安らぎを感じたのか……。

獣人族のことを調べた後、僕は簡単に眠りに落ちていたのだった。

僕は、いつもの時間にいつものように起きた。

違うのは、弟子ができたことだ。

その弟子を見ながら、僕は一人肩を落としていた。毛布が足りなければ、作ればよかった。アルトの服と靴も僕が作れた。魔法も能力も便利なんだけど、意識しないと存在を忘れていたりする。

あって当然という日が来るのは、もう少し先かもしれない。

ぐっすり眠るアルトを起こさないように、そっと起きる。

少し離れたところで、鍛錬《たんれん》を開始した。

弟子ができた。守らなければならないモノができた。一人の子供の命を僕は預かったんだ。

今まで以上に戦えるよう、戦闘に慣れていかなければ……。

花井さんとカイルの知識や技術を引き出しながら、鍛錬を続けていく。

途中からアルトが起きて、食い入るように見ていたけれど、気にすることなく最後まで続けた。


「おはよう、アルト。よく眠れた？」

僕をじっと見て何かを考えているアルトに、僕は首を傾げた。

「アルト？」

僕の呼びかけに、アルトが我に返り、ハッとしたように顔を上げる。

「ししょう、おれにも、おれにもおしえて」

「うん？」

「おれも、おれも、たたかえるように、なる。なりたい」

「……」

「つよく、なりたい」

僕の腕にしがみつき、必死な様子で僕に戦い方を教えてくれと乞《こ》う。

僕はアルトから、そっと腕を抜き、膝をついて彼と目線を合わせた。

「アルトは、どうして強くなりたいの？」

「たたかえる、ようになりたい」

「どうして、戦えるようになりたいの？　アルトは強くなって何をしたいの？」

アルトの目を真っ直ぐに見つめて答えを待つ。

「おれ……」

頭の中で答えが纏まらないという感じで、アルトはいい淀《よど》む。

僕はアルトの心を探るように、更に問いかけた。

「アルトは、強くなって人間に復讐《ふくしゅう》したい？」

僕の口から出た言葉に、アルトが驚きそして叫んだ。

「ちがう‼」

「どうして強くなりたいの？」

「おれは、にんげんきらい。だけど」

「うん」

「ししょう、すき」

「……」

アルトの返事に今度は僕が驚くが、それを表情には出さず、アルトの話を最後まで聞く。

「だから、ししょうと、たびするなら、おれも、つよくならないと、だめ」

真っ直ぐにぶつけてくる、僕に対する好意……。

「たび、きけん、まもられるだけ、いや」

僕と共に居たいから、自分のできることを増やし、僕の負担を軽くしようと考えたのかな。

ある意味、アルトは僕よりも、旅の危険性を知っているのかもしれない。

売られるために転々としていたアルトは、道中危ない目にもあったことがあるんだろう。

復讐のためではなく、僕と共にいるためか……。

アルトのその想いが、僕にはとても眩《まぶ》しく思えた。


見た目はともかく、12歳という年齢《ねんれい》は、成人まであと4年。

まだまだ子供だけど、まるっきり子供扱いはやめたほうがいいかもしれない。

頭の回転も速い。片言だけど、受け答えは明瞭《めいりょう》だ。アルトに対する認識を僕は少し改める。

「そうだね。自分の身は自分で守る。僕もそう思うかな」

曇《くも》りのない目で、アルトは僕を見て頷く。

「アルトの訓練は、体力をつけることから始めようか」

「たいりょく?」

「そう。ゆっくりと体を鍛《きた》えていこう。無理をすると、強くなれないからね」

「はい、ししょう」

元気に返事をするアルトを微笑《ほほえ》ましく思いながら、僕は頷いた。

「そうだ、アルト。朝起きたら『おはようございます』、寝るときは『お休みなさい』というんだよ。僕は挨拶《あいさつ》は大事だと思うから、ちゃんと挨拶できるようにしよう」

僕の言葉に、アルトは少し考える素振りを見せてから、笑顔つきで挨拶を口にした。

「ししょう、おはようございます」

「はい、おはようございます」

上手に挨拶できたので、褒《ほ》めるように頭を撫でた。

少しアルトの髪がゴワゴワするのは、石鹸のせいかもしれない。何か対策を練らないと……。

ぐぅーっと、低い音が僕の耳に届き、アルトがお腹に手をあてて耳を寝かせていた。

「朝ご飯にしようかな？」

朝食に何を食べようかと考えながら、アルトにそう告げる。

アルトは、期待を込めた目で僕を見上げている。

「んー。昨日の蜂蜜をパンにかけて食べようかな。パンにバターと蜂蜜。僕は最高の組み合わせの一つだと思うんだよね」

「はちみつ！」

「それでいい？」

アルトは僕の問いに、これでもかといわんばかりに尻尾を振って返事をしてくれた。

幸せそうに、蜂蜜バターパンにかじりついているアルトにお願いをするために、僕は口を開く。

それは、僕の能力と魔法のことだ。

「アルト。しっかり聞いて欲しいことがある」

僕の真面目な声音《こわね》に、アルトが背筋と耳をピンと伸ばした。

「食べながらでいいから聞いてね」

「はい」

「アルトは能力と魔法は知っているかな？」

「しってる、にばんめのかいぬし、のうりょくしゃ」

アルトが頷いてから、パンをかじった。

「僕もね、能力が使える。癒やしの能力なんだけど、体の悪いところを治すことができる。アルトの足と腕の骨も治っているでしょう？」

僕の指摘《してき》に、パンを落としそうになったアルト。

慌《あわ》てて、パンをお皿の上に置いた。どうやら、気が付いていなかったようだ。

昨日は、色々それどころじゃなかったとは思うけど、ちょっと鈍《にぶ》い？

「なおってる⁉」

「……」

「ししょう、ありがとうございます」

「うん、どういたしまして。お礼をいえるのはいいことだよね。偉《えら》いよアルト」

そう褒《ほ》めると、少し照れたように笑った。昨日から、アルトの笑顔が徐々に増えていっている。

「それでね、僕の能力は、僕とアルトの秘密にして欲しいんだ」

「ひみつ？」

「んー。誰にもいわないで欲しいということ」

「おれ、いわない？」

「そう。理由はね、この能力が周りに知られてしまうと、僕は捕まるかもしれない」

「な……なんで！」

「病気や折れたままで一度ついた骨を治せる能力者は珍《めずら》しいから。魔法でも治せないモノを、僕が治せることが知られてしまうと、偉い人が僕をさらいに来るかもしれない」

さらいに来るという言葉に、アルトが顔色を変えた。

「いわない、おれ、ぜったいにいわない！」

僕はアルトに頷いて、魔法についても口止めをする。

「あとね、僕はアルトの前以外では、風の魔法しか使わない。理由は同じだよ。複数の魔法が使える魔導師は少ないよう……」

僕がいい終わる前に、アルトは頭がとれるんじゃないかというほど、首を縦に振っていた。

「アルト……。首が痛くなるよ」

「おれ、ししょうの、のうりょくとまほう、だれにもいわない。ぜったいいいわない」

少し沈んだ様子で、アルトは絶対にいわないと繰り返し呟いた。

「アルト？」

「おれ、ししょう、さらわれるのいやだ‼」

アルトは食べることも忘れて、目に涙を一杯にためて、思いつめたような表情を僕に向ける。

アルトのその様子に、朝食が終わってから話をするべきだったと気が付いた。

えぐえぐと泣いているアルトの頭を撫でながら考える。

今の僕は、転移魔法で逃げることもできるし、反撃する力も有しているのを知っている。

ただ、面倒事に巻き込まれるのも、アルトが狙《ねら》われるのも嫌だった。

だから、アルトにわかりやすく説明したつもりだったんだけど。

少し、説明が悪かったかな……？　思いの外、落ち込ませてしまったようだ。

「大丈夫、僕も気を付けるから。まぁ、偉い人が僕をさらいに来たとしても僕は強いからね。そう簡単にはつかまらないよ」

安心させるように、笑い。そう断言すると、アルトが真面目な顔で頷いた。

「しょう、つよい、おれも、つよくなる」

「そうだね。アルトも強くなったら僕も安心だ。だから、しっかり食べようね」

アルトは、どこか決意を固めたような表情を浮かべながら、パンを手に取り食べ始めた。

そんなアルトが、なぜかとても愛《いと》おしく思えた。

子供を持つって、こんな感じなんだろうか？

25歳といえば、早ければ子供がいても不思議ではないはず……。

ふと、花井さんとカイルのことが頭をよぎり、二人に子供がいたのか、記憶を探ってみた。

だけど、カイルが話していた通り、鍵がかかっていて知ることができない。

記憶を知るには鍵が必要だ……二つの鍵って何だろう？

ずっと気になってはいたのだが、いまだに鍵が何なのかすらわからない。

記憶を探って、僕がわかったことといえば……。

花井さんもカイルも、獣人族の子供を育てたことはない、ということだけだった。


朝食の後、お腹が満たされたことで眠くなったのか、アルトがうとうとし始めたので寝かせておく。

受けた依頼の期限はまだ十分にある。急ぐなら、転移で戻ることもできる。

アルトの体調に合わせて、のんびり城下町に戻ることにした。

鞄からマグカップを取り出し、魔法でお湯を作りその中に茶葉を入れる。

茶葉が沈むのを待ってから口をつけた。

穏やかな顔で寝ているアルトを見ながら、昨日の夜調べたことを思い出していた。

アルトの種族は狼《おおかみ》で、獣人族の中でも珍しい青狼《せいろう》だということがわかった。

奴隷商人に見つかると、問答無用でさらいにくるだろうことが予想できる。

アルトが奴隷としてでも生き長らえてきたのは、本当に偶然《ぐうぜん》だったのだと僕は感じていた。

獣人は幼少期から成人に向けて毛の色が変化する者もいる。アルトは子供の時は白色で、瞳も病気のため白かった。だから青狼だと気づかれず、汚い身なりのまま奴隷市場に出されていた。最近になって毛色が変わってきたのだと思うけど、もし奴隷でも身なりをきれいにする習慣があったならば、その時に気づかれていたに違いないと思うとぞっとする。

生き長らえたという点でいえば、もう一つアルトが飼い主に襲い掛かっていたことも、結果的によかった。奴隷につける魔道具は自由を奪う物ではあるけれど、思考や意思を奪うモノではない。その魔道具で、主人の命を奪うなという制限をかけられているにもかかわらず、襲ってくる獣人。戦わない人間なら、殺意をばら撒《ま》いて向かってくるだけで恐怖を感じる。かすり傷だとしても、怪我を負えば更に恐怖を感じるだろう。何度、痛めつけてもやめようとしないのなら尚更《なおさら》……。

彼を買った者達は、迷わず奴隷商人に返品した。もし奴隷商人のもとに返されなければ、なにかのきっかけで身なりをきれいにされることもあっただろうから。

奴隷商人にしても、何度か返品され処分しようと考えたはずだ。だが、奴隷商人の金銭欲はそれを押しとどめた。殺してしまっては、この子を買ったお金は戻ってこない。少しでも損失を取り戻したいと、売ることを諦めなかった。そういう意味では、アルトは本当に運がよかったと思う

さて、僕は時々茶葉が口の中に入るお茶を飲みながら、別のことを思案する。

まずは、ガーディルの城下町に戻ってからの計画だ。

最初に、ギルドに依頼の報告へ行く。アルトが獣人だとばれないように、フード付きのローブを着せよう。アルトは、ギリギリ冒険者として登録できる年齢だ。彼と相談して冒険者の登録をするか決めようか。冒険者になるか、ならないかに関係なく、アルトの防具と武器は用意しよう。

旅をするための道具も揃えないといけないな……。この辺りは、今日でなくてもいいか。ギルドで用事を済ませた後は、宿屋を取ってアルトを休ませる。この流れでいいかもしれない。

その他は……。

できるだけ早く、ガーディルを出国することを考えないといけない。この国は、アルトにとって

危険でしかない。危険すぎて、一人で外を歩かせることもできない。

だけど、出国する前に、獣人族のことを調べておきたい。

ガーディルには図書館があったはずだけど、僕が調べたい本があるかはわからない。なければ、ギルドマスターに教えを乞うことにしようかな。

出国はいつに……と考え、重大なことに気が付いた。

「お金……足りないかも」

僕の口からこぼれ落ちた言葉に、ため息をつく。このまま出国してしまうと、金銭面で若干《じゃっかん》不安が残る。食い扶持《ぶち》が一人から二人になったから、旅の計画を練り直さないといけない。

「今以上に、稼《かせ》がないと……」

あれだけ幸せそうに食べるアルトに、ひもじい思いをさせたくはない。

そう考えて、自然と自分の手に視線が落ちた。

「そうか、僕はアルトの命を握っているんだった……」

僕の選択で、アルトを生かしもし、殺しもするんだ。

責任という言葉の重みを……初めて理解した気がした。

「守らないと……」

そう。守らないと。

「僕が……」

少し苦みが増したお茶を飲んで、ため息をつく。

手に持っていたマグカップを地面に置き、僕も寝転がった。

空はとても青くて……。風が通り過ぎる音だけが、僕の耳に届く。

前途多難なことは、間違いない。

それでも、僕の胸に不思議と後悔《こうかい》という感情はなかった。

頭だけを動かし、アルトを見る。目覚めは遠そうだ。

僕は鞄から本を出し、地面に寝転んだまま本を読みながら、アルトの目が覚めるのを待った。


アルトの目が覚め、考えていた予定を話し、僕が冒険者であることを話した。

アルトも登録できることを話すと、僕が登録するかたずねる前に、自分からなると宣言していた。

反対する理由もないし、二人で旅をするなら、冒険者のほうが都合がいい。

予定が決まったので、今は城下町まで歩いて戻っている。

本当はアルトの体調のことも考え、転移魔法で戻ろうと思っていた。

それをやめて歩いているのは、アルトが花を見たいと僕にいったから。

花の蜜が本当に甘いのか気になっていたみたいだ。

花を見つけて蜜をなめてみて、甘いことを知ると、驚きに目を丸くしていた。

目を輝かせながら、木になっている実をもいで食べ、渋《しぶ》くてはきだしてみたり。

蜜の味がしない花に当たったときは、眉間に皺を寄せていた……。

そして、美味しいものに当たれば感動して、僕にも分けてくれた。

わからないことは僕に聞き、それを覚えて納得したら、また新しいものを見つける。

僕はそんなアルトの質問に答えながら、アルトの後ろをついてゆっくりと歩いていた。

アルトは狼なので鼻がよく、空気に混ざる香《かお》りにとても敏感《びんかん》に反応する。

甘い香りがする花を見つけたのか、アルトが香りのする方へとふらふらと足を運ぶ。

「あまくて、いいかおり」

新しい花を見つけ、花を摘《つ》み、口をつけて蜜をなめてみるアルト。

その蜜を口に入れた瞬間、アルトの体が震え固まった。

僕は、動けなくなったアルトに静かに声をかける。

「アルト、その花の蜜には毒が含《ふく》まれているんだよ」

毒といっても命にかかわるものではない。一時的に体が麻痺《まひ》するだけのモノで、副作用もない。

「その花の蜜の成分は、体を麻痺させる効果があるんだよ。先程から、アルトはなんでもかんでも口に入れているけれど、危険な植物もあることを覚えておいてね」

体が痺《しび》れて動けないアルトに、続けて話す。

「その花の毒はよく使われる。命を奪うものではなく、体の自由を奪うために使われることが多い。特徴は、その甘い香りだから、その香りがする食べ物は食べないように」

「……」

「草でも、花でも、木の実でも、食べることができるモノもあれば、薬に使うモノもある。そして、今、アルトが口にしたモノのように、食べると毒になるようなモノも沢山あるんだよ」

「……」

「何が食べられて、何が薬になって、何が毒になるのか。それを、これから覚えていこうね」

僕は、アルトのそばにいき、風の魔法を使って麻痺を治療した。

「ししょう、ありがとうございます」

僕の顔を見て、耳をペタリと寝かせながら、お礼を告げた。

アルトは痺れがとれたことに、ホッとしたような表情を見せている。

「気を付けようね。なんでも口に入れるのは危険なんだから」

「はい」


僕の教え方は少し荒《あら》っぽいかもしれないと、一連のアルトの様子を見ていて、かわいそうに思う。だけど、何事も体験してみて自分のものになるんじゃないかと思う僕は、ギリギリまでアルトを好きにさせることにしたんだ。もちろん危険なことは止めるし、注意もする。

でも、それ以外は、アルトが興味を持ち、何か行動をおこし、その結果がどうなろうとも。

僕が、支え、守り、後始末をすればいいことだと思うから。あれは駄目《だめ》、これは駄目と告げるような教え方はやめようと決めていた。すべての経験が、アルトの生きていく糧となるように。

命の価値が低いこの世界で、独りでも生きていけるように教えていく。

それが、アルトの師となった僕の役割なんだと思う。

そのようなことを考えながら、アルトの様子を観察しているわけだけど……。

色々なことに、興味津々《きょうみしんしん》なアルトの行動を見ていたいのかもしれないとも思う。

子犬が、外の世界に目をキラキラさせながら冒険《ぼうけん》しているように見えてしまうんだ……。

もう、この辺りは弟子がいる師の楽しみということで、大目に見てもらおう。

そして、アルトはまた違う花を持っていた。香りを確認し、何かを考え、そして今度はそっと蜜をなめている。僕が注意した前と変わったのは、一気になめるか、そっとなめるかの違いしかない。

思わずアルトの行動に笑ってしまいそうになるが、ぐっとこらえる。

手に持っている蜜をなめたアルトは……。

「にがい。ししょう、くち、にがい」

うずくまって苦みに耐えていた。目には涙が浮かんでいる。

「うんうん。その花の蜜はとても苦い。その花の葉も苦みが強い。葉は薬になるんだよ。効能は、胃の調子を整えてくれる効果がある。食べ過ぎて気持ち悪くなったときに口にするといい」

口の中にまだ苦みが残っているのか、アルトが舌を出している。

可哀想にも思えるけれど、今はまだ、その感情を我慢《がまん》して、話を続けた。

「アルト」

「あい」

「僕は、さっき、何でも口に入れてはいけないっていったよね？　どうして、またすぐに口に入れたの？」

「はなのにおい、いいにおい」

「……」

「だから、だいじょうぶ、おもった」

「体が痺れたときの花も、いい香りだったよね？」

コクコクとアルトが頷く。

「そうすると、花の香りがいいからといって、安全だということにはならないよね？」

アルトは、耳と一緒にしょんぼりとうなだれた。

「さて、どうすれば、毒のある花を見分けることができるんだろう？」

アルトは顔を上げて僕を見ると、うんうんと唸《うな》りながら考えて、答えを出した。

「ちょっとだけ、なめてみる？」

「……」

だめだ。笑っちゃだめだ……。どんな苦行なんだろう……。

僕は、内心笑いたいのを我慢しながら、真面目な表情を作った。

「不正解」

僕がそう告げると、アルトはがっかりする。

そして、僕に答えを求めず、アルトはまた考えだした。

しばらく考えても答えが出なかったのだろう。尻尾が、しおしおとしている……。

「んー。ヒント。昨日、僕と一緒に見たものは何だったかな？」

「きのう、みた？」

「そう。ミルクを飲みながら、一緒に見たでしょう？」

「えっと、ほん？」

「正解」

僕は鞄から植物図鑑を取り出し、アルトに渡す。

アルトはそれを受け取ると、僕と本を交互に見た。

「アルトにあげるから、知らない花とか草や実を見つけたら、その本で調べるといいよ」

「え？」

「そこには植物の絵と名前が書かれていて、簡単に、食用か薬か毒かも記されているから」

受け取った本を、アルトはギュッと抱きしめた。

「時間がないときには植物の特徴を覚えておいて、後で調べるんだよ」

「もらって、いいの？」

「いいよ。すぐに口に入れないで、調べてね」

「はい！」

嬉しそうに笑顔を向けて返事をするアルトの頭をひと撫でする。

「アルト」

僕の呼びかけに、本から視線を外し僕を見上げた。

「あーんってしてみて」

「あーん？」

「口を開ける」

僕の説明に軽く頷いて、素直《すなお》に開いたアルトの口に飴《あめ》を一つ入れた。

あの花の蜜はとても苦い、と書かれていたから、まだ口の中に残っているかもしれない。

「あまい！　おいしい！」

「よかったね」

「ししょう、なに？」

「何かを知りたいときは、これは何ですか、と聞くんだよ」

僕の言葉を復唱し、僕にもう一度聞きなおす。

「ししょう、これは、なんですか？」

「飴だよ。砂糖を溶《と》かして、固めたもの。味付けに、果物の汁が入っているみたい。気に入った？」

「きにいった！」

「それなら、残りはアルトにあげるね。手を出して」

両手をくっつけて、アルトは手を出した。

差し出された手の上に、僕の手のひらぐらいの袋《ふくろ》に入った飴をのせる。

「服のポケットに入れておいて、疲れたら食べるといいよ。一度に全部食べては駄目だからね」

「はい」

アルトは、それはそれは幸せそうに飴をポケットの中に入れた。

「ししょう、ありがとうございます」

尻尾を振り、耳を動かして、喜びを僕に伝えながら、アルトはお礼をいってくれた。

「どういたしまして。さぁ歩こうか？」

アルトを促《うなが》し、城下町へと向かって歩く。あっちへふらふら、こっちへふらふらと、興味の赴《おもむ》くままに歩くアルトに付き合っていたけれど……。

遅《おそ》い昼食を食べた後、少し疲れが出たようだった。

アルトに渡した飴は店で売られている物だけど、僕が体力回復の効果を魔法で刻んでいた。

飴を食べているあいだ、ゆっくりと効果が表れることは実証済みだ。少しは役に立っていたと思う。だけど、それ以上にアルト自身に体力がないのが問題だった。アルトの体力面については、時間をかけていくしかない。

城下町まで、まだ距離がある。このまま歩いて帰ることは無理だと判断し、転移で戻ることにした。一瞬で城下町についたことにアルトは驚いていたけれど、すぐに表情を引き締めていた。

今は、僕が作ったフード付きのローブを着けている。

一応、軽く認識を阻害《そがい》させる魔法を僕達にかけてから、城下町へと入った。

「アルト、僕はギルドにいってくるけど、先に宿屋で待ってる？」

「おれもいく」

「大丈夫？」

「だいじょうぶ」

「わかった。途中で、無理だと思ったら教えてね」

アルトが頷いたのを確認して、ギルドへ向かう。

ギルドの扉《とびら》を開けて、受付までいくと、いつもの調子でマスターが声をかけてくれた。

「おう、坊主《ぼうず》。今日はえらいゆっくりだな」

そろそろ夕方になる時間で、もう少ししたら冒険者が戻ってきそうだ。それまでに、すべてを終わらせて、宿屋に入りたい。

周りの人間は、僕が魔法をかけているからか、僕達に関心を示してはいない。

だけど、マスターとギルド職員だけは、僕がギルドに入った瞬間から僕達を認識していた。

「ええ、色々ありまして」

「その色々ってのは、そこの獣人の子供か？」

マスターがアルトに目を向ける。アルトは僕の後ろに引っ付いて、隠れているつもりらしい。

マスターは、僕達にしか聞こえないように声をおさえてくれていた。

僕は魔法を詠唱《えいしょう》して、僕達の声がマスターだけに届くように魔法をかけた。

「坊主、お前、奴隷を買ったのか？」

「はい、買いました」

「俺は、お前がそんな奴だとは思わなかったんだがなぁ」

僕を責めるような目と声に、アルトが僕の後ろから飛び出し、声を上げる。

「ちがう！　ししょう、おれ、たすけてくれた！」

「アルト……」

「おれ、もう、どれいちがう！」

アルトがマスターに必死に叫ぶ。

アルトが僕をかばってくれたことに少し驚き、だけど、その気持ちが嬉しくて、アルトの頭をそっと撫でた。

「ふっ……ふはははははは」

なぜか面白《おもしろ》そうにマスターがいきなり笑いだす。

「えらい気に入られたんだな。どうせ坊主のことだから、あれだ。殴られているか、殺されかけていた場所に出くわし、見て見ぬ振りができなかったんだろう？」

図星を指され、ばつが悪くなり、マスターから視線を逸らす。

「俺は、それが正しいとは思わねぇが……。気持ちは理解できる。その子供にとっては、幸せなことだろうよ」

笑いをおさめ、真面目に僕に告げるマスターに視線を戻した。

「そうあるように、努力していくつもりです」

「どうするんだ？　国の施設に入れるのか？」

施設という言葉に、アルトが顔色を悪くして硬直する。

そんなアルトの背中を撫で、心配ないと伝えながら落ち着かせる。

「いえ。僕の弟子にします」

「……」

マスターが一瞬、息をのんだ気がした。だけどマスターは何もいわず、数回頷いて口を開いた。

「弟子な……。それがいいかもしれないな。この国の施設は、あまりいい噂《うわさ》をきかねぇからな」

「……」

アルトがいるからだろう。マスターはそれ以上のことは話さなかった。

僕が召喚《しょうかん》されたときのことを考え、僕が使えないと判断されたときのことをかんがみて……。

僕には、この国がまともだとはどうしても思えないから、マスターの話を聞かなくても問題はない。というか、聞きたくもない。

「マスター。アルトのギルド登録をお願いしたいんですが。あと、依頼も終わらせてきました」

話題を変えるために、当初の目的をマスターに告げる。

「おいおい、ギルド登録は12歳からだ。そいつはまだ登録できないぞ」

「アルトは12歳だそうです」

僕が口にしたアルトの年齢にマスターが驚き、そして僕と同じ考えに至ったのだろう。

胸の中にあるモノを逃がすように、短くため息をついてから、登録用紙を渡してくれた。

「必要事項《じこう》を記入してくれ。お前が書いてやるといい」

「ありがとうございます」

登録用紙をもらったので、記入していく。アルトは僕の隣《となり》で、背伸びをしながら一緒に登録用紙を見ていた。多分……全部は見えていないと思う。

「アルト、職業は何にしようか」

獣人について調べたことを思い出しながら、アルトに話しかける。

獣人族の狼の一族は、身体能力が高く、戦闘能力も高い。

通常、獣人族は魔法が使えない種族とされているが、例外もある。

狼の一族では、青狼と銀狼は必ず魔力を持って生まれてくるようだ。アルトは気が付いていないけれど。彼にも魔力があるので、魔法が使えるはずだ。だけど、魔法が使えると知られると、アルトの付加価値が上がりそうだ。自分の身がある程度守れるようになるまで、記載《きさい》しない方向でいこう。

「しょくぎょう？」

「そう、職業」

「うーん」

「うーん……。アルト、剣と槍《やり》どっちがいい？」

「けん！　ししょうとおなじがいい」

「拳で戦う方法もあるけど」

「ししょうとおなじがいい！」

「そう。それなら……剣士にしておこうかな」

「うん」

能力は……獣人の能力はどんなものなんだろう？　わからないから、これも保留にしておこう。

こんな感じかな？

名前：アルト
年齢：12
職業：剣士
属性：なし
能力：なし
特技：なし
習得言語：共通語

共通語を習得しているとしていいのか悩むが、とりあえず書き上がったのでマスターに渡す。

「無難だな」

マスターは登録用紙に目を通し、最後の習得言語の共通語に線を引いて消していた。

そして、用紙の右上あたりに青い線を入れる。これは、獣人であることを意味していた。

チームの勧誘《かんゆう》や臨時のパーティを組むときに、もめごとが起きないようにしているのだと思う。

「ギルドの説明は、お前が後でしてやってくれ」

「わかりました」

僕にくれたのと同じ小冊子を、アルトの分として渡してくれる。

「おい、坊主。この石に手をのせろ」

「僕とアルトの呼び方が同じですか？」

「同じだろ？」

その言葉にため息をついてから、カウンターに背が届かないアルトを抱き上げる。

アルトは少し戸惑いを見せるが、マスターにいわれた通りに魔導具に手をのせた。

「お前……。本当に、この坊主に気に入られてるのな」

マスターは、視線をアルトの手から僕へと移し、ニヤリと笑った。

僕は、アルトの手の甲《こう》にある紋様《もんよう》を見て、いうべき言葉が見つからなかった。

「……」

アルトの手の甲には、双剣《そうけん》がクロスし、それらの柄《つか》に椿《つばき》の花が咲《さ》いていた。

僕と同じ椿の紋様……。この世界にはない花なのに。

「ししょう？」

アルトを支えている腕に力が入ったのか、アルトが僕を呼ぶ。

「ごめん。痛かった？」

「いたくない」

「ギルドの登録が終わったよ」

アルトを下ろしマスターの方を見ると、まだニヤニヤ笑っている。

僕はもう一度ため息をつき、マスターが手渡《てわた》してくるアルトの分のキューブを受け取った。

「おい」

「何でしょうか？」

マスターが声をひそめて会話を続ける。その表情は、先程とは違って真剣だ。

「そいつは、青狼だろう」

「多分そうだと思います。確証がないのでわかりませんが」

「珍しいから狙われやすいのは、わかっているな？」

「はい」

「奴隷の首輪がついていれば、奴隷商人や人買いからは狙われないが」

「そうですが、さすがにそれは……」

アルトがつま先で立って僕達の話を聞こうとしているのを見て、マスターが苦く笑う。

アルトの耳がいいことを考慮《こうりょ》して、声を潜《ひそ》めてくれたのだ。

奴隷の首輪をつけたほうがいいなどと、アルトに聞かせたくはない話題だから。

「だから、かわりに耳飾《みみかざ》りをつけておいてやれ」

マスターが声量を戻して、僕にそう告げる。

「一つの耳飾りは、誰かの弟子だという証《あかし》だからな。お前が右耳。弟子が左耳だ」

「わかりました」

「それでも……こいつは狙われるだろうが、保護者がいるとわかったら、相手もそう簡単には手を出せないだろうよ」

「ありがとうございます」

マスターの心遣いに感謝して、頭を下げる。

「おう、精々頑張れやセツナ」

初めて僕の名前で呼ばれたことに驚く。そんな僕に、マスターはどこか緩やかな眼差《まなざ》しを向けた。

「セツナにとっても、坊主と出会えたことはよかったかもしれないな。地に足の着いていないような感じだったが……。守るものができて、自分の方向性が定まったようだな」

だけど……僕が思う以上に、マスターがいつも僕を気にかけてくれていることには、気が付いていた。

そんなマスターの気持ちを感じ取っていながら、僕は彼に憎まれ口をたたく。

「僕を名前で呼んだのは、単にアルトを坊主って呼ぶためなんですね？」

「それ以外に何があるというんだ？」

そういって、マスターが鼻で笑った。

「そうだと思いました」

嘆息《たんそく》する僕に、マスターが声を出して笑い、僕とアルトを見て目を細める。

「まだまだ先は長いんだ。肩ひじ張らずに、のんびりいけや」

「はい。僕もアルトと一緒に、成長していけたらと思います」

「ああ。頑張れ」

マスターの言葉に頷き、半分眠りながら僕の服を握っているアルトを抱き上げると、マスターに挨拶して宿屋に向かった。


完全に寝てしまったアルトを抱え直し、宿屋まで歩く。

その体は軽く、本を胸に抱いたまま寝ている姿は、12歳には見えない。

歩くのに邪魔になるだろうと思い、預かっておこうと思ったのだけれど……。

アルトは耳を寝かせて、僕に本を渡そうとはしなかった。それだけ嬉しかったのだとは思う。

だけど……。アルトのそんな姿を見て、胸が痛むのは仕方がないことなのだろう。

そして、アルトから本へと視線を移し、ため息をつく。本を渡したのはいいけど、アルトは文字が読めない。そのことを思い出したのは、ギルドで登録している最中だった。

日本で12歳といえば、小学校6年生あたりだ。その年齢になれば、ある程度文字が読める。

僕は、アルトに日本の常識を当てはめて、本を読んで調べろと告げたんだ。

奴隷としての生活で、会話も不自由なのに、文字を教えてもらえるわけがないのに。

城下町へ戻る道中での自分の言動を思い出し、色々と反省したのだった。


くぅくぅという寝息を聞きながら、アルトのことを考える。

文字が読めないのに渡した本を開き、見つけた花と絵を見比べて楽しそうにしていた。

文字を覚えれば、アルトの興味はもっともっと広がりそうだ。

当面の目標は……アルトの体力づくりと文字の読み書き。それと、買い物の仕方だろうか。

会話は、徐々に話せるようになっている。

この分でいけば、違和感がないぐらいに会話ができるようになるのも早い気がした。

負けず嫌《ぎら》いで、努力家で、好奇心旺盛《こうきしんおうせい》で……。

僕と旅をすることで、アルトは何を見つけることになるんだろうかと、少し思いを馳《は》せた。


色々と考えながら歩いている間に宿屋にたどりつき、部屋を取った。二つあるベッドの一つに、ローブを脱がせてから、アルトを寝かせる。もしかしたら、今日はもう目を覚まさないかもしれない。

毛布をかけて、幼さの残るアルトをしばし見つめて、マスターとの会話を思い出す。

マスターが注意を促すほど、この髪色は危険なんだと再認識した。

アルトが起きたら相談して、髪の色と目の色を変えようと決めた。

早急《さっきゅう》に、色々と調べたい衝動にかられる。だけど、一人になることを嫌がるアルトを置いていくわけにはいかない。出かけるのなら、一言伝えてからでなければ……。目が覚めて、僕がいないと知ったら、きっと混乱すると思うから。


とりあえず、今できることから始めよう。

明日から必要になる物を、想像具現の能力で作っていくことに決めた。

まずは、防具から作ろうか。アルトの俊敏《しゅんびん》性を生かすように、軽くて防御力のある服を作る。見た目は、旅人がよく身に纏っている服を参考にした。性能は、僕の着ているものに劣《おと》らない。フード付きのマント、それから、シャツ、ズボン、腰から剣を吊るす剣帯《けんたい》、靴などを作った。

次に、自分の荷物は自分で持ち歩けるように鞄を作る。カイルが作ったような、異次元空間みたいに無限に入るようにはしない。子供の頃から整理整頓《せいとん》の必要性を教えないと、カイルみたいになってしまう……。物の重さや、大きさは、何でも入るようにして、数量を100個に決めた。

本当は、もう少し減らしたいのだけれど、アルトは好奇心旺盛だ。だから、きっと100個でも足りなくなると思う。その時、何を選び何を捨てるのか、その選択が大事だと思うんだ。

鞄の次は、財布《さいふ》を二つ作った。アルトのギルドでの依頼料の報酬の3分の1を小遣いとする。残りの3分の2は、アルトの将来のために貯金することにしよう。

アルトは僕と依頼をすることになるから、それなりの金額を手にすることになるだろう。金銭感覚を身に付けるためにも、アルトの年齢に適したお金の使い方を学んで欲しい。

生活に関するものは、僕がすべて用意するから。お小遣いに困ることはないと思うんだ。

そして、次は武器を用意しようと考え、鞄の中を調べてみた。

色々な武器が入っているが、今のアルトに使えそうなものがない。

子供が持つのはどうかと思うようなものばかりだったので、武器も作ることにする。

短めの剣を2本。アルトの紋様と同じ対《つい》となる双剣。アルトの体にあわせたものになっている。

剣が完成したところで、僕は一度手を止めた。

剣に魔法を刻むべきか、否《いな》か……。

魔物との戦闘は命懸《いのちが》けだ。魔物も殺されたくはないから、必死になってこちらを殺しにくる。

ただ最初から、強い魔法が刻まれた武器を持たせたくはない。

それが自分の力量だと過信してしまうのが怖いから。

それに今の段階では、早計な気がする。魔法の武具に頼《たよ》っていると体力がつかない気がするから。

とりあえず、アルトの体力がついてからにしようと決めた。


武器の次はと、僕の手の中にある、ブレスレットとピアスを見る。

カイルが僕に用意してくれたように、魔法防御《ぼうぎよ》と物理防御をつけるべきか迷った。

弟子を危険な目にあわせない、それが基本だ。基本なんだけど……。

だけど……。将来、アルトが独り立ちをした時に、弟子を持つことになるかもしれない。

もしくは、家庭を持ち子供を育てることになるかもしれない。

そして、弟子や子供を育てるときに、僕がすべてを守っていたら、教えることができないかもしれないと思った。

どういった状況が危なくて、どんな怪我をすれば死に至るのか……。

そういった本能的なモノを鍛えなければ、危険回避《かいひ》能力が疎《おろそ》かになるのではないかと思ったんだ。

それは、生きていくうえでも、冒険者としても大切なものではないだろうかと。

僕は、そういった危機管理能力は、花井さんとカイルから貰っている。危険に対して、体が反応できるようになっている。それは、僕ではなく花井さんとカイルが経験して積み重ねてきたモノだ。

二人が僕に与えてくれたモノだ。

だけど、アルトにはそれがない。僕は、そういったものをあげることはできない。

そう考えると、アルトが僕から離れ誰かを育てることになった時に、困るのはアルトだと思った。瞬時《しゅんじ》に体が動く。それは、自分が経験した積み重ねから動けるのであって、経験したことがないと、きっと難しい。教えるにしても、同じことがいえるはずなんだ。


武器の時以上に悩み、条件を付けて魔法を刻むことに決める。

まず、魔法をピアスに刻んでいく。もし、僕と離れたときに何かがあっても居場所を特定できるように、位置把握《はあく》の魔法を刻む。また、命の危機に対してのみ発動するように、魔法防御と物理防御を刻んだ。

さらにアルトと僕は除外して、誰かがピアスを外そうとすると、腕の骨が折れるようにしておく。これで、アルトに危害を加えようとする人間の無力化ができるはずだ。

次に、リング型のブレスレットには、毒の中和、死に至る毒のみ解毒《げどく》をつける。毒の中和は5分で完了《かんりょう》するようになっている。怪我の治癒向上もつけておく。あとは、防犯対策にピアスと同じ腕が折れる魔法をつけた。

念のために、ブレスレットの外側には、アルトの名前と僕の名前を入れておいた。ピアスの件とは別に、僕の名前を入れておくことで、アルトの師が誰であるかを開示している。

ピアスとブレスレットも、死なないギリギリという設定で魔法を刻んだ。

怪我をさせて、苦しめたいわけではない。

毒で、苦しむ姿を見たいわけでもない。

ただ、生きる能力は、自分でつけていくしかないから……。

「……」

防具の防御力も高くしている。僕もついているから、大怪我をさせることなんてないけれど……。

矛盾《むじゅん》した気持ちを抱えながら、完成したピアスとブレスレットをしばらく眺めていた。


自分の感情と折り合いをつけ、そのほかの必要な物の用意を続ける。

薬は僕が調薬したものを持たせる。市場で見かけた文房具類《ぶんぼうぐ》を作り、ベッドの上に置いた。消しゴムの代替物《だいたいぶつ》は文字消しというのだけど、材料は魔物の骨らしい。

そんなことを考えながら必要な物を作り終え、最後に鞄からギルドの冊子を取り出す。

それを、これまで作ったものと一緒に箱の中に入れてまとめた。

アルトの専用の食器だとかは、買い物の練習もかねてお店で買うことに決める。

一通り作り終わり、足りないものがないかを確かめてから、僕もベッドに横になった。

夕食のことが頭をよぎったが……一人で食べるのも面倒だなと考え、そのまま目を閉じた。

すぐに睡魔《すいま》は襲ってきたので……身を任せて眠りについた。

夜中辺りに、アルトが起きた気配で目が覚める。トイレかと思ったけれど、違うらしい。

ベッドの上で、自分の手で口を押さえ何かを耐えているように見えた。怖い夢でも見たのかと、アルトに声をかけようか迷ったが……。僕を起こさないように必死に耐えているのだから、もう少し様子を見ることにした。僕を起こしたと知ったら、アルトはきっと気に病《や》むだろうから。

しばらくして、アルトがベッドから降りて、音を立てることなく僕のベッドの前で立ち止まる。

そして、じっと僕を見つめている気配がする……。なぜ、僕を見ているのかがわからない。

気が済んだのか、自分のベッドの方へ戻り、入ろうとするが途中で止まる。

少し悩んで、僕のベッドのそばに来て僕を見て、また自分のベッドに戻る。

僕を起こそうか悩んでいるように見えたので、声をかけようと思ったその時……。

アルトが僕のベッドに、そっともぐりこんできた。

僕を起こさないように気を使いながら、慎重《しんちょう》に恐る恐る……。

ベッドにもぐりこんで、また何かを考えてから、ゆっくりゆっくり僕の方へと身を寄せる。

アルトのその行動の意味に、やっと気が付き……そして胸が痛んだ。

寂しいのか……。寂しいのに、寂しいといえなかったんだ。

遠慮しながら、僕と微かに触れるか触れないかの位置でアルトが止まった。

僕は寝たふりを続けながら、アルトを包み込むように抱きしめる。

両親が子供の頃、僕に温《ぬく》もりを与えてくれたように……。

アルトは少し身を硬くして、じっと僕を見ていた。

だけど、僕が寝ていると確信したのか、安堵した息を一度ついてから、すぐに寝息を立てていた。

アルトは……。誰からも貰えなかった、愛情や触れ合いを求めているのだろう。

頭を撫でてもらったり、抱き上げてもらえたり、手をつないで歩いたり……。

寂しい時は……一緒に眠ったりと、そういったものを求めているのだろう。

12歳といっても、精神的に求めるのは小さな子供と同じかもしれない。

そんなことを考えながら、しばらくアルトの寝顔を見つめ、僕も次第《しだい》に眠りに落ちていった。


朝起きて、絶句した。

隣にいたはずのアルトがいない。そのかわりに、狼の子供が丸まって寝ていた。

驚きすぎて目を丸くして見つめていると、狼の子供が気配を察知したのか、ゆっくりと目を開ける。

そして、僕をじっと見つめた後……。はっとしたように、ベッドから急いで飛び降りた。

飛び降りた先で、自分の前脚《あし》が目に入った瞬間、体を硬直させて……震えだしてしまった。

子狼《ころう》は、そのまま尻尾を後ろ脚の間に入れ、震えながらうずくまると動かなくなった。

まるで、自分の存在を消したいというかのように。

その姿がとても寂しく見えて、僕は子狼になってしまったアルトに声をかける。

「アルト？」

そう呼ぶと、耳だけが僕の方へと向くが動かない。

僕がベッドから降りて近づくと、ますます体を小さくするように縮こまる。

「アルト？　大丈夫？」

子狼を抱き上げ、狼になったアルトと目線を合わせようとしたが、アルトは僕を見ない。

耳は極限まで寝ているし、尻尾はまだ脚の間に入っている。

「アルト？　話せないの？」

狼の姿では、話せないのかもしれない。

アルトに心話の魔法をかけて、もう一度声をかける。

「アルト、心の中で、話したいことを思ってみて？」

（……）

アルトの心は沈黙《ちんもく》したままで、時間だけが過ぎていく。

しばらく、子狼のアルトを僕はじっと見つめていた……。

時間が過ぎるほどに、自分の口元が緩んでいくのがわかる。

いや……笑ってはいけないと思うんだけど。

耳が後ろ向きにぺたりと寝ている様子。尻尾がフルフルと震えている姿が……。

まるっきり子犬の姿にそっくりで……。アルトには悪いが、可愛いと思ってしまうんだ。

子狼になったアルトは、動物特有の愛らしさを発揮していた。

動物ではないことは重々承知しているが、どうしても思考が流されていく。

流された思考のまま、とうとう耐え切れずに笑ってしまった。

「あは、あはははははは」

（！！！）

「あはははは」

僕が声を上げて笑う様子に驚いたのか、アルトはやっと僕に目線を合わせた。

「アルト。狼に変化することができたんだ。可愛いなぁ」

思わず本音が漏《も》れる。獣人は、獣に変化することができる。でも、アルトは人間との間に生まれ

た獣人だから、変化できないと思っていた。

僕の言葉に、オロオロしているアルトの感情が届く。

「人間の姿も可愛いけど。狼の姿も可愛い」

そう告げる僕に、アルトがやっと心の声を響かせた。

（師匠、俺のこと嫌いにならない？）

「嫌う？」

（俺、こんな姿になる）

「可愛くて、いいんじゃないかなぁ。僕は好きだけど」

僕の好きだという言葉に反応して、尻尾がパタパタと揺れ出した。

（本当？　本当に好き？）

「うん。人間の姿も、狼の姿も、可愛くて好きだよ」

アルトに本心が伝わるように、語彙《ごい》を少なくして同じことを繰り返した。

自分のことが嫌いなアルトが、少しでも自分を好きになれるように。

（怒《おこ》らない？）

「どうして、怒るの？」

（昨日、勝手に師匠のベッドにはいったから）

「一緒に寝たいと思ったら、好きな時に入ってくればいいよ」

（この姿になって、寝てもいい？）

心話だから、会話がとてもスムーズに進む。

「寝るときだけならいいよ。お昼は人間の姿になって勉強して欲しいからね」

(うん)

「それと、僕以外の前で、狼の姿にならないように気を付けようね。さらわれるかもしれないから」

(はい。師匠)

「元気が出たのなら、渡したい物があるから、人間の姿に戻ってね」

僕がそう告げると、アルトはいとも簡単に人の姿に戻った。

アルトの顔はとても嬉しそうに笑っていた。


お腹がすいたということで、今日の鍛錬は後ほどにし、まず朝食を食べにいくことにする。

朝食が終わり部屋に戻ってきたところで、武器や防具、鞄の説明をしながらアルトに渡していく。

沢山の贈り物に、アルトは目を白黒させながらも喜んでいた。色々と大忙しだ。

最後に自動でアルトの左耳にピアスがつくと、同様に僕も右の耳に新しくピアスをつけた。


「おそろい！」

僕と同じピアスが嬉しかったのか、頬《ほお》を上気させて笑っている姿が眩しい。ブレスレットも僕がつけて、心話の魔法と子狼になっても外れないようにサイズ変化の魔法も追加しておく。アルトには、ピアスなどに刻んだ魔法のことは話さないと決めた。知らなくてもいいことだと思ったから。

そして、最後に大切な話をアルトに告げる。

「アルト」

「はい」

「アルトに渡した耳飾りと腕輪は、アルトが僕の弟子であることの証だよ」

「あかし？」

「そう。アルトがいつか、僕のそばを離れたいと思った時、僕にその腕輪を返してくれればいい」

「……」

「理由を教えてくれるなら、教えて欲しい。だけど、その理由を話したくないと思ったのなら、僕からはその理由は聞かない。アルトが何かを見つけ、その道をいきたいというのなら……。僕は、アルトが選んだ道を信じるから」

2日前に、アルトの覚悟を聞いた。だから、アルトが辛くて逃げ出すとは思わない。アルトは真面目な性格だから、できる限り僕に理由を告げるだろう。それなのに、理由を告げずに僕のそばを離れることを選んだのなら……。僕にはいえない相応の理由ができた時だと思う。

僕はアルトの師になったけれど、アルトの人生はアルトのモノだから。

僕から離れたいと思ったときに、気に病むことなく僕に伝え、離れられる方法が必要だと思った。どんな道でも、逃げ道や、引き返す道があって当然だと僕は考えるから。

「だから、アルトが腕輪を置いて、僕のそばを離れたら、アルトは自分の道を見つけることができたと僕は思う」

アルトは、黙って僕の話を聞いている。

「耳飾りは、腕輪を外した3日後に崩《くず》れるようになっている。耳飾りも腕輪も、僕とアルトにしか外せないようにしてあるから、第三者には外せない」

アルトが俯いて、ギュッと歯を食いしばり、拳を握りこんだ。

「今はまだ、深く考えなくてもいいよ。だけど、心の片隅《かたすみ》にでも置いておくんだ。アルトは、自分のなりたいモノを探して旅をするのだから」

「……はい」

少し落ち込んだアルトを見て、苦笑する。

「アルト」

アルトは返事をせず、耳を寝かせたまま僕を見た。

「まだまだ先のことだよ。アルトは僕の弟子になったばかりだからね。僕は、アルトが成人して一人前になるまで、師匠として頑張るよ」

僕の言葉に、アルトは安堵したようにホッと息をつく。

そんなアルトを見ながら、アルトが居なくなれば……。

僕もきっと寂しいと思うんだろうと考え、そんなことを考えている自分に驚いた。

たった3日。僕の中でも、アルトの存在が大きくなっているのだと実感したのだった。


冒険者ギルドの扉を開いて、受付のカウンターまで歩く。僕の隣にはフードを目深《まぶか》にかぶったアルトが一緒に居る。あまり人のいない時間帯を狙ってきたこともあり、僕達に向く視線も少ない。

マスターの前で、アルトはかぶっていたフードを取り払う。マスターはアルトを見て、微かに驚きの表情を浮かべたが、すぐに元の表情に戻していた。僕の魔法で今のアルトの髪の色は、雀頭色《じゃくとう》になっている。目は、僕と同じ菫色だ。

「よぉ、坊主」

「おはよう、ございます」

「おはようさん」

アルトのたどたどしい挨拶に、挨拶を返し、マスターが僕の方へと視線を向けた。

「おはようございます」

「おう。いいんじゃないか？」

挨拶の後の言葉は、アルトの髪と目の色のことだろう。

「これで、少しは……マシになるかもな。それで今日はどうした？」

掲示板《けいじばん》を素通りしてきたので、別の理由があると推測してくれたのだろう。

「この辺りに、安く家を借りることができる場所をご存じありませんか？」

「宿屋に泊《と》まっていたんじゃなかったのか？」

もう、泊まっているところがあるだろうというような感じで、マスターが答える。

「そうなんですが、少し節約しようと思いまして」

マスターは僕の顔をじっとみて、声には出さずに口の動きだけで会話を続けた。

「追い出されたか」

正解とばかりに苦笑を浮かべた僕に、マスターが顎《あご》に手をやり、考えながら口を開く。

僕とマスターを見てアルトが首を傾げているので、マスターは微かに笑った。

「賃貸《ちんたい》は無理だろうな」

マスターが声を出したことで、アルトがまたじっと僕達の話に耳を傾ける。

「同じ理由でですか？」

「そうだ。それに坊主はあまりこの街を歩かせないほうがいい」

「僕も考えてはいるんですが、金銭面で若干不安が残ります。もう少し依頼をして余裕《よゆう》を持たせたいと思います。それに、アルトの体力が回復するまでは、出国は難しいかなと……」

「あぁ。確かになぁ」

この国は、獣人にとって過ごしやすい国ではない。城下町にいる獣人の大半は奴隷だ。首輪をしていないと知られると、狙われる可能性も高い。なので、できるだけ早く出国したいのだが、長旅をするだけの体力が、今のアルトにはなかった。

「いざとなれば、僕が抱えて旅をしてもいいんですが」

僕の言葉に、マスターが笑った。

「そうだな……。一か所、お前達でも大丈夫な宿屋があるが……」

マスターはそう告げながらも、言葉尻《ことばじり》を濁《にご》す。

「何か問題があるんですか？」

「いや、泊まるのには問題ない。元冒険者で、ある程度活躍《かつやく》していた奴だ。チームに獣人族もいたから、心配するようなことはないし、気持ちがいい奴なんだが……」

そういって、マスターは黙り込む。

「値段の問題ですか？」

「いや、安い」

「宿泊客《しゆくはく》が多いとか？」

「いや、客はほとんどいない。今は、全くいないんじゃないか？」

他にどんな問題があるのかと悩む僕に、マスターが珍しく空笑いを浮かべていた。

「客を選ぶ宿屋でな……」

そして、マスターは深くため息をつきながら、ぽつりとそう呟いた。

そこまでマスターが躊躇する宿屋とはどんな宿屋なのか、興味が湧《わ》いた。

「そうですか。他に泊まれそうなところもわからないので、教えてもらってもいいですか？」

「ああ、いいぞ。性格はいい奴だ。その辺りは保証する」

「はい。一度いってみます」

「俺の方からも連絡《れんらく》を入れておくか……」

「お手数をおかけして申し訳ありません」

「いや、礼はいい。面倒見はいい奴だから、気に入られたらよくしてくれるだろう。いや……。気に入られないほうがいいかもしれんが……」

マスターは、よくわからないことをいいながらも、僕に宿屋の地図を渡してくれた。

「今日はもう、依頼は受けないんだろう？」

「はい。教えてもらった宿屋にいってみます」

僕は、アルトにフードをかぶせ、マスターに挨拶してからギルドを後にした。

アルトが興味深そうに露店を見ているので、少しだけ寄り道をして宿屋に向かう。

マスターが教えてくれた宿屋は、ギルドから歩いて10分ぐらいの場所にあった。

立地条件はいいはずなのに、人の気配があまりしない……。本当に、お客はいないようだ。外観は少し古い感じがする。そして、宿屋だというのに、建物の中が薄暗かった。

「ししょう、ここ？」

「うん。地図に描《か》いてある場所はここだね」

アルトは怖いのか、僕にしがみ付いている。僕はそんなアルトの背中を慰《なぐさ》めるように、数回軽く叩いて、緊張をほぐした。アルトの緊張が少し緩んだのを見てから、宿屋の扉を開けて中に入る。

「ごめんください」

そう声をかけると、受付カウンターの奥の部屋から、野太い声と一緒に一人の女性？が出てきた。

「はいはい」

「……」

「……」

僕は、全く想像していなかった方面への衝撃に唖然としてしまう。アルトに至っては、思いっきり見上げる形になっていたのだが……。目玉がこぼれ落ちそうなほど見開いて、カウンターに現れた女性の顔を凝視していた。

「あらぁ。私の顔に何かついているかしらぁ？」

そう告げながら、女性がアルトに微笑《ほほえ》む。僕はそこで我に返り、失礼なことをしてしまった謝罪をしようとして、口を開こうとした瞬間……。アルトが一言……正直に言葉を放った。

「ひげ」

僕の背中に冷たい汗が流れていく……。

「……」

「……」

気まずい沈黙がこの場を満たしていくが、謝罪をするために僕は口を開いた。

「申し訳ありません。まだ子供なもので」

「いいのよぅ。気にしてないわぁ」

彼女《かのじょ》はそういってくれはしたが、その笑顔は引きつっているように見えた。

アルトは首を傾げながら、そんな僕と彼女を見ていた。

「貴方達が、ネストルの話していた冒険者さん達かしらぁ？」

「はい。ギルドマスターに紹介してもらいました。よろしければ、部屋を貸していただけませんか？」

「いいわよぉ。私は、この宿屋を経営しているダリアというの、か弱い女主人よぅ。よろしくねぇ」

ダリアさんから、か弱いと自己紹介され、どう返事をしていいのか悩む。ダリアさんの身長は、見た感じ2メルを超《こ》えるほど高い。元冒険者というだけあって、体つきもがっしりしている。

そう……。がっしりした体つきの男性が、ワンピースを着て化粧《けしょう》をしているのだ。

か弱くは見えないのだけど、か弱いの定義は人それぞれだから……。

散々悩んだ末に、僕は無難に自己紹介を返すことにした。

「ダリアさん、よろしくお願いします。僕はセツナといいます。職業は学者。ギルドランクは青です」

自分の紹介が終わると、アルトの方に顔を向ける。

「アルトも自分で自己紹介しよう」

現実を受け入れるのに少し時間がかかっているアルトに、声をかける。

僕の声で我に返ったのか、アルトは頷いてから口を開いた。

「おれは、あるとと、いいます。しょくぎょうは、けんし。ぎるどらんくは、きいろです」

一生懸命練習したかいがあって、間違えずにいえた。僕は、アルトを褒めるために頭を撫でる。

アルトは褒められたことが嬉しいのか、尻尾がゆっくりと左右に揺れていた。

「セツ君に、アル坊ねぇ。覚えておくわぁ。お部屋は二人部屋でいいわよねぇ？」

呼ばれたことのない呼ばれ方で僕は少し戸惑うが、何とか受け答えをする。

「はい。二人部屋でお願いします」

「わかったわぁ。いいお部屋を用意するわねぇ」

「ありがとうございます」

「アル坊は獣人族ねぇ。久しぶりに子供を見たわぁ。可愛いわねぇ……。おねぇさんがぁ、恋《こい》の手ほどきをしてあげようかしらぁ？」

ダリアさんの言葉に、僕は即答で断りを入れる。

「いえ。アルトは僕の弟子なので、僕が教えます。間に合っているので大丈夫です」

「あらそう？　残念ねぇ。それじゃぁ、セツ君に教えてあげましょうかぁ？」

「いえ、大丈夫です。人に教えてもらうより、自分で覚えるほうが好きですから」

正直、自分でもよくわからない返答だけど、これ以外思い浮かばなかったのだから仕方がない。

「まぁ、そういうのはぁ、人それぞれよねぇ……」

ダリアさんは、一人で頷いて納得している。

アルトは、意味がわからなかったのだろう。首を傾げながら僕とダリアさんを見ていた。

「そうそう。ネストルから詳《くわ》しいお話はきいているのよぉ。セツ君が居ない間、私がぁアル坊の護衛をしてあげるからぁ、心置きなく出かけるといいわぁ」

ダリアさんの申し出に、少し驚く。

僕は、出国するための準備に奔走《ほんそう》しなければならない。当然、アルトを連れて歩くことはできないから、宿屋の部屋に対策を施《ほどこ》して出かける予定を立てていた。だけど……僕が戻るまで、部屋に閉じこもることになるアルトが心配だったのだ。

ダリアさんは、そんな僕の手助けを申し出てくれた。

この人なら大丈夫だと思う。マスターが紹介してくれた人だから、疑う気持ちなどない。

それ以上に……ダリアさんは、アルトを見て本当に優しく笑うんだ。

アルトもそれを感じ取っているのか、ダリアさんの姿に驚きはしても怯えてはいなかった。

「お手数をおかけすることになりますが、よろしくお願いします」

頭を下げる僕にあわせるように、アルトも僕と一緒に頭を下げた。

「一応、この宿屋全体に結界を張ってもいいですか？」

「いいわよぉ？」

「ダリアさんとアルトに悪意を持った人間が、入れないようにしておきます」

ダリアさんは、強いと思う。それでも、集団で襲ってこられたらダリアさんもアルトも怪我をするかもしれない。できる限り、不安要素は省いておきたかった。

「セツ君は、風使いだったわねぇ」

「はい」

「それなら、不可視の魔法は使えるかしらぁ？」

「はい。使えます」

「セツ君は、優秀《ゆうしゅう》な魔導師なのねぇ」

ダリアさんは、にっこりと笑いながら僕を褒めてくれた。

僕が褒められたことが嬉しいのか、アルトも嬉しそうに笑っている。

「不可視の魔法が使えるなら、お庭に魔法をかけてもらえるかしらぁ？」

「はい。大丈夫ですよ？」

「外から見えない状態であれば、アル坊がお庭で遊んでも大丈夫でしょう？」

「……」

「屋敷《やしき》の中だけじゃぁ、息がつまってしまうわぁ」

「いいのですか？」

「いいのよぅ。どうせ、だーれもぉこないからねぇ」

「ありがとうございます……」

ダリアさんの心遣いに、僕はもう一度深く頭を下げた。ダリアさんは、おっとりと笑っていた。

その後、宿屋と庭に魔法をかけ、鍵をもらって僕とアルトは借りた部屋に移動したのだった。

ギルドマスターから紹介してもらったダリアさんの宿は、とても居心地が良かった。

清潔な部屋と美味しい食事。特に食事は、この世界で口にした料理の中で一番美味しかった。

アルトも、僕が思っていたより人見知りすることなく、ダリアさんと楽しそうに話している。

この様子なら僕が出かけても大丈夫かもしれない、と昨夜は思っていたのだけれど……。

現在、ギルドに出かける準備をしている僕の前で、アルトはしょんぼりと肩を落としていた。

そんなアルトの様子を見て、少し罪悪感を覚える。

昨日の夜、アルトにこの国にいる間はこの宿から出てはいけない、といい聞かせた。どうやら、アルトは、僕も一緒に宿屋にいるのだと思っていたらしい。できるなら、僕と離れることを不安がるアルトのそばにいてあげたいとは思う。

だけど、僕は僕で、この国から離れるために旅の道具を揃えなければいけない。二人で旅をすることになったので、依頼を受けて、お金も増やしておきたかった。

カイルから貰ったお金があるけれど、僕がアルトを弟子にすると決めたのだから、僕が稼ぐのが当然だと思っている。どうしても使わなければいけなくなるまで、自分の力で頑張るつもりだ。

耳を寝かせて、うなだれているアルトに声をかける。

「アルト。アルトの今日のお仕事は、文字を覚えることだよ」

日本でいうところの五十音。英語でいうところのアルファベット。この世界の共通語と呼ばれる文字をアルトに覚えるようにいう。そのためのノートはもう渡してある。いわゆる書き取りだ。

昨日の夜、寝るまでの時間に、一緒に発音して覚え、自分の名前と僕の名前を教えた。今日は、一人でも勉強ができるように、ノートに文字を書いてある。それでも時間が余ったら、能力で作った、簡単な絵と文字が書かれた絵本も渡してある。

「ししょう、おれもいきたい」

もしかしたら、連れていってもらえるかもしれないという期待を込めた瞳で僕を見上げてくるけれど……。僕の答えはもう決まっていた。

「駄目。僕はアルトにちゃんとお話ししたよね？」

「……」

「ダリアさんが、アルトと一緒にお留守番してくれる。お昼ご飯も作ってくれるから大丈夫」

「……」

「アルト。返事は？」

「はい」

渋々《しぶしぶ》という感じで返事をするアルトに、僕は革張《かわば》りのノートを渡した。

「ししょう？」

勉強用のノートとは違う装丁《そうてぃ》に、アルトはノートを手で撫でた。

「このノートは、日記帳というんだよ。アルトが、今日一日何をして、何を見て、何を感じたのかとか、嬉しいことや、楽しかったこと、辛かったことなどを書いていくためのノート」

「にっきちょう？」

「そう。今日一日、アルトが何をしていたのかこのノートに書いて、僕に教えて欲しいんだ」

「おしえる？」

「うん。僕は、アルトの書いたノートを見て、その返事を書くよ」

「おれ、まだ、もじかけない」

「文字が書けないから、練習するんだよね？」

「うん」

「最初は、その日覚えた単語しか書けないと思うし、僕の返事も読めないかもしれない。だけどね、アルト。毎日続けていくうちに、文字は書けるようになるし、読めるようになる」

日記を書くのが嫌なのではなく、僕と一緒に出かけられないことが嫌なのだとわかっている。

わかっているけれど、どうしても連れてはいけない。

「アルトは、勉強をするために、僕の弟子になったんだよね？」

ゆっくり諭《さと》すように話す僕に、アルトはハッとして顔を上げる。

そして、僕の目を真剣に見つめ返しながら頷いた。

「おるすばんして、べんきょうする」

「うん、大丈夫。僕は、必ずアルトのところに帰ってくるから」

そう告げるとアルトは一瞬泣きそうな顔をして、僕にぎゅっと抱き着いてくる。

そんなアルトの頭を撫でながら、心の中でごめんと謝《あやま》った。


アルトをダリアさんにお願いして、僕はギルドへと向かう。マスターにお礼を告げたが、マスターは微妙な顔で笑っていた。

これからお金がたまるまでは、その日中に終わりそうな依頼を受けて解決し、帰りに旅に必要な物を揃えていくという毎日を送る予定だ。

依頼をこなしながら、アルトがこれからの日々で日記帳に何を記していくのか……。僕は、少し楽しみにしていた。アルトにとって楽しいことが沢山綴《つづ》られるといいなと思う。

必要なことを終えて宿屋に戻ると、アルトはとても嬉しそうな表情で迎えてくれる。アルトは、一日中部屋に居たわけではなく、ほとんどの時間をダリアさんと過ごしたようだ。その流れで当然のようにダリアさんとも一緒に食事をとりながら、アルトが今日のことを話してくれた。

楽しそうに、新しく覚えたことや発見したことを報告してくれた。そのアルトの感情を最大限に表現する耳と尻尾を見て、内心安堵した。寂しくて泣いてなくてよかった……。そう思ったんだ。

アルトは、昨日よりもダリアさんに慣れていた。正直、僕はまだ慣れない……。色々ギャップがありすぎるから。慣れないだけで、嫌いではないんだ。ダリアさんには、純粋《じゅんすい》に感謝している。

アルトを見てもらうことになるので宿代を多く支払《しはら》おうとした僕に、彼女はいらないといって受け取らなかった。それは……多分、僕のことをおもんぱかってくれたのだと思う。

彼女が居なければ、僕は今頃アルトを抱えて、旅を強行していただろう。アルトが休める場所がないのなら、この国を出たほうが遥《はる》かにマシだから。

僕とアルトが、暖かい場所で眠れ、僕が出かけることができるのは彼女のおかげだった。

この国を出るときは、マスターとダリアさんに何かお礼をしようと決めた。


夕食がすみ、アルトと僕も片付けを手伝い、部屋へと戻る。眠るまでの時間でアルトの勉強を見て、一緒に絵本を読んだ。そして、アルトは今、子狼の姿で僕の膝の上でくぅくぅと寝ている。ベッドで寝るように促したけれど、僕から離れようとしなかった。

僕はソファーの上でアルトを撫でながら、一人お酒を飲んでいた。ジゲルさんとお酒を酌《く》み交《か》わしてから、ほぼ毎日飲んでいるような気がする。美味しいお酒を飲みながら本を読むのは、至福の時間だと思う。今は、アルトを撫でているけれど……これはこれでいいと思う。

ぼんやりと、眠くなるまで何をするか考え、ふと机の上を見ると日記帳が置かれていた。手を伸ばして日記帳を手に取る。アルトが初めて書いた日記。単語が並んでいるのだろうと想像しながら、革張りの表紙をめくった。

『あさ、ひげ、ない。よる、ひげ、ある』

「……」

ひげ……。ひげ。まだ、ひげに拘《こだわ》っていたの？　アルト。

しかし、この文字、どうやって覚えたんだろう。僕は教えていない。

もしかして、ダリアさんに聞いたのか？　もしかしなくても、ダリアさんしかいない。

僕は背中に冷たい汗が流れるのを感じた。

アルトの気持ちはわかる。ものすごくわかる。性別は男性であるのに、女性の恰好《かっこう》をしているダリアさんは、アルトにとっては不思議な人なんだと思う。

人生経験の乏《とぼ》しい僕にとっても不思議な人だ。どのような経緯で、女性になることを選んだのか。知りたいような、知りたくないような。少しの間、逡巡《しゅんじゅん》をした後、アルトの日記に意識を戻した。

「どうしよう」

僕は、どういう返事を書けばいいのだろう。幸せそうに眠るアルトを膝にのせながら悩む。悩む。悩む。ひげのことは気にするな、と書くべきか。朝はひげをそるからひげがない、と書くべきか。

それとも、ダリアさんは本当は男性だと告げるべきか。男性だと告げたら、どうしてスカートをはいているのか……どう説明すればいい？

もういっそ、女性にもひげが生えるでいいかもしれない。嘘ではないし……。

初めて書いた日記を褒めてあげたいのだけど、どうやって褒めればいいのかわからない。

初日から悩む羽目になり、夜が更《ふ》けていく。僕が返事を書けたのは、朝方になってからだった。


ただアルトは文字を覚えるまで、僕の返事は読めない。だから一緒に日記を見て、文字を見せながら僕が読むことにした。

自分の書いた返事を読みながら、教えるのは難しいと、改めて実感した僕だった……。

『アルトへ。しんたいてきとくちょうは、ひとりひとりちがうんだよ。

アルトは、かわいいおおかみにへんかできるけど、ぼくはへんかできないようにね。

しんたいてきとくちょうをくちにするのは、しつれいにあたるから、いわないようにしようね。

はじめてのにっき、じょうずにかけました』

こうして、僕はダリアさんの宿にいる間、アルトの日記と日々格闘《かくとう》しながら、出国する準備を進めていくことになったのだった。

# エピローグ

◇1　【セツナ】

荷物の準備を終え、借りていた部屋も簡単に整えてから、宿屋の受付に向かう。数日間しかお世話になっていないのに……ものすごく、濃《こ》い時間を過ごしたような気がする。感慨《かんがい》深いけれど、数日間の出来事をもう一度繰《く》り返したいかというと、断ると思う。

アルトとダリアさんの言動に僕《ぼく》が巻き込《こ》まれないのなら、また泊《と》まりたいと思うほどいい宿だ。ダリアさんは気持ちのいい人だし、料理も美味《おい》しい。そして、とても情の深い人だから……。アルトを本当に大切にしてくれたんだ。

アルトは、そんなダリアさんに懐《なつ》いていたようだから、どことなく寂《さび》しそうに見えた。受付のカウンターでは、ダリアさんが待っていた。借りていた部屋の鍵《かぎ》を返し、お世話になったお礼を告げる。

「数日間ありがとうございました。こんなに早く準備が整ったのは、ダリアさんのおかげです」

「いいのよぅ。私もセツ君とアル坊《ぼう》といられて、楽しかったわぁ」

ダリアさんは涙《なみだ》ぐんで目元をハンカチで押《お》さえる。

「ありがとうございました」

「アル坊も元気でねぇ。いつでも遊びにいらっしゃいねぇ」

「はい」

「それでは、またこの国を訪《おとず》れた時は、お世話になります」

「ええ。待っているわぁ」

「はい」

僕達《たち》がこの国に戻《もど》ってくる可能性は少ないと知っていても、ダリアさんは最後に優《やさ》しく笑ってくれた。もし、次に訪ねることがあれば、彼女《かのじょ》の冒険者《ぼうけんしゃ》時代の話を聞いてみたいと思う。

「道中気を付けてねぇ。怪我《けが》とか病気とかしないようにねぇ」

最後まで僕達を心配してくれたダリアさんに別れを告げてから、アルトにフードをかぶせる。

そして、手を振《ふ》ってくれるダリアさんに手を振り返し、僕達は冒険者ギルドへと向かった。


ギルドの扉《とびら》を開けると、いつものようにマスターが声をかけてくれた。

「よう、セツナ、坊主《ぼうず》」

「おはようございます。マスター」

「おはようございます。ますたー」

アルトを弟子《でし》にした時から、マスターに坊主と呼ばれなくなった。そのことは嬉《うれ》しい。嬉しいけれど、坊主と呼ばれていた日数と名前で呼ばれた日数を比較《ひかく》すると、少し悔《くや》しい気がしている。

「今日、旅立つのか」

「はい。お世話になりました」

「何もしちゃいないがな」

「いいえ。僕もアルトも、とてもよくしてもらいました。マスターがいなければ、旅立ちはもっと遅《おそ》くなっていました」

それに……。

「マスターのおかげで、僕はアギトさんやダリアさんと出会うことができました」

口では色々いいつつも、いつも気にかけてくれたことに感謝している。

頼《たよ》る人も、気軽に話をする人もいないこの世界で、孤独《こどく》に押しつぶされなかったのは……。

ギルドに来るたびに、僕の顔を真《ま》っ直《す》ぐに見て声をかけ、挨拶《あいさつ》をしてくれた彼《かれ》がいたからだ。

彼は、僕だけではなく、僕以外の駆《か》け出しの冒険者達にも同じように声をかけていた。

きっと、僕以外の駆け出しの冒険者達も、憎《にく》まれ口を叩《たた》きながらも笑っていたのは、気にかけてもらっているとわかっていたからだ。

頭を下げてお礼を告げようとした僕を、マスターが目線だけで止めた。

「礼はいらない。ギルドマスターとして当然のことをしただけだ。もし、お前が俺《おれ》に礼をいいたいというのなら、態度で示せ」

「態度ですか？」

「おぅ、黒になって俺の所に戻って来い。そして、俺に馬車馬のようにこき使われるんだな」

そういって笑うマスターに、僕は苦笑《くしょう》した。それは再会の約束だ。

遠まわしの応援《おうえん》に、少し胸が熱くなった。

「はい、いつになるかわかりませんが、黒になれるように努力します」

「あぁ、達者でな」

「はい。ギルドマスターもお元気で」

マスターは僕に頷《うなず》き、そしてアルトに視線を向けた。

「坊主も、セツナと一緒《いっしょ》に頑張《がんば》れよ」

マスターの言葉に、アルトが頷く。

「それでは、いってきます」

僕の別れの台詞《せりふ》に、マスターは驚《おどろ》いたような顔をしたが、すぐに驚きを笑《え》みにかえて送り出してくれた。

「おう、いってこい！」


アルトの手を引きながら歩いていく。この国での生活は、長かったのか、短かったのか……。この国は、心の底から嫌《きら》いな国だ。忘れることができるなら今すぐ忘れたいほど、この国が嫌いだ。

だけど……カイルと出会い、そして別れた場所もここなんだ。

地獄《じごく》のような場所から、救い出してくれた。

僕に、この体と自由を与《あた》えてくれた。

彼のすべてを譲《ゆず》り受けた場所だから。

僕と彼との思い出は、ここにしかない。

だから、僕は生涯《しょうがい》忘れない。


城下町を出る門の前で立ち止まる。

フードを目深《まぶか》にかぶったままのアルトも、僕の横にきて立ち止まった。

少しだけ顔を上げ、僕を不思議そうに見るアルトに視線を落として口を開く。

「アルト。ここからが僕達の旅の始まりだ。楽しいことも、辛《つら》いことも沢山《たくさん》あるかもしれないけれど。僕は世界を見るために旅をする」

杉本刹那《すぎもとせつな》ではなく。セツナとして。

僕の宣言に、アルトは深く頷いてから、自分の決意を口にした。

「おれは、べんきょうのために。それから、おれのやりたいことを、みつけるために、ししょうと、たびをする」


ここからが、出発地点。

アルトと二人、生きていく。

アルトが頷いたのを確認《かくにん》して、僕とアルトはゆっくりと門をくぐり、ガーディルを後にした。

「さぁ、旅に出よう……アルト」

## 追章　杜若《音信》

◇1　【？・？・？】

私が城門をくぐったとき、ガーディル城に差し込《こ》んでいる太陽の光が傾《かたむ》きだしていた。1時を告げる時の鐘《かね》が鳴り響《ひび》く。

「急げ、勇者様を病室まで運ぶのだ」

馬車に寝《ね》ておられる勇者様が、目を開けられる気配はない。4日前の魔力《まりよく》を使い果たしたと思われる戦い以降、勇者様は昏睡《こんすい》状態が続いている。

その戦いは、夜中に休息をとろうとしていた矢先に起こった。突如《とつじょ》として陣内《じんない》に数百もの魔物の群れが湧《わ》き出したのだ。中級の魔物も数匹《ひき》見られ、その数の多さと相まって兵士は統制を失った。

このままでは全滅《ぜんめつ》かと思われた時、勇者様は魔法を発動させた。

勇者様の体から光の波が幾重《いくえ》にも重なりながら上昇《じょうしょう》し、はるか頭上の暗闇《くらやみ》の中、大きな光球を形成しだし、あっという間に直径5メルほどの大きさになったかと思うと、音もなく破裂《はれつ》した。

破裂した光は無数の光矢《こうし》となり、闇夜《やみよ》を切り裂《さ》く流星となって、数百もの魔物を一瞬《いっしゅん》で駆逐《くちく》した。

そして、その代償《だいしよう》からなのか、勇者様はその場で倒《たお》れ、意識を失った。

翌朝を迎《むか》えても目覚めない勇者様に、私は焦燥《しようそう》に駆《か》られ、我々は戦線からの一時撤退《てったい》を決断する。

同盟軍のエラーナ陣営とガーディル城へ撤退の旨《むね》を伝える早馬をだすと、慎重《しんちよう》に勇者様を護送しつつ兵をまとめ、どうにか今しがた帰還《きかん》を果たすことができた。

「とにかく慎重にだ。くれぐれも体に余計な衝撃《しようげき》を加えないように」

勇者様を馬車の中から、4人がかりで担架《たんか》に移動させる。

「確かに、次の勇者の覚醒《かくせい》がすぐとは限りません。やすやすと死なれるのは困りますな」

隣《となり》で、忌々《いまいま》しそうにその様子を眺《なが》めているルルタスが耳元でささやく。内心そうではないと思いながらも相手にせず、担架の方に向かって叫《さけ》ぶ。

「いいか、何があっても衣服だけはそのままにして、着替《きが》えさせないように」

勇者様が城内に運び込まれたのを確認《かくにん》すると、私は全軍に整列を命じた。全軍といっても、千数百人しか残ってはいなかった。出兵時には5000人もいた兵がと、この惨憺《さんたん》たる有様に言葉もない。しかし、そのことは顔に出さぬようにし、ねぎらいの言葉をかけ解散を命ずる。

「では、ティレーラ将軍。国王様に帰還の報告をしにまいりますかな」

これほどの将兵を水辺に送り出してしまったことに、私の心は重かったが、彼《かれ》にとっては大した問題ではないのか、涼《すず》しげに私を促《うなが》した。

「いわれるまでもない。ついてきなさい」

そういいながら、私は国王の待つ謁見《えつけん》の間へと向かった。

## ◇2　【ティレーラ】

戦《いくさ》の報告は1時間ほどで終わった。私の初陣《ういじん》は、戦死者の数よりも戦果に焦点《しょうてん》をあてられ、勝利として記録された。沈《しず》んだ私の気持ちとは裏腹に、第2次討伐隊《とうばつ》への引き継《つ》ぎを命じ、国王は王の間へと戻《もど》っていかれた。その後宰相《さいしょう》から、風の遺跡《いせき》の件で黒の冒険者《ぼうけんしゃ》と会うように命を受ける。

「明日ではだめでしょうか」

早く引き継ぎの仕事を終え、勇者様の様子を見に行きたくて仕方がなかった。

「お疲《つか》れのところ申し訳ないが、魔道の片眼鏡が必要な仕事が溜《た》まっておってな。魔道具を待機状態にしたそなたでなければ記録を確認することはできぬ。頼《たの》みますぞ」

私は仕方なく、宰相と前もって決めていた手はず通り、冒険者の待つ聴聞《ちょうもん》の間へと向かった。

今から向かう聴聞の間には、特殊《とくしゅ》な魔法が刻まれている。答弁者が嘘《うそ》をつくと、議事進行者の頭の中にその話が嘘であることを告げる警笛を鳴らすという魔法だ。そのため、商人などの取引や諜《ちょう》報《ほう》活動の報告などの際に頻繁《ひんぱん》に使われる。

王宮の東側にある広間で、20人ほどの会議で使われる広さの部屋だが、今回は黒の冒険者一人だけが、私達《たち》が来るのを待っていた。

「お待たせした」

扉《とびら》を開けながら、立ち上がってこちらを向く冒険者に謝罪をする。

「いや、数カ月待ったんだ。数時間くらい大したことはない」

黒のアギトの皮肉に一瞬、顔が引きつるが、気を取り直して席に着き、彼にも座《すわ》るように促した。

「今回の征討《せいとう》は、厳しいものだったようですね」

黒の男は、こちらの疲弊《ひへい》を見抜《みぬ》いているかのような言葉をかけてくる。城内の様子など、この部屋にいればわからないはずなのに。

「あなたほどの実力者ともなれば、どの程度の兵がどの辺にいるかなど、おおよその気配で感じ取れると思いますが、他言は控《ひか》えていただきたい」

私が返答をする前に、ルルタスが釘《くぎ》を刺《さ》す。

「いや、探《さぐ》りを入れたわけではない。ねぎらいのつもりだったのだが、難しいものだ」

アギトはそう告げながらも、さらに続けた。

「そういえば、あなた方が出征された後に、ガーディル近郊《きんこう》でコルバサルの群れに遭遇《そうぐう》した。勇者殿《どの》が討ち漏《うも》らした一団と考えていたのだが……」

「アギト殿、余計な詮索《せんさく》はしないでいただこう」

今度も、ルルタスが制止する。

「詮索のつもりはない。ギルドの方でもコルバサルがあの地域にいた理由を知りたがっていたのを思い出しただけだ」

「確かに我々が討伐をしていた魔物の中にコルバサルはいた。しかし、アギト殿が倒した一団が我々の討伐していた群れと関係するのかは、わからない。そうギルドに伝えてくれ」

私はこの話を長引かせたくなかったので、あらかじめ伝えていいといわれている範囲《はんい》で、情報を渡《わた》した。一瞬、ルルタスが不服そうにこちらを見たが、私は気づかないふりをする。

「姫様《ひめさま》は、話が早くていいな」

ルルタスへの当てつけのつもりだったのだろうが、私はアギトを睨《にら》みつけた。勇者様の部隊の将として抜擢《ばってき》された時から、私はカーディル国の第5王女という地位を捨てたのだから。

「これは失礼しました。ティレーラ将軍」

アギトは、わざとらしくそう呼んだ。私を怒《おこ》らせて失言を誘《さそ》うつもりなのだろう。しかし、かえってしらけてしまい、私は冷静に本題を切りだしていた。

魔道の片眼鏡が記録した情報が卓上《たくじょう》に再現される。記録が始まったアギトがいた場所の風景が映し出され、風の流れが感じられる中、遺跡の発掘《はっくつ》を行う人物の紹介《しょうかい》が始まる。

魔道の片眼鏡はその場の状態を、あたかも時が戻りその場にいたかのような状態で再現してくれる魔道具であり、古代から引き継がれてきたガーディル王国の至宝である。遺跡調査や外交の重要な記録を取るときに使用されるのだが、数も三つしかなく、順番待ちが後を絶たない。

もう少し予備があればと、そんな思いを抱《いだ》きながら記録を眺めていると、今度は眉目秀麗《びもくしゅうれい》な青年の紹介が始まる。女性なら誰《だれ》もがときめくであろう姿ではあったが、今の私にはどうでもよく、ただ早くこの会議を終わらせたい気持ちだけで記録を眺めていた。

「僕《ぼく》は、セツナといいます。職業は学者。ギルドランクは緑で魔法は風属性が使えます。今回は遺跡の調査に風の魔導師が必要ということで、参加させていただくことになりました」

ここで、ルルタスの眉間《みけん》が動き、再生を止めるように私にいった。

「この青年、月光の構成員ではないようだが、約定違反《いはん》ではないか？」

「確かにそうだが、急な依頼《いらい》でうちのメンバーの風の魔導師の都合がつかなかった。風使いが派遣《はけん》されなかったのは、そちらの問題だ。それに遺跡の中には入れていない。何かあったら頼《たよ》るつもりではいたが、その時はこちらで動向を注視するつもりでいた」

その説明で一旦納得《いったんなっとく》したのか、ルルタスは再生の続きを促す。私はお前の小間使いではないぞと思いながら、再開する。すると、扉を開けた後で再生を止めさせられ、今度はセツナを指さし支点にすると、拡大したり回転させたりし、さらに彼視点の構図にしてまで何かを探っていた。

「ふむ……」

気になることを調べ終えたのか、ようやくルルタスは、口を開いた。

「感知と探索《たんさく》の魔法を同時に使用しているようですな。魔法の範囲は遺跡全体を覆《おお》っています」

私は風使いがそういった類《たぐい》の魔法を使うことは知っていたので、それでという感想しか抱かなかった。

「そうだろうな。彼の性格から、我々の行き先の安全確認はするだろう。この時は何も知らされていなかったが、何かしらはしているだろうと思っていた。何か問題でも?」

彼の言葉に嘘はないようだ。部屋はこの回答を真実だと認めていた。ルルタスは思案顔だったが、話を停滞《ていたい》させるのは私の本意ではないので、先程《さきほど》と同じように再開する。

アギトとその息子《むすこ》が中に入り、遺跡の内部を再生しだす。ただその内部は、記録を確認するまでもなく私は覚えていた。つい先日、勇者様の護衛として歩いた道なのだから。

扉の中央にはめ込まれた風の魔道具が、司教の魔力を吸収していき、白く輝《かがや》いた。

それと同時に、魔道具から強烈《きようれつ》な突風が上下左右に吹き荒《ふあ》れ、その奔流《ほんりゆう》に押《お》されて扉が上下に分裂し、天井《てんじよう》と床《ゆか》の中に収まっていった。魔道具は下の扉とくっつき、床の表面にその半球面が突出した状態になっている。

「さぁ、勇者様。参りましょう」

大司教はそういうと、聖櫃《せいひつ》を担《かつ》いでいる司祭らを引き連れて進み始めた。

「参りましょうか」

私も勇者様を促すように声をかけると、勇者様が頷《うなず》きながら明るく返事をしてくれる。

「そうだね、僕達もいこうかっ」

勇者様の歩みにあわせ、私も歩こうと思っていたのだが……。勇者様は、全身を覆う若葉色の鎧《よろい》と兜《かぶと》に動きを制限されて、歩き方がぎこちなかった。その、ぎこちない歩き方を見て、面具の下の勇者様の表情を想像し、つい笑いがこみ上げてしまう。

「あ、笑ったな。僕はこう、筋肉とかあまりないから、こんな歴代勇者の装備なんて、無理だよって何回もいったのに！　ひどくない？」

その言葉で、勇者の鎧の中にある華奢《きやしや》な勇者様の姿を思い浮《う》かべ、思わず噴《ふ》き出してしまう。

「むぅ。ひどいっていってるそばから笑うかなぁ。でも、まぁ、この鎧や剣《けん》がいつか重荷でなくなる日が来るといいんだけど」

勇者様は、その重責に対して真摯《しんし》に向き合い、さらに初めて装着した勇者装備で慣れないだろうに、それを笑ってしまったことに恥《は》じ入り、私は深々と頭を下げた。

「いや、そんなに謝《あやま》らなくていいよ。僕が同じ立場なら、絶対、大笑いしているもの」

そう断言した勇者様は、おそらく微笑《ほほえ》んでいる。

「大体、この勇者装備がいけないよね。ごつごつしていて好きじゃないよ。でも、若葉色ってところだけは評価していいかな。僕、この色大好きなんだ」

そういって、私を気遣《きづか》ってくれる勇者様の優《やさ》しさが、私の心に温《ぬく》もりを与《あた》えてくれる。

「そうですね。エンディア神の色は青なので、勇者様の鎧は青のほうがという声もあって、何度か染められてはいたみたいですが、そのたびに元の色に戻ったと聞いています。でも、私もその色のほうが、勇者様には似合うかと思います」

「そんなこといわれてもなぁ。僕、全く見えてないでしょっ！」

冗談《じょうだん》ではなく、本当に全く見えていないのが、また笑いを誘う。勇者様もそれにつられて、ひとしきり笑い、そして真摯な口調で話し続ける。

「君が将軍になって、僕についてきてくれるなんて夢にも思わなかったよ。ありがとう。知っている人が一人もいないのは、やっぱりさみしいから、嬉《うれ》しかったんだ」

私こそ、あの窮屈《きゅうくつ》な宮殿《きゅうでん》の中で私を見出《みいだ》してくれたことに感謝しますと、勇者様だけに聞こえるように小声で告げたのだった。


勇者様と私がそのようなやり取りをしている間に、司祭や魔導師達が遺跡の内部をくまなく調査し終わり、めぼしいものは、遺跡中央の祭壇《さいだん》以外ないということがわかった。

「やはり古文書《こもんじょ》にある通り、この祭壇のみがエンディア神の御心《みこころ》を示すものなのでしょう」

大司教の言葉通り、祭壇からは神々《こうごう》しさが感じられた。7段からなる石段の上に、8本の黄金の柱からなる神殿が建てられ、その中に一体の蒼銀《あおがね》の女神《めがみ》像が祭られていた。遠目からも、それがエンディア神であることは間違《まちが》いなくわかった。

「ガーディル王国に受け継がれている古文書には、こう記されております。数百年に一度、月が最も青く輝くとき、風の祭壇は現れん。そこに祭られし女神に祈《いの》りを捧《ささ》げよ。されば御心は示されるだろうと。今から我らが祈りを捧げますが、何かありましたら勇者様にもご尽力《じんりょく》お願いいたします」

勇者様が頷くのを確認してから大司教達は祭壇へ上がり、女神像の前で跪《ひざまず》いた。勇者様の騎士《きし》団を残し、勇者様と私も後を追い階段を上りきると、最前部に一人でいる大司教の隣で同じように跪いた。

長い間、大司教の元、厳格な祈りが捧げられたが、祭壇には何の変化も表れなかった。大司教達が祈りの仕方に問題があるのかとか、そもそも御心は示されているのでは、などと議論を始めたところで、勇者様は立ち上がり、像をまじまじと見始めた。私も立ち上がるとその隣に立ち、声をかける。

「勇者様、どうなされたのです?」

「どうもしないよ。ただ綺麗《きれい》だなって見ていたんだ」

そうですねと頷き、私も勇者様と同じ大きさくらいの女神像を見入る。

「それにしても、やっぱりここは僕の故郷とは違うんだね。僕の故郷ではね、御神木《ごしんぼく》に……」

そういいながら勇者様は女神像に手を触《ふ》れ、話し続ける。

「触《さわ》りながら、手に想《おも》いを乗せて祈るんだ」

その勇者様の様子がとても悲しそうだったので、私は思わず勇者様のもう片方の手をとって握《にぎ》り締《し》めた。面具の奥《おく》で瞳《ひとみ》がこちらを見つめ、そして、ゆっくり閉じられたのがわかる。

「ありがとう」

勇者様が静かに呟《つぶや》いたとき、突如として女神像が光り輝き、八つの柱を照らす。その光を蓄《たくわ》えるかのように、黄金の柱の根元から金色の光がたまっていった。

「これは……」

司祭達と話していた大司教は振《ふ》り返りながら立ち上がると、勇者様に近寄る。

「いや、右手に祈りを込めたら、急に輝きだして……」

大司教は女神像に添《そ》えられた勇者様の手を覗《のぞ》き込んでいる。その手自体からも光があふれていた。

「勇者様。祈りを込められた折に、魔力もそそがれましたかな?」

私は魔法を使えないから、魔法と祈りは異なるものだと思っていたのだが、勇者様には同じようなものなのだろうか。だが、大司教にとってもそれは異なるもののようで、不思議そうな表情をしていた。

「僕、何かまずいことをしたかな」

申し訳なさそうに告げる勇者様に、大司教は首を振った。

「いいえ。さすがは勇者様です。我々では、この答えに悠久《ゆうきゅう》の時を経《へ》てもたどり着けなかったでしょう。ただ……」

大司教は、八本の柱を見まわす。根元から蓄えられた金色の光が、柱の半分を少し越《こ》えたところで、上昇を止めていた。私には、何かが足りないがために、その場で止まってしまったように見える。おそらく大司教もそう感じていたのだろう。迷うことなく右手をそっと女神の像に添えた。

「おおっ」

大司教が手を添えると同時に、司祭達からどよめきが湧《わ》き上がった。再び光が黄金の柱を昇《のぼ》っていったからだ。ただ、それはあまりにもゆっくりとしたものだった。大司教もそう思ったのだろう。司教を呼ぶと、ともに手を女神像に添えて、魔力をこめながら祈るようにと伝える。

司教が命じられた通りにすると、光は最初の勢いを取り戻し、柱を昇り神殿の屋根をも包み込んだ。そして、光は我々ごと神殿を包み込み、次の瞬間、神殿の屋根から水が落ちるように静かに流れ、消えていった。

神殿を包む黄金の光が流れた時、光を保ち続けている八本の柱に照らし出された景色に、私達は戸惑《とまど》いを隠《かく》せなかった。

「音も揺《ゆ》れもなく私達は……」

私は、神殿の左右に広がる岩肌《いわはだ》とどこかに続くと思われる正面の砂利《じやり》道を前にして、転移させられたという言葉を飲み込んでしまった。

「……」

言葉が見つからないまま、大司教が神殿の外へと足を踏《ふ》み出していた。階段はなく、白石が敷《し》きつめられている道を、まるで夢を見ているかのように歩み始める。忘我《ぼうが》の中にいた私は、その後を追うことも止めることもなかった。

「ちょっとまって、大司教さんっ」

大司教の後を追う勇者様の声で我に返り、私も急いで傍《かたわ》らに駆け寄る。勇者様の護衛をしなければいけないのに、なんという失態かと、自分が情けなくなった。

「こんな暗闇の中、明かりもなしに歩いたら、危ないよ！」

「……………おぉ。これは申し訳ない。心配をかけましたな」

勇者様の言葉で、大司教の意識も正常に戻ったようだった。

ふと気づいて周りを見渡《みわた》すと、神殿の光以外、ここは何もともらない闇《やみ》の世界だった。ここから十数歩も歩けば何も見えなくなる暗黒の道だと認識《にんしき》したとき、私の背に冷たいものを感じた。

「大司教様、お待ちを」

私達の後を追ってきた司祭達が、魔道具で明かりをともそうとした。しかし、それらの光は拒絶《きょぜつ》されるかのように闇にかき消されていった。

「どうやら、足元を照らすこともままならぬようですな。困ったものです」

大司教は、深くため息をつく。

「なんか、うん、これ闇の魔法だよ。この領域自体が、闇の魔法で覆われているみたい」

勇者様も光の魔法で辺りを照らそうと試みたが、駄目《だめ》だったようだ。

「我々がいた神殿の柱は光っていますが、あそこは闇の魔法の影響《えいきょう》を受けていないのでしょうか？」

私の疑問に、勇者様は首を傾《かし》げて声を出した。

「試《ため》してみようか」

勇者様はぎこちなく歩いて柱の前まで戻ると、再び魔法を発動させたのだと思う。思うというのは、勇者様が駄目だと顔を左右に振って戻ってきたからだ。

「困りましたな。このままでは、何もできずに戻ることになりそうですな」

大司教は暗闇の先を恨《うら》めしそうに見つめながら、愚痴《ぐち》をこぼした。

「…………」

勇者様は腕組《うでぐ》みをしながら、なにやら体を小刻みに揺らしている。そういう時は何かを考えているのだと、出会った頃《ころ》に教えてもらった。良策があればと期待しながら、勇者様を見守る。大司教や司祭達も光源を作り出そうとしながらも、ちらちらと勇者様の様子をうかがっていた。

「闇の魔力に負けないぐらい、魔力をこめれば……。あれぇ？……だめだぁ。全力なのになぁ……。それなら……。よし、やれるかな」

いきなり、腕組みを解《ほど》いたと思いきや、勇者様は両の手を水をすくうようにあわせる。

「おいでっ」

その言葉と同時に、手の平が一瞬煌《きら》めき、その後に水のように手の中に光が溜まっていく。

「うん、いい感じ。それじゃ、いくよ！」

勇者様の言葉を合図に、すくった水が両の手からこぼれるかのように光がこぼれ落ち、そのまま砂利道に沿って流れ続ける。勇者様の手からはとめどなく光が流れ続け、次第《しだい》に砂利道の先の先まで流れ、美しく辺りを照らしていった。

「まるで、星の河のようですね」

思わず呟いた私に、勇者様はおそらく微笑みながら頷くと、大司教達に話しかけた。

「僕がこうして光を出し続けるから、みんなはこの流れに沿って先に進んで。何か危ないことがあったり、光が不要になったら、教えに戻ってきてください」

大司教は勇者様に礼を述べると、司祭達を引き連れ、光に導かれて先に進んでいった。もちろん、私は勇者様の護衛のため、その場に残る。しばしの沈黙《ちんもく》の後、勇者様がぽつりと言葉を紡《つむ》いだ。

「僕の故郷にも、星の河が流れていたんだよ。だからそれを思い出しながら、この魔法を作ってみたんだけど……」

光の先端《せんたん》が大きく蛇行《だこう》していくのを見つめながら、勇者様の声はどことなく沈んでいるように聞こえた。

「故郷を思い出されましたか」

「……。ここにきて初めて夜空を見た時に想ったんだ。星座が違うし、星の河が2本も流れてる。この空は僕のあの故郷につながってないんだって。その時の気持ちがよみがえっちゃっただけ」

微《かす》かに震《ふる》えた声の勇者様をじっと見つめる。私は、かける言葉を、かけるべき言葉を考えていたが、かごの中の鳥として育った私には、勇者様のこの世界に対する想いなど汲《く》み取れるはずもなく、ただ黙《だま》って勇者様を見つめていた。

その時、違和感《いわ》を覚える。勇者様全体を明るく感じ、また元に戻るような違和感を。そして次の瞬間、勇者様の体全体が、いや、勇者装備が眩《まばゆ》く発光した。

「勇者様！」

あまりに鮮烈《せんれつ》な光を左手で遮《さえぎ》り、何が起きたのかはわからないが、私は勇者様の鎧を脱《ぬ》がさないと、という一心で、勇者装備に手を伸《の》ばす。

「あわ、あわわわわわ！」

勇者様も、あわてながら鎧に手をかけようとしていたが、魔法を維持《いじ》するために手を離《はな》すことをためらった。

「勇者様、兜を捨て……」

私は差し迫《せま》った声でそういいかけていたが、その叫びが終わる前に事態は収束していた。

変化は、あっという間だった。光を帯びたままそれは形を変えていき、光が消えた時、変容も終わった。勇者様の手の光に照らされたそれは……。

「……ローブ？」

私は思わずつぶやいた。おそらく、兜が変形したのであろう大きめのフードがついたローブは、鎧だった時と同様に、若葉色を基調とした生地《きじ》のところどころに金糸で刺繍《ししゆう》が施《ほどこ》されており、今まで私が見てきたどのローブよりも、神々しかった。

「えっ、えっ？　えええええっ！」

ローブの一言が何を意味しているのか、初めのうちは理解していなかった勇者様は、自分の装備の変化に気づいたとたん、素《す》っ頓狂《とんきよう》な声をだす。両手をつけたままの状態で手を上げ、自分の身を右、次は、左と見て、「わぁ」とか「ほへぇ」という声を上げた。そして、最後に……。

「剣が、杖《つえ》になっちゃったようっ」

おどけたような悲しみの声でそうおっしゃったので、私は思わず噴き出してしまった。

「ひどいよ、ティーレ。なんで笑うのっ⁉　僕、鎧はあまり好きじゃなかったけど、剣はかっこよかったから気に入ってたの知ってるでしょ」

「申し訳ありません、勇者様」

私は笑いをこらえながら、実に様になっているローブ姿の勇者様に、頭を下げた。

「……」

それでも口をきいてくれない勇者様を、その姿勢のまま上目遣いに窺《うかが》うと、鼻頭《はながしら》まですっぽりとフードで覆われた顔をぷいっと横に振った。

「あと、二人きりの時は名前で呼んで欲《ほ》しいっていったよねっ？」

「い、いっ、いや、それは、お、お断りしたはずですがっ！」

いきなりの話題転換《てんかん》で、私は動揺《どうよう》を隠せず、声が上ずった。勇者様は、友達になって名前で呼んで欲しいと、あの日、私にいわれた。それは、私にとってとても嬉しい誘いではあったのだ。

しかし、私にとっての勇者様は、親愛とか、敬意とか、友達という言葉では片付けられない何かであって、申し訳なくもお断りしていた。それを今、ここで持ち出すとは、不意打ちにもほどがあると、私は頰《ほお》を紅潮させていた。

「ティーレはガードが堅《かた》いな。そこは、もう、わかりましたというべきだよっ」

いやいやと否定しながら、私の勇者様に対する気持ちを熱弁し、勇者様も怒ったふりをしつつも、もはや、ふりでさえないような軽口をいって笑いだし、最後に真顔になって私にいった。

「さっき、故郷を思い出したとき、戻りたいとは思ったけど、不思議とさみしくはなかったんだ。きっと、ティーレが傍《そば》にいつもいてくれるからかな」

勇者様はそう告げた後、視線を星の河へと戻す。私の存在が勇者様の心の支えになっていることがわかり、とても誇《ほこ》らしい気持ちになって、私もまた星の河へと視線を向けた。

そのあと、どれくらい勇者様と話していたかはわからない。なぜ勇者装備が変化を遂《と》げたのかとか、勇者様の家族の話とか、私の家族の話とかをしていたが、何かの話の途中《とちゅう》で一人の司祭が戻ってきたことで、二人のとりとめのない歓談《かんだん》は終わった。

どうやら、大司教達が砂利道の終わりで遺物を見つけたようなので、私達もそこに向かうことにした。

勇者様は両の手を天井に掲《かか》げ、そこからゆっくりと左右へと腕を下ろした。両の手が分かれると、その手の動きを追うように虹《にじ》状に光が霧散《むさん》し、再び湧きでることはなかった。光の流れだけがその場から先の方まで残ってはいたが、それは消えないのかと思い、勇者様に聞く。

「半日くらいは、このままかな。時間が来ると自然に消えるよ」

そういって、勇者様は先頭に立ち、砂利道を進み始める。私は遅《おく》れまいと後を追い、司祭も何かいいたげだったが、黙したままついてくる。

「なんかさ、こういう天然の石の中ってワクワクするよね。僕はずっと森の中に住んでいたから、珍《めずら》しくって。まぁ、お城の中も石なんだけど、それとこれとは別っていうか、別だよね」

先程まで感じていた落ち込みはなく、無邪気《じゃき》に笑いながら軽《かろ》やかにステップまで踏みつつ、勇者様は進んでいく。勇者のローブは、そんな勇者様の動きを妨《さまた》げることなくゆらゆらと、さながらドレスのように勇者様の動きに優美さを添えていた。

勇者様が作り出した光り輝く星の河を、5分程歩いただろうか。砂利道の先に石段が見えてきた。ここまでの道のりで、神殿のあった場所も含《ふく》めて、人の背の3倍ほどの高さの天井だったのだが、石段が見えたこの辺りからは、急に背丈《せたけ》の5倍はあろうかというほどの高さになった。

石段は神殿の時と同じく7段で、上がりきった先は高台となっており、この洞窟《どうくつ》の壁《かべ》についていた。つまり、ここで、この洞窟は終着を迎えたというわけだ。

高台の上には大司教達がのぼっていたが、司祭が私達に気が付き、壁面《へきめん》を見つめていた大司教に声をかけた。その声で、大司教がこちらを振り返り、階段の前まできた私達を迎えようと階段を下りてきた。

「おお、これは、これは。勇者様は、勇者装備に認められたようですな」

「どういう意味？」

「勇者装備は、32代目勇者様により作られ、代々の勇者が愛用されてきたといわれています」

その話は私も知っていて、勇者様に伝えていた。

「ただ実際は、歴代の勇者様達の体に合わず、37代目までは儀礼《ぎれい》的に使われることはあっても、実戦では使用されなかったのです。しかし、38代目がその能力で勇者様の力量に合わせ装備が変容するような機能を追加し、それ以降、名実ともに勇者様と共にある装備となったそうです」

勇者様はどうして教えてくれなかったのという感じで私を見るが、私も初耳だったので、そんな話は知らなかったと首を左右に振る。それを見て大司教は、笑いながら話を続けた。

「勇者様が勇者装備を着ていなかったなどとは、表立って話したくはありませんからな。まぁ、他《ほか》にも表に出ていない話は、色々あります」

一呼吸おいてから、大司教は話を続けた。

「例えば、勇者装備は、勇者様のみが身に着けられるように32代目様の能力で作られておりますし、50代目の勇者様は微弱《びじゃく》ながらも魔力回復の効果を追加しているといわれてますな」

「なるほどっ」

勇者様は、改めて自分が纏《まと》うローブをしげしげと眺めていた。

「じゃあ、さっきまでの甲冑《かっちゅう》型の鎧は、68代目に適した勇者装備だったんだね」

勇者様の言葉に、私は首を横に振った。68代目のことは、かなりひどい伝染病《でんせん》で町外れの一角に隔離《かくり》されて養生していたとだけ聞いていた。介護していた者の何人かはその病が伝染して病死したと母上から聞いたときには、その区画にだけは寄ってはならないと思ったものだ。

ただ、今その話を思い出し、当時は思いもしなかった同情の念が芽生えていた。68代目も寂《さび》しかっただろうにと。おそらくは、勇者様の寂寥《せきりよう》感をまとった姿を見た影響だろう。ただ、そのような感情を今話すのは無駄《むだ》だろうと、事実だけを勇者様に伝える。

「いえ、68代目殿は病に倒れ、勇者装備を着ることなく亡《な》くなられました。ですから、あの勇者の鎧の形は、67代目の勇者様に適応したものでしょう」

「そうなんだ、かわいそうだね……。名前はなんていうの?」

「名前も名乗られなかったとか。ひどい有様で、口をきける状態ではなかったようです」

勇者様は何かを考えるように俯《うつむ》き、そして顔を上げた。

「そうか。じゃあ戻ったら、お墓参りに行こうかな」

「わかりました。帰りましたら、どこに埋葬《まいそう》されたか確認しておきましょう」

「うん。お願いするよ」

「それでは、本題に入ってもよろしいですかな」

私達の話が一段落ついたのを見計らって、大司教が声をかけてくる。申し訳ないと謝ると、大司教はよいのですといい、話を続けた。

「あちらにあるのが、神の御心そのもののようですな」

大司教が指さす先には、洞窟の壁面に埋《う》め込まれた石板が見える。何か模様が刻まれているが、それが何を意味するのかは、私にはわからなかった。

「あれが目的のものですか？」

私の問いに、大司教も首を振り、わからないと告げる。

「持ち帰って調べてみないことには、わかりません」

持ち帰るという言葉に私は、すぐに釘を刺す。

「大司教。ここにあるのは……」

「わかっております。あの石板は、エンディアの信徒とガーディル王国のものであることは承知しております。それに、今回のことが国家機密であることも。ですから、お二方もくれぐれも他言無用にお願いしますぞ」

みなまでいう前に、大司教は朗《ほが》らかに笑い、私の懸念《けねん》を打ち消した。

「それはそうと、問題がありましてな。持ち帰ろうにも、岩壁から外すことができないのです」

大司教は、私達が来るまでそのことについて思案していたが、どうにもできなく途方に暮れていたと告げた。

「大司教さん。あの聖櫃に石板を入れればいいんだよね？」

勇者様の質問に答えて、大司教は頷く。勇者様は自信ありげに私を見て頷くと、勇者の杖を掲げた。それに呼応し、岩壁と石板の間から湯気のように闇が立ち昇り、蒸発する。

「闇の魔法で縛《しば》っていたようですな」

大司教は目を細めて勇者様に同意を求めたが、勇者様は首を振り、勇者の杖を手前に傾ける。その動作に呼応して石板は岩盤《がんばん》から外れ、宙に浮かぶ。しかし、その石板の裏には無数の光が蜘蛛《くも》の糸のように岩盤へとつながっていた。勇者様が杖を振ると、その糸は水に溶《と》けるように霧散した。

「あとは聖櫃に入れれば、終わりだね」

石板の下に光の帯が現れ、その上を石板が流れ始める。光の帯は聖櫃の中まで伸び続け、石板もその上をゆっくりと流れ続け、聖櫃の中へと収まった。

勇者様の魔法に私が感嘆《かんたん》の声を上げようとしたその時、激しい揺れが起き、何かが崩壊《ほうかい》する音が神殿の方から響いてきた。揺れは収まるどころか大きくなり、天井から小石が落ちてきだした。

「これは、この洞窟の役目を終えたということでしょうな」

大司教の言葉に、何を悠長なことをと思いながら、私は脱出《だっしゅつ》の方法を考え始めた。光の魔法同様、風の魔法もこの闇によって打ち消されてしまうに違いない。そうならば、この闇を打ち消して風の魔法を発動できるようにするしかないのではないか。

そこまで考えていた時に、大司教は心配なされるなと、周囲を指さした。洞窟の崩壊とともに辺りを覆っていた闇の魔法がきれたのか、星の河以外の光も司祭達の衣服の中から漏れ出していた。

「闇の魔法が晴れたことで、先程、皆《みな》が起動させた魔道具が、今頃効果を表し始めたのでしょう。この状態ならば、おそらく普通《ふつう》に転移魔法が使えるでしょう」

大司教は風使いを呼び、全員を風の遺跡へ戻すように命令する。司教や司祭達は頷くと、転移の魔法を発動させる。空中に私達の体が浮き上がると同時に、洞窟全体が激しい揺れに襲《おそ》われた。

天井が崩落すると思った瞬間、目の前には神殿を失った祭壇だけがあった。私は風の遺跡へと転移されたことを理解し、胸をなで下ろしたのだった。


魔道の片眼鏡が丁度、祭壇の周りを再現しだした。当然、その上に神殿はない。黒のアギトは、その何もない祭壇の上に立ち、何をする場所なのかは不明と報告を入れた。そのことに対して、私が彼に説明することはない。なぜなら、風の遺跡で起こったことはすべて国家機密だからだ。

このことが外部に漏れないようにするために、我々は準備を重ねてきた。内部から漏洩《ろうえい》しないように、遺跡の件に関するメンバーは選抜されていた。司祭達は大司教の直弟子のみで、騎士達も元は国王の親衛隊の幹部達であり、信頼に足る者達だけで構成されていた。

さらにいえば、遺跡発掘の計画も、国王や宰相を中心としたごく一部の人間だけしか知らないのだ。風の遺跡の発掘については、国政の中枢《ちゅうすう》を担《にな》う大臣達でさえ、冒険者ギルドと共同で調査していると信じている。

そうまでして得た石板が何なのかは私は知らないし、知ろうとも思わない。深入りしようと思えば、深入りできる立場ではあるだろう。だが、私は石板などに興味はない。私の望みは、少しでも長く勇者様の隣にいるために、この騎士団の将軍であり続けることだけなのだ。

だからこそ、今、私がやらなければならないことは決まっている。私に課せられたこの遺跡に関する任務をまっとうすることだ。我々がこの遺跡をすでに知っていたことも、この遺跡に何があったのかと疑心を抱かせてはならないという任務をだ。

任務成功のため、宰相は幾重にも策を練った。余計な情報が漏れないように、冒険者とともに遺跡の調査にいかないようにした。そのための大掛《おおが》かりな口実を仕込んでもいた。偶然《ぐうぜん》、魔物が大量に発生したため、偽装《ぎそう》した口実を使うことはなかったが。国の至宝である魔道の片眼鏡や聴聞の間まで持ち出して、内外に調査に関する関心の高さまで演出した。

そうまでして仕込んだ舞台《ぶたい》の最後の詰《つ》めで、私がしくじるわけにはいかない。アギトの報告で少しでも核心《かくしん》に触れそうなことがあれば、それとなく否定するよう聞き耳を立て、後は無難に答えようと構え続ける。

しかし、偽装の演技もそれほど難しくはなかった。何も知らないルルタスが執拗《しつよう》に映像を見つめ、アギトに質問するので、アギトがこちらを不審《ふしん》に思うことはなく、私がただ話を先に進めようという姿勢すら、彼の共感を得ているようだった。

「セツナ君は、強い。魔導師ではなく、剣士としてでも通用する」

魔道の片眼鏡がアギトのこの台詞《せりふ》を出力したところで、ルルタスはもう何度目かもわからない停止の合図を私に送る。私は心底辟易《へきえき》しながら、再生を止めた。

「この話は本当か。本当だとしたら、とんでもない逸材《いつざい》ですな。どこかの国の密偵《みってい》の可能性もある。呼び出して尋問《じんもん》するべきでは」

いっていることは正しいが、私としては、密偵だとしても事が大きくなることのほうが問題だった。ルルタスのこの発言にどう返すか躊躇《ちゅうちょ》したが、私が答える前にアギトが口をはさんだ。

「ただの発破だ。子供を持つ親なんて、そんなものだろう。少し盛り過ぎはしたが」

部屋はこの回答を虚実《きょじつ》だとした。つまり、密偵かどうかは置いておいて、このセツナという青年は、とんだ逸材ということになる。しかも、どういうわけかは知らないが、黒のアギトに庇《かば》われるほどの人材らしい。面倒《めんどう》な回答だと思いつつも、どう答えるかはもう決まっていた。

「確かに、そういうこともあるのでしょう。親は子供には大きく育って欲しいと願うものですから」

アギトは我《わ》が意を得たりと頷き、ルルタスも私が肯定《こうてい》したことで、それ以上の追及《ついきゅう》はしなかった。

ルルタスが何もいわなかったので、再生を再開する。セツナの歌が微かに聞こえ、アギトが地上に出たところで、記録を終わると宣言し、記録が終了《しゅうりょう》した。

「どうやら、風の遺跡には何もなかったようですね」

私は結論をアギトに伝えると、彼も残念だがなと続けた。それを合図に、私達はこの会合の終わりを合意し、アギトは部屋を出ていった。

ようやく一仕事を終えたと思いながら、私は魔道の片眼鏡から記録を消去した。そして、部屋についている呼び鈴《りん》をならし、部屋の管理者を呼ぶ。

「この場での会合は終わった。特に問題はなかった。冒険者ギルドの使いも嘘はいっていなかったと記録するように。それと、別の者を呼んで、この魔道の片眼鏡を宰相殿に届けるように」

管理者が了解しましたと去っていくと、私はそれを見送ってから、歩きだす。

「いくぞ、次は引き継ぎだ」

残す任務もあと一つだ。私の心ははやる。急ぎ足で引き継ぎを待つ将軍の元へと向かうが、途中で兵士に呼び止められる。

「ティレーラ将軍。会合が終わったとの報告をお聞きして、捜《さが》しておりました」

「何用だ。私は、急いでいるのだが」

「勇者様の意識が戻ったことを報告したほうがよいかと思いまして。申し訳ありませんでした」

「そうか、それはよく教えてくれた。勇者様は問題ないのだな？」

「はい。ただ、やはりだいぶ衰弱《すいじゃく》しておられ、将軍の名を弱々しく口にしながらふせておられます」

その言葉で、私の自制はどこかに飛んでしまっていた。

「わかった。今すぐ勇者様のところへ案内せよ」

というとともに、私を見て目が点になっているルルタスに告げる。

「引き継ぎは、参謀《さんぼう》殿に任せる。こたびの戦のこと、大将軍に正確に伝えるように。あと、貴殿なら魔物に対しての策もいくつか思いついていよう。それも伝えるように。それでは、頼む」

早口でルルタスに必要なことを伝え、彼が抗議《こうぎ》しようとするのを無視し、私は兵士を促し、勇者様のいる部屋へと向かった。

「こちらです」

兵士は、病棟《びょうとう》の一室の前で立ち止まった。私ははやる気持ちを抑え、その扉をノックすると、返事を待ってから中に入る。ベッドには勇者様が寝ており、それを看病するように、女の魔導師がそばについていた。

「もう、大丈夫《だいじょうぶ》なのか」

私が魔導師に尋《たず》ねると、彼女《かのじょ》はしっかりと頷いた。

「はい。魔力の減少によって意識をなくされていたので、魔力が戻ればあとは安静にしていれば大丈夫でしょう」

魔導師の言葉で、私は安堵のため息をつき、ベッドのそばへと近寄り、具合を尋ねようと口を開きかけるが、魔導師がそれを制し、静かな声で私にいった。

「勇者様は先程まで将軍をお待ちしておりましたが、少し前に眠《ねむ》りにつかれました。意識が戻ったとはいえ、養生が第一です。申し訳ありませんが……」

魔導師の話が終わる前に私は頷き、話しかけるのをやめた。その代わり、毛布にくるまって寝ている勇者様を見つめながら、椅子《いす》に腰《こし》を下ろす。

「それでは、私は勇者様の容態を報告に行きますので、何かありましたらそこの鈴《すず》を鳴らしてください。医者と魔導師が来ますので」

枕《まくら》もとの呼び鈴を指さしながらそういい終えると、彼女は部屋を出ていった。それから数分、私は何もせずに、勇者様を見ていた。勇者様と私以外誰もいない部屋の中で、勇者様の寝息だけが聞こえていた。

「……」

ふと、勇者様が寝返りをうち、毛布がベッドから落ちた。私は毛布を拾い、声には出さずに勇者様の名を呟きながら毛布を掛け直したのだった。

## ◇3 【セッナ】

朝の光を瞼《まぶた》に感じ、うっすらと目を開ける。夜のとばりが薄《うす》くなる瞬刻の風景である、朝焼けの空をぼんやりと眺める。いつもならば、すぐに目が覚めて体を起こすのだけど……。

夢の余韻《よいん》……いや、僕が見たモノは夢ではなく、多分、カイルの記憶《きおく》の断片《だんぺん》だと思われるモノを見ていた。夢の中で夢を見ていると意識しているような感覚の中で、僕はその記憶の中にカイルとして身を置いていたような気がする。

この記憶がカイルのモノだとわかった理由は、カイルが僕に譲《ゆず》ってくれた鞄《かばん》と同じものが視界に入ったからだ。夢うつつの状態で、胸のざわつきを収めようと努めながら、無意識に今見たモノを追うために、僕はもう一度目を閉じた……。

見たことのない景色だったり、知らない街並みだったり、どこかの遺跡だったり、流れていく時間に整合性など全くない。カイルの視点でモノを見て、彼が強く抱いた感情が僕へと伝わる。

なのに、誰かと話をしていてもその声は僕には届かず、読唇《どくしん》ならばと思って目を凝《こ》らしても、読むことはできなかった。

次々と変化していく風景に、僕自身も何かを考えてはいる。だけど、違うモノを目に入れた瞬間に、僕の思考は霧散するように消えていった。残念に思っているのに、まとまらない思考を不思議には思わない。矛盾《むじゅん》していることを知っていながらも、そういうモノだと納得している。

カイルの記憶の断片ではあるけれど、夢を見ている状況《じょうきょう》に近いのかもしれないと、どこか遠いところで考え、そして薄れて消えていく。船に乗っていたと思えば、次の瞬間には空飛ぶ魔物を魔法で撃《う》ち落とし、甲板《かんぱん》にいたはずなのに、目を閉じて開けた時にはもう足が大地についていた。

そして……。

そこで、僕は……。足元を見ていた僕が顔を上げた瞬間、また別の風景へと切り替《か》わった。

そこで、僕は……。木漏れ日の下で、はにかんだような笑みを僕に向ける女性と目が合った。

やわらかい陽《ひ》ざしを浴びてキラキラ輝く、白銀色の長い髪《かみ》。

光が入ると青が強まる、青灰色の瞳。年の頃は、僕よりも下だろうか?

綺麗というよりも、可憐《かれん》という言葉が彼女には似合うと思った。

彼女は、僕が見た人々の中で一番だと思えるほど可憐で美しい容姿をしていた。

きっと、大人になれば……可憐さの中に綺麗という言葉が加えられるのかもしれない。

いや……僕に向けたわけではなく。カイルに向けた笑みだと知っている。

だけど……僕は彼女の笑みに、強く強く心惹《ひ》かれたんだ……。

この感情は、カイルではなく僕自身が抱いたモノだと理解したそばから、その感情が薄れていく。

健気《けなげ》に、僕に、いやカイルに語り掛けている姿に、その声を聞きたいと思う。だけど、その声は僕には届かない。カイルも楽しそうに受け答えをしているのに、僕には会話の内容はわからない。

もどかしい気持ちを抱《かか》えながらも、場面が変われば僕の思考も消えていく。

カイルや女性の身に着けている服が変わり、風景が変わる。大きな樹《き》の下で薄い絨毯《じゅうたん》を敷き、カイルと女性と初めて見る青年二人を加えて、楽しそうに会話しながら、４人でお茶を飲んでいた。カイルが鞄の中から色々な物を取り出して絨毯の上に並べ、並べられた物を、３人が楽しそうに笑みを浮かべながら手に取っていた。予想ではあるけれど、カイルがお土産《みやげ》を渡しているのかもしれない。

僕はその光景を見ていたわけだけど、え？　それはなに？　と思うような物が多々あった。青年二人の笑みが凍《こお》り付いていたのは、カイルがよくわからないものを勧《すす》めているからだろう。だけど、女性のほうは終始楽しそうに笑っていた。その笑顔に惹かれる気持ちはきっと僕のモノ。

沢山《たくさん》のお土産の中から青年二人は早々に選んで、カイルにお礼をいっているようだ。女性の方は、もの凄《すご》く悩《なや》んでいる様子が見えた。悩んで悩んで選んだものは、雫《しずく》の形をした琥珀《こはく》のペンダントだった。琥珀のペンダントを指さした彼女に、カイルは軽く頷くとそのペンダントを手渡した。手渡されたペンダントをじっと眺め、そして……顔を上げると同時に、満面の笑みをカイルに向けていた。

花が咲《さ》いたような笑みだった……。

女性はさっそく身につけて、その感想を青年二人に聞いている。ちょっと膨《ふく》れた表情を見せていたのは、揶揄《からか》われていたのだろうか。そんな優しい空気の中、カイルから届く感情はずっと穏《おだ》やかなままだった。

なのに……。

唐突《とうとつ》に叩《たた》きつけられた強烈な感情に、思わず目を閉じた。

その感情は、悲しみと後悔《こうかい》と激しい憤《いきどお》り。痛いほどの感情に、頭を揺さぶられているような感覚を覚えながら、ゆっくりと目を開けて見た光景に……僕は絶句するほどの衝撃を受けていた……。

いったいなにが……。彼女の身になにが起こったのか……。僕は、いやカイルは……。手足を鎖で拘束《こうそく》された彼女の前に立っていた。苦しいほどの悲しみと後悔の感情を、カイルは彼女に向けている。そして、この身を焼くかというほどの憤りの感情を何か別のモノに向けていた。

僕の視界に、伸ばされた手が映る。多分……。カイルは彼女に自分の手を取れといっているのだと思う。彼女は、伸ばされた手を見て青灰色の瞳を揺らしていたけれど、ぎゅっと口元を引き結んだ後、真《ま》っ直《す》ぐに僕を見つめて首を横に振った。


『　　　　　　』


カイルは、何かを告げたあと……彼女の頭を優しく撫《な》でた。

彼女は、胸元《むなもと》の琥珀のペンダントを握りしめ、涙《なみだ》を落としながら儚《はかな》く笑った……。

まるで……これが最後なのだと告げるようなその笑みに……僕は……。


「……っ」

はっきりと意識が覚醒した瞬間、今まで覚えていたはずのモノが脳内から消えた。

一度目覚めた時には、完全に覚えていたのに。

夢の内容を記憶するために手繰《たぐ》り寄せようとしても、夢うつつの状態では、ほぼ失敗するであろうことは経験として知っていたのに、何度も同じことを繰り返してしまうのは、夢と一緒《いっしょ》にそのことも忘れてしまうからだと思う……。


二度寝しなくても、夢の内容は目覚めた瞬間から徐々《じょじょ》に薄れていくモノだ。

しっかり覚えておきたいのなら、起きた瞬間にメモを取るしかないのだろう……。

体を起こしてため息をつく。無駄なあがきだと知りつつも、思い出してみようとするが、思い出せるのは何かを連れ去りたいという強い気持ちだった。

何を連れ去りたいのか、どうして連れ去りたいと思ったのか、それ以前に何を見ていたのかも思い出せない。諦《あきら》めをこめたため息をもう一度つき、子狼《ころう》になって僕のそばで丸まって寝ているアルトに視線を落とす。すやすやと気持ちよさそうに寝息を立てている姿に、笑みが落ちる。


アルトを起こさないように立ち上がり、強張《こわば》っている体を伸ばした。

いつもより少し遅《おそ》い起床《きしょう》になってしまったけれど、仕方がない。

今日歩けば、ガーディルの国境を越えることができるはずだと、頭の中で計画を立てながら、もう一度ため息をつく。連れ去りたいと強く想った……。焼き付いたようなその感情は暫《しばら》くの間、僕の胸の中に留《とど》まり続けたのだった。

# ◆ あとがき ◆

【緑青《ろくしょう》】

「さぁ、旅に出よう……アルト」

本編の最後、セツナの台詞《せりふ》です。セツナにとっても、アルトにとっても新しい世界へ羽ばたくための第一歩。

そして、それは僕にも当てはまることだなと思いました。

書籍《しょせき》化という、未知なる世界へ自分一人では決して踏《ふ》み出せなかったと思います。

踏み出すきっかけを与《あた》えてくださった、沢山《たくさん》の方々に心から感謝しております。セツナとアルトが生きるこの世界を楽しんでいただけるように、僕も楽しみながら描《えが》いていきますので、僕達と共にこの異世界を旅していただけたら幸いです。

【薄浅黄《うすあさぎ》】

初めまして、薄浅黄と申します。『刹那《せつな》の風景』の本を手に取っていただきありがとうございます。

この物語はｗｅｂ小説として小説家になろう様のサイトで連載《れんさい》されているものを書籍化させていただいたものです。連載開始から10年の時を経て書籍化され大変感慨深《かんがいぶか》いものがあります。

思えば、当時は暇《ひま》を持て余していた緑青が何かすることないっていった時に、小説を書いてみたら？　と私が答えたことによりこの作品が始まったのですが、よくぞここまできたなと思います。

さて、そんな刹那の風景ですが書籍化するにあたり一つ、悩《なや》みがありました……とその話をする前に注意です。ここからは若干《じゃっかん》のネタバレを含《ふく》みますので、「あとがき」から読み始めていて、ネタバレが嫌《いや》な方は本編にお戻《もど》りくださるようお願いします。

本題に戻りますと、書籍版を出すにあたり、web版を読んでいただいた皆様《みなさま》にも楽しんでもらえるように加筆しております。しかし、この加筆にあたり悩みました。というのも、この物語は基本、セツナかセツナを知っている人物による一人称《いちにんしょう》で書かれるものであり、ということは、一巻で登場した人物の限定の話となってしまい、あまり驚《おどろ》きを提供できないと思ったからです。

そこで、一つは変則的な刹那の視点で、もう一つは、『刹那の風景』の物語の世界を見せるために、あえて一カ所だけweb版から分岐《ぶんき》できるルートを作り、そこから新たな風景をお見せできるように改稿《かいこう》しました。

web版を大きく変えないという気持ちで書籍版を作っておりますが、この一点だけはご容赦《ようしゃ》ください。その上で、加筆されたこの世界を楽しんでもらえましたら、私達としては嬉《うれ》しい限りです。

【緑青・薄浅黄】

最後になりましたが、数多くのweb作品の中から刹那の風景を拾い上げてくれた編集の担当様、素敵《すてき》な挿絵《さしえ》を描《か》いてくれたsime様、出版に携《たずさ》わっていただいた皆様、この作品を応援《おうえん》してくださっている読者様に心から感謝を申し上げます。

二〇二〇年一〇月五日　緑青・薄浅黄

DRAGON NOVELS
ドラゴンノベルス

# 刹那の風景 1

## 68番目の元勇者と獣人の弟子

2020年10月5日　初版発行

著　　者　緑青《ろくしよう》・薄浅黄《うすあさぎ》

発 行 者　青柳昌行

発　　行　株式会社 KADOKAWA
〒102-8177　東京都千代田区富士見 2-13-3
電話 0570-002-301（ナビダイヤル）

編　　集　ゲーム・企画書籍編集部

装　　丁　ムシカゴグラフィクス

D　T　P　株式会社スタジオ205

印 刷 所　大日本印刷株式会社

製 本 所　大日本印刷株式会社

DRAGON NOVELS ロゴデザイン　久留一郎デザイン室+YAZIRI



●お問い合わせ
https://www.kadokawa.co.jp/（「お問い合わせ」へお進みください）
※内容によっては、お答えできない場合があります。
※サポートは日本国内のみとさせていただきます。
※ Japanese text only

定価（または価格）はカバーに表示してあります。



ISBN978-4-04-073790-4　C0093

カクヨム
書籍化作品
コンプエースにて
コミカライズ連載中！
好評発売中！
ドラゴンブック
新世代ファンタジー
小説コンテスト
大賞受賞作！
異邦人、ダンジョンに潜る。1~3
著：麻美ヒナギ　イラスト：クレタ
ひょんなことから、たった一人で見知らぬ異世界に放り出されてしまった
ソーヤは、あるミッションを達成するために、協力、騙し合い、
危険なダンジョン探索……なんでもありの過酷な冒険サバイバルに挑む。
死はすぐ隣に！　謎に満ちた興奮必至のダークファンタジー!!
DRAGON NOVELS

DRAGON NOVELS
ドラドラしゃーぷ#にて
(ComicWalker・ニコニコ静画)
コミカライズ連載中!
極振り拒否して手探りスタート!
特化しないヒーラー、
仲間と別れて旅に出る 1~3
著:刻一 イラスト:MIYA*KI
カクヨム
書籍化作品
ゲーム仲間達と強制異世界転生させられた青年は、自分の直感を信じて、
皆とは別にひとり異世界に降り立った――。
神聖魔法を駆使する、回復能力に特化しないヒーラーの
異世界のんびり旅はじまります。
好評発売中!